目次

主な登場人物

リンカーン・ライム……………………四肢麻痺の科学捜査の天才
アメリア・サックス……………………ニューヨーク市警重大犯罪捜査課刑事
トム・レストン…………………………ライムの介護士兼助手
ロナルド・プラスキー…………………同課巡査
メル・クーパー…………………………同市警鑑識官
ロドニー・サーネック…………………同市警サイバー犯罪対策課刑事
ジュリエット・アーチャー……………ライムのラボで働くインターン　元疫学研究者
ランディ・アーチャー…………………ジュリエットの兄
ローズ・サックス………………………アメリアの母
ヴァーノン・グリフィス（僕）………連続殺人犯　未詳40号
アリシア・モーガン……………………ヴァーノンの恋人
トッド・ウィリアムズ…………………未詳40号に撲殺された被害者
グレッグ・フロマー……………………エスカレーターに巻き込まれて死亡した男
サンディ・フロマー……………………グレッグの妻
エヴァーズ・ホイットモア……………サンディ・フロマーが雇った弁護士
ニック・カレッリ………………………アメリアの元恋人　元刑事
フレディ・カラザーズ…………………ニックの高校以来の友人
ジョン・ペローン………………………J&Kファイナンシャル・サービス経営者
ヴィネイ・チョーダリー………………CIRマイクロシステムズ社長
スタンリー・フロスト…………………同社の主任弁護士
アルフォ・グラヴィータ………………麻薬密売人
チャールズ・バクスター………………ライムの捜査で逮捕され獄死した男

スティール・キス　下

金曜日

Ⅳ　民衆の守護者

26

午前〇時三〇分、エイブ・ベンコフはブランデーの最後の一口を飲み、ネット配信で視聴中だった『マッドメン』の再生を停めた。今回のエピソードはあと十分残っていた。ベンコフもミッドタウンの大手広告代理店に勤めている――ドラマとは違って、会社はマディソン・アヴェニューではなくパーク・アヴェニューにあるが――こともあって、このドラマは好きだが、ルースと一緒に見るときほどおもしろいと思えなかった。コネティカット州の実家に泊まっているルースがあさって帰ってきたら見直そうと考えてドラマを保存した。

五十八歳のベンコフは、マレーヒル地区にある自宅の革張りのリクライニングチェアでくつろいでいる。マレーヒル周辺には古い建物が多いが、この3LDKのコーポラティブハウスは築六年と新しい。前の持ち主は売り急いでいた。偶然にも、ベンコフはW J&Kワールドワイド広告代理店のパートナーに昇進してボーナスを受け取ったばかりだった。そのボーナスが手付金になった。それでも、計算の上では分不相応に高額な買い物だった。しかし子供たちが独立したこともあって、ルースも「思い切って買いましょう」と言った。

そして二人はこの家を買った。

近所にいいレストランやバーがたくさんある。しかもエイブの広告代理店にもタイムズスクウェアに面したルースが勤める出版社にも、徒歩で通える立地だ。

内装や電化製品に何万ドルも注ぎこんだ。ステンレス、ガラス、黒檀《こくたん》の家具や調度。最新式のキッチン――コピーライターが広告にそんな文言を使おうとしたら却下するところだが、この家のキッチンを形容するにはぴったりの言葉だ。艶消しステンレスのガスコンロにオーブン、そのほかさまざまな調理機器。

しかし今夜使ったのは電子レンジだけだった。同じ通り沿いの中華料理店フーナン・ホストでテイクアウトした〝鶏唐揚のツォ将軍風あんかけ〟を温め直した。高カロリーで健康にはよくないかもしれないが、今日は忙しかった。帰宅したのは深夜で、健康的な食事を作る体力――と気力――は尽きていた。

ツォ将軍は湖南《フーナン》省の人物なのだろうか。ベンコフはそんなことを考えながら、強ばった体を椅子から起こし、汚れた皿を集めた。別の省の出身だったなら、湖南の名を冠したレストランの看板料理にされていることを知ったら腹を立てるだろうか。

いや、それ以前に、フーナン・ホストは中国人の経営でさえなく、台湾人や韓国人がやっている店なのかもしれない。起業家精神に富んだラオス人夫婦ということだってありそうだ。

すべてはマーケティングの問題なのだ。エイブ・ベンコフはそのことを身に染みて知っていた。店名が〝カンボジア・スター〟だったら疑問の声が上がるだろうし、客足も伸びないだろう。〝ポルポト・エクスプレス〟でも同じだ――そう考えてにやりとしたものの、悪趣味にすぎるぞと自分を戒《いまし》めた。

皿やグラス、ナイフやフォークをキッチンに運び、さっとすすいで食洗機のラックに並べた。キッチンを出ようとしたところで立ち止まり、食洗機のところに戻った。いま並べた皿やフォークをルースのやりかたに従って並べ直した。セットのしかたは妻と夫で異なっている。エイブは自分のやりかたが正しいと信じていたが――とがった先を下に向ける――こんなことで争うのは無駄だ。民主党員をつかまえて共和党に投票しろと迫るようなもの（その逆もしかり）だ。

シャワーを浴び、パジャマを着て、トイレの上の棚に置いていた本を取ると、ベッドに横になった。朝一番にスポーツクラブに行くつもりで目覚ましを六時半にセットしたが、ちょっと笑って七時三十分に変えた。サスペンス小説の三十ページを開いたが、五段落読んだだけで本を閉じ、明かりを消して横向きになると、眠りについた。

きっかり四十分後、エイブ・ベンコフははっと息を呑んで飛び起きた。瞬時に目が覚めていた。汗が噴き出す。吐き気がした。漂ってくるこの臭いは――

ガスだ！

天然ガスの臭いが寝室に充満していた。腐った卵の臭い。ガスコンロが故障してガスが漏《も》れているらしい。逃げろ！　九一一に通報だ。だがその前にとにかく家を出ろ！

息を止め、とっさに手を伸ばしてベッドサイドランプのスイッチを入れた。

そこで凍りついた。ランプのスイッチに手をかけたまま。おい、何を考えている？　だが、ガスに引火して爆発し、アパートは粉々に吹き飛ぶのではと思って一瞬血の気が引いたものの、爆発は起きなかった。何をしたら引火するかわからないが、電球一つくらいで爆発は起きないらしい。電球が熱を持つ前に、震える手でスイッチをまたオフにした。

よし。ベンコフは立ち上がった。爆発の心配はなさそうだ――いまのところは。それより、ここでぐずぐずしていたら窒息するだろう。急げ。ロープを引っかけた。めまいを感じた。床に膝をついてゆっくりと息をした。臭いはあいかわらずだが、床の近くなら、さほど強烈ではない。天然ガスの性質はよく知らないが、空気より軽いのだろう、床に近いところでなら呼吸はできる。何度か息を大きく吸っておいてから立ち上がった。

携帯電話を握り締め、暗い室内を歩き出した。カーテンのない高さ三メートルの窓から外の光がたっぷり射しこんでくるおかげで、行く手は問題なく見えた。カーテンをつけなかったのは、妻の意見を入れた結果だ。まぶしかったり外から室内の様子が丸見えだったりすることにこれまで抵抗を感じていたが、いまは心のなかで妻に礼を言った。カーテンがあったら、暗闇で何かにぶつかっていただろう。ランプや家具が倒れて、そう、金属が石にぶつかって……火花が散って、爆発が起きていただろう。

廊下を抜けてリビングルームに入った。

臭いはどんどん強くなっている。いったい何が起きた？　パイプが壊れたのか。この住戸だけのことか、それともフロア全体にガスが充満しているのか。まさか、建物全体に？　ブルックリンのアパートで発生した爆発事故のニュースを思い出した。ガス本管が爆発して五階建てのアパートが全壊し、六名の死者が出た。

頭がふらつき始めている。玄関にたどりつく前に意識を失ったらどうする？　玄関に行くにはキッチンを通らなくてはならない。ガスが漏れているのはおそらくそこからだ。キッチンが一番ガスの濃度が高いだろう。書斎の窓を開けようか――ちょうど書斎のドアの前に来ていた――新鮮な空気を少しでも吸っておこう。

いや、とにかく進んだほうがいい。いま何より優先すべきは、外に出ることだ。いますぐ消防局に電話をかけたい気持ちを抑えつけた。電話を使うとガスに引火するかもしれない。進め、とにかく進め。急げ、急げ！

めまいがひどくなる。どんどんひどくなる。

このあとどうなるにせよ、ルースが不在で本当によかったと思った。出張の帰りにコネティカット州に滞在していてくれて本当に幸運だった。

ありがとう――天に感謝した。エイブ・ベンコフはここ二十年ほど礼拝に行っていない。だが、その間違いを正そう――今度の金曜には礼拝に行こう。玄関から無事に出られたら、きっと行こう。

玄関ホールに入った。力を振り絞ってドアに向かう。電話を取り落とした。急いで拾い、また床を這い始めた。外に出て、玄関ドアを閉め、火災警報器のボタンを押してほかの住人に危険を知らせ、九一一に通報しよう。

あと六メートル。三メートル。

玄関ホールにたまったガスはさほど濃くない。ガスコンロから少し距離があるからだろう。安全な外まで、あと一メートルと少し。

言葉と数字を本業とする男、オフィスの世界にいてこそ力を発揮できるエリート層に属する男、エイブ・ベンコフはいま、生き延びることのみ考える兵士になっていた。かならず生還してみせる。そうさ、かならず。

27

電話の音で、リンカーン・ライムは目を覚ました。

時計を見る。午前六時十七分だ。

「応答する」眠気がからみついたような声でコマンドを発した。「もしもし?」これは電話の相手に発した。

「ライム。新しい事件が起きた」

アメリア・サックスだった。「未詳40号か」

「そう」

「何があった？」

「マレーヒル。ガス爆発。今度はガスコンロに工作したみたい。ロドニーが見つけたリストに含まれてた製品」

「被害者は第二のリスト——購入者の名簿に載っているんだな？」

「そう。二年くらい前にキッチンの設備を入れ替えてるの。リストにそのときの購買情報が載ってる」

ライムはトムを呼び出すボタンを押した。

サックスが続けた。「被害者はエイブ・ベンコフ、五十八歳。広告代理店の役員」一瞬の間があった。「今度の被害者は焼死よ、ライム。ロナルドが被害者の情報収集を始めてる。私はいまから現場に行って検証するわ」

サックスとの通話を終え、すぐにメル・クーパーにかけて、至急タウンハウスに来てくれと伝えた。サックスがベンコフの家で集めた証拠の分析が必要になるだろう。

トムが来て朝の日課をすませた。十分後、ライムは一階の居間に下りた。入口から斜めの方向に車椅子を進め、証拠物件一覧表の前に来ると、過去の現場から判明した事実を再確認した。彼らが――彼が何かを見逃したために、新たな犯行が起きてしまったのではないか。

マレーヒル……

高価なガスコンロ……

ガス爆発……

すでに起きた事件の現場に残っていた証拠を手がかりにして未来の犯行現場を推測するのは、不可能ではないが困難だ。未詳が次の犯行を計画するために現場に赴き、その際にうっかり何かを着衣や靴裏に付着させ、どこかの犯行現場まで運んで落としたという前提が必要になる。連続殺人犯の多くはそこまで捜査に協力的ではない。

しかし未詳40号の手口は独創的で、凶器も特殊だ。成功させるには、犯行の前日か前々日の下見が不可欠だろう。

今回のベンコフの事件は、バクスターの事件――ライムに引退を決断させる遠因となった詐欺師の事件とは対照的かもしれない。ふとそう考えて、ライムは苦い思いを噛みしめた。バクスターの事件では、証拠物件が多すぎ、その一つひとつを丁寧に調べすぎた。今度の未詳40号事件では、未来の現場としてエイブ・ベンコフの自宅を指し示す手がかりを過去の現場から発見していたかもしれないのに、それを見逃した。いまライムの胸には、うつろな敗北感があった。バクスターの死を知ったときも似たものを感じた。科学捜査官としてのキャリアに終止符を打つという決断をライムに促したのは、やりきれなさと、そう、正直に認めるなら、罪悪感だった。

ベンコフの事件は、その決断が正しかったことを裏づけている。この事件に早く片をつけてしまいたい。そうすれば民事《civil》の世界に戻れる。〝civil〟には民間人という意味もあることを思って、ライムは笑みを漏らした。

電話がまた鳴り出した。

発信者を確かめる。

「もしもし？」

「ニュースを見ました」ジュリエット・アーチャーが言った。「マレーヒルの火災。ガスコンロの故障と報じられています。未詳40号ですか」

「そのようだ。いまちょうどこちらから連絡しようと思っていたところだよ。時間は空いているかね」

「実はもうそちらに向かっているところです」


痛みについて考えている。

チェルシーで目を覚まして、ベッドで朝食を食べる。もうサンドイッチを一つ平らげた。具はボローニャソーセージだ。こんなにうまいのに、最近じゃ誰も目もくれないなんてな。いまは次のサンドイッチを食べているところだ。

午前六時三十分。

ゆうべの疲れがまだ取れない。寝坊してやろうと思ったのに、目が覚めてしまった。興奮しているせいだ。

痛み……

今回の予習として、痛みについて勉強した。いろんな種類があるとわかった。たとえば神経障害性の痛みは、神経が通っているところを打ったりぶつけたりして起きる(肘の先《ファニーボーン》をどこかにぶつけると——笑えないよな。ちっとも愉快《ファニー》じゃない)。これはかならずしも拷問みたいな激しい痛みとはかぎらない。痛いというよりびりびりして不快な痛みだ。

心因性の痛みというのもある。環境的な要因やストレスや生理学上の刺激がもとで起きる。たとえば偏頭痛だ。

日常生活で一番多く経験するのは、侵害受容性の痛みだ。ハンマーを振り下ろしたとき、釘の頭をはずして親指をぺしゃんこにしちまったときの痛み、あれを難しく言ったのがこれだな。侵害受容性の痛みをさらに細かく分類したいくつかのカテゴリーは、僕みたいな熟練者の役に立つ。たとえばトッド・ウィリアムズの鈍的損傷。ほかには、レーザーソーで切った傷(レーザーソーもしばらく前に使った)。もう一つ例を挙げるなら、アリシアの橈骨《とうこつ》だ。ウィスキーで酔った犬が腕をねじりながら引っ張ったとき、折れて皮膚を突き破った。

熱による侵害受容性の痛みもある。冷たさも熱のうちだ。だが最悪なのは、もちろん、熱いほうの熱だ。低温は感覚を失わせる。炎に包まれると、人は絶叫する。絶叫し続ける。

被害者の最後の数分を僕は特等席から見た。通りの反対側の建物、セキュリティがザルみたいなエレベーターなしの五階建ての建物のルーフテラスから、一部始終を見た。窓がでかいおかげでよく見えた。目を覚まして、愚かにもベッドサイドテーブルの明かりをつけた――こっちがひやりとしたよ。あの時点ではまだ、僕が期待している規模の爆発を起こせるだけのガスが充満しているかどうか、微妙なタイミングだったからね。

しかしそのあとすぐ、彼は玄関に向かって歩き出した。途中からは床を這った。そのころにはもう、ガスは充分だろうと確信できたから――ちょっと意地の悪い気持ちになって――玄関ドアまであと一、二メートルのところに来るのを待ってから、手もとのスイッチを押した。そうさ、無事に逃げ延びたと安心したところを狙って。

もちろん、その安心は幻想だったわけだが。

僕が発したコマンドは、クラウドを経由してクックスマート・デラックスに届いた。ガスコンロは瞬時に反応したよ。さすが一万一千ドルもするだけのことはある。

僕の被害者は炎に包まれた影に変わった。手足をばたつかせながらそのへんを動き回った。やがて煙にのみこまれたが、床に仰向けに倒れて痙攣《けいれん》し始めたのは見えた。両手両足が持ち上がって、ボクサーみたいな姿勢を取った。あとはもうもうと噴き上がる煙しか見えなくなった。

まあ、高級オーブンで作った料理を何度かは食べられたんだろうから、いいだろう？

そこまで見届けると、現場から立ち去った。抑えようのない満足感が全身を満たしていた。ここに帰ってきて、少しだけ眠った。

報道各社はまもなく民衆の守護者から新たな声明を受け取るだろう。過剰な消費主義は悪であるとか何とかかんとか。誰かを焼き殺した直後に書く声明は、あまりにも理路整然とした賢そうな文面である必要はない。教訓を伝えるのは言葉じゃなく、実例だ。

横に転がってベッドから足を下ろし、パジャマを着たままぼんやりベッドに座って、これから始まる忙しい一日のことを考えた。

別の哀れなショッパーのための計画だ。

侵害受容性の痛み……

レッドのための計画も用意してある。レッドの習慣について必要なことはもうすべて知っていると思う。なかなかおもしろいはずだ。少なくとも僕にとっては痛快な一件になるのは間違いない。

まだ少し時間がある。そこでトイ・ルームに行った。

ミニチュアを作るとき、最初にするのは青写真を作ることだ。青写真といっても、青くないけどね。次に、パーツの一つひとつに全神経を注ぐ。脚、抽斗《ひきだし》、天板、枠。一番難しいパーツから作り始めて、簡単なものは最後にする。たとえば十八世紀風の脚は、ものすごく難しい。細いが複雑な構造をしている。膨らみ、出っ張り、曲線、角。ブロック状の木材から慎重に削り出す。刃で形を整え、丁寧にやすりをかける。それから組み立てだ。いま僕が手に持っているのはエドワード七世時代風のベッドで、依頼してきたのはアメリカン・ガール・ドールものをそろえるような親の一人、ミネアポリスで弁護士をしている客だ。弁護士だと知ってるのは、僕の会社に送られてきた小切手に書いてあった名前のあとに、弁護士だけが使う〝esq.〟という敬称がついていたからだ。この仕事は断ろうかとも考えたよ。アリシアから、夫との件で弁護士にいやな思いをさせられたと聞いているからだ。アリシアは悪いことなんか何一つしていない。だったら何もかもアリシアの有利に運んだはずだと思うだろう。ところがそうじゃなかった。弁護士のせいだ。でも、僕にも生活はある。アリシアだって気にしないだろうと思う。どのみちアリシアには話していない。

拡大鏡をのぞきながら、だぼを使ってパーツをつなぎ合わせた。きっちりはまることはわかっている。寸法は二度測ったからね。というのは冗談、昔からある言い回しにすぎない。二度どころか、僕は材料を切る前に十回以上寸法を測る。

家具作りは人生勉強でもある。

一時間ほどでベッドはほぼ完成した。拡大鏡のライトが埋めこまれた側を使ってできばえを確かめた。もう一手間かけて仕上げたいところだったが、ここでやめておく。手をかけすぎたせいで作品をだめにしてしまう職人も少なくない（それも人生勉強だ）。手しかし、僕はやめるタイミングを心得ている。何日かこのまま置いて、ニスが完全に乾いたら磨き、気泡シートと緩衝材を使って梱包したら、あとは発送するだけだ。仕上がったベッドを点検して最後の微調整をしながら、レコーダーの再生ボタンを押した。いまは聞くだけだ。日記のこの部分はまたあとで文字に起こす。

今年の春は楽しかった。フランクとサムの数学の勉強を手伝ったりした。スポーツ選手にしては頭がよくて驚いたよ。偏見かもしれないけどね。僕が痩せて背が高くて、いかにもガリ勉風だから、きっとすごく頭がいいんだろうって決めつけられるのと同じだ。僕はまあまあ頭がいいってところかな。数学は楽勝だ。理科やコンピューターも。だけど、ほかのことはさっぱりだめだ。

サムの家でピザを食べてソーダを飲んだ。お父さんが来て、僕に挨拶してくれた。すごくいい人だ。野球は好きかと聞かれた。好きなわけないよな。うちの父さんは煙草《たばこ》を吸いながら野球中継を見てばかりで、僕らとは話もしないんだから。セントルイスやアトランタの試合だととくにそうだ。ただ、そのおかげで、バカだと思われない程度には野球の話ができる（ナックルボールの投げかただって知ってる！　ほんとに投げられるかどうかは別の話だけどさ）。選手のこともそこそこ知ってる。打率なんかのこともね。

フランクが来て、三人でしゃべった。サムが卒業パーティを企画しようって言い出した。とっさに何かの間違いだと思った。サムは何も考えずに言っただけなんだと思った。だって僕はパーティに誘われたことなんて一度もない。数学クラブとコンピュータークラブのパーティに誘われたことならあるけど、あれはパーティのうちに入らない。それに、僕はまだ二年だ。でもフランクは、いいね、やろうぜって言った。それから僕のほうを向いてこう言ったんだ。おまえは音楽の担当なって。僕はパーティに誘われただけじゃない。大事な役割をまかされたんだよ。

音楽はパーティで一番大事な要素なんじゃないかな。断言はできない。パーティには一度も行ったことがないから。でも、僕なりに期待に応えようと思ってる。

レコーダーを停めた。いまなら書けると思った。パソコンの前に腰を下ろし、複数の仮想プライベートネットワークに順にログインしたあと、ブルガリアに飛び、そこから〝〜スタン〟で終わる名前の国の一つに飛んで、そこのプロキシサーバーに入った。椅子の背にもたれて目を閉じた。まもなく、民衆の守護者が降りてきて、僕はキーボードを叩き始めた。

ニック・カレッリの携帯電話が着信音を鳴らした。

弁護士からだ。

服役したころ、発信番号通知はまだ一部で始まったばかりだった。しかしいまは当たり前のものになっている。使ってみると、過去百年でもっとも偉大な発明ではないかと思えた。

「よう、サム」

「ニック。どうだ、調子は？　生活には慣れてきたかい？」

「まあね、それなりに」

「よかった。一つよさそうな店を見つけた。住所と概要書をメールで送ったよ。まだ準備段階だから、このあともう少し詳しく点検してみる必要がある。立地が立地だから、提示額は見るなり心臓発作を起こしそうなほど高いわけじゃない。新しもの好きが多いブルックリンハイツに近づけば近づくほど儲けが期待できるが、きみの予算内に収まる店は少なくなる」

「仕事が早いね。ありがとう。このままちょっと待ってくれ。メールを確認する」

　ニックはメールをチェックした。住所と――労働者の多い発展途上の地域だ――オーナーの名前を確認する。「オーナーはいま店にいるのかな」また電気棒でつつかれているようなあの気分が湧き上がろうとしていた。じっとしていられない。アメリアのモットーが思い浮かぶ――〝動いてさえいれば振り切れる……〟

「ああ、いるはずだよ。ついさっき、オーナーの弁護士と話したばかりだ」そこでサムは黙りこんだ。「なあ、ニック。本当に覚悟があるのか？」

「その忠告なら前にも聞いたよ」

「ああ、そうだった。忠告を受け入れてあきらめてくれたらよかったのに」

「仕事にあぶれることになってもか？」

「レストランは、人類史上最大の金食い虫の一つだ。今回の店は、キャッシュフローは健全だし、評判もいい。そのあたりは確かだ。私も行ったことがある店だからね。開店から二十年たっていることを考えると、相当数の固定客もついている。しかしそうはいっても、きみは会社経営が初めてだろう」

「これから勉強すればいいさ。現オーナーにアドバイザーとしてしばらく残ってもらってもいい。店がいきなりつぶれたりせずに成功したほうが、当人の利益にもなるようだし」概要書を見ると、オーナーには譲渡金に加えて将来の利益の一部が入ることになっていた。「自分の店に愛着があるんだろうね。そう思わないか？」

「そうだな、おそらくそうだ」

「僕は人生に完全に出遅れちまったんだ、サム。ぐずぐずしてはいられない。そうだ、もう一つ頼んでおいた件は？」

「確認したよ。念を入れて確認した。違法行為はいっさいない。オーナーも家族も、従業員も調べた。犯罪歴のある者はいない。国税も州税も残らず納めているし、監査も二度、問題なく通過している。酒類販売免許はいま手続きを進めているところだ」

「それなら安心だ。ありがとう、サム。やる気になってきたよ」

「いいかニック、少し落ち着け。今日にでも契約書にサインしそうな勢いだろう。しかし、その前に少なくとも店のラザニアくらいは食ってみたほうがいいんじゃないか？」

28

アメリア・サックスがタウンハウスに持ち帰った証拠物件は、ひどく乏しかった。少なくともライムの目にはそう映った。箱を二つ抱えているが、紙とビニールの証拠袋が五つか六つ入っているだけだ。

未詳40号はあちこちに火を放っては証拠物件を灰に変え続けている。犯行現場を汚染する最大の敵は水だ。そして火は僅差《きんさ》の二番手だった。

サックスは箱をメル・クーパーに引き渡した。クーパーはベージュのコーデュロイ地のスラックスと半袖の白シャツの上に白衣を羽織り、手術帽と手袋を着けていた。「これだけ?」そう尋ねながら玄関のほうに目を向けた。ほかの証拠物件を持った鑑識課員が続いて入ってくるのではと期待するような日だった。

サックスは返事の代わりに顔をしかめてみせた。これ以外の証拠物件はない。

「どんな人物だったんでしょう?」アーチャーが尋ねた。「被害者のことですけど」

ロナルド・プラスキーがメモ帳をめくって答えた。「五十八歳、広告代理店の役員。かなり偉い人だったみたいですね。名前はエイブ・ベンコフ。有名なテレビコマーシャルをいくつも手がけています」プラスキーはいくつか挙げたが、テレビを見ないライムには聞き覚えのないコマーシャルばかりだった。とはいえ、企業名は知っていた。食品や衛生用品、自動車のメーカー、航空会社。「消防保安官によると、爆発の原因を特定できるまでに一週間くらいかかるそうです。でもオフレコで教えてくれました。クックスマートのオーブンつきガスコンロからのガス漏れ。六口のガスコンロと電気オーブンです。データワイズ５０００を使って、遠隔操作できます——ガスコンロも、オーブンも。基本的には、家を出たあとになって火をつけっぱなしだったかもしれないと気づいたときに外から消すのが目的ですが、火をつけるほうもできるそうです。未詳はおそらく、点火プラグ——かちかち言うあれですね——を解除しておいて、ガスコンロをオンにしたんじゃないかと。

保安官の話では、爆発の規模を考えると、ガスは四十分近く漏れ続けていただろうということです。そこで未詳が点火プラグをオンに戻した。次の瞬間、家ごと吹き飛んだ。ベンコフは玄関の手前二メートルくらいのところで発見されました。玄関から逃げようとしていたんですね。ガスの臭いで目が覚めたのではという話でした」

アーチャーが聞いた。「家にはほかに誰か？」

「いいえ。被害者は結婚してますが、奥さんは出張で留守だったそうです。成人して独立した子供が二人。同じ建物のほかの住人に負傷者はいませんでした」

サックスはホワイトボードの前に立ち、今日の現場の証拠物件一覧表を作り始めた。

　そこに電話がかかってきて、サックスは応答した。短いやりとりのあと電話を切り、ライムのほうを向いて肩をすくめた。「また別の社の記者からの問い合わせ――ＣＩＲマイクロシステムズが顧客に配布したセキュリティパッチの件で。ずいぶん拡散してるみたい」サックスは満足げに言った。記事ではサックスの名は伏せられていたが、あっというまに正体は暴かれて、サックスはいまや、スマートコントローラーの危険について取材している記者のあいだではスター扱いだ。データワイズ５０００スマートコントローラーを内蔵した製品は危険だという噂は急速に広まっているようだった。各社の記事を信じれば、一般消費者も注目し始めている。

　サックスは付け加えた。「たとえメーカーの危機意識が薄くて、チョーダリーのセキュリティアップデートをインストールしなかったとしても、顧客が記事を読んで家電のネット機能を切ったり、電源プラグを抜いたりしてくれるかもしれないわ」

　ライムのパソコンが着信音を鳴らして、ＲＳＳフィードに新着記事があることを知らせた。「未詳が新しいマニフェストを投稿したようだぞ」

　おはよう。

　また一つ教訓を届けた。

　私が思うに、人の、本質は無垢だ。哲学者か何かが、ずっと昔にそう言った。有名人の誰かだ。生まれたとき、我々は清らかだ、〝不必要〟なモノに対する所有欲を持って生まれるわけではない。もっといい車、もっと大きい風呂、もっと解像度の高いテレビ。もっと値の張るガスコンロ！　そういうものをほしがるのは、教えられたからだ。しかし、私は、教えられたという言葉が正しいと思わない。正しいのは〝**洗脳される**〟、だ。メーカーやマーケティング会社、広告会社は、もっと大きいもの、もっといいものを買え、こんなものやあんなものがなければこれからは生きていけないぞと言い聞かせ、脅す。

そうさ、考えてみろ。自分の持ち物を思い浮かべてみるといい。それがなくちゃ生きていけないものはどれだ？ そんなもの、ほとんどないに決まっている。目を閉じてみろ。頭のなかで、自分の家のなかを歩いてみろ。何か品物を手に取って、よく見てみるといい。それはどこで買った？ もらい物か？ 友達からのプレゼント？ 大事なのは**友情**であって、そのしるしなんか少しも大事じゃない。そんなものは捨てろ。一日に一つ、捨てていけ。

それに、もっと大切なのは、ものを買うのをやめることだ。買うというのは自殺行為だ。服や質素な食べ物を買うのはともかく、それ以外は中毒だ。

四人家族を一年間養えるような金額のキッチン家電なんか**必要**ない。しかし、おまえはその代償を支払った……文字どおりの意味で。――民衆の守護者

「いかれてる」メル・クーパーがつぶやいた。

当を得た診断だ。

「民衆の守護者のくせに、どうして民衆を殺す？」

「やつが殺すのは、贅沢品を購入した〝民衆〟だけだ」ライムは指摘した。

「その区別が私には理解できません」アーチャーが言った。消費主義を痛罵する声明に丹念に目を通したあと、言った。「〝タブラ・ラーサ〟という哲学の概念を知っているなら、ジョン・ロックの名前も知っているはずです。今回もまた、実際より知性が低いふりをしているようですね。故意にスペルを間違っているようだし、いくつか〝不必要〟に大文字を使っているところもあります」

ライムは笑った。なぜか大文字で綴られている語の一つは〝不必要〟だ。

「セミコロンを使うべきところでコロンを使っている。でも、コロンを使うということは、セミコロンの使いかたを知っているということですよね。それから関係代名詞の〝whom〟の使いかたを誤っています」

「そのようだな」ライムは犯人のプロファイリングにはあまり興味がない。「ミズ・ピーボディから始まったアメリカの英語教育を故意に踏みにじって文章を書いていることはすでにわかっている。それより証拠物件の分析にかかろう。それはどこで集めたものだ、サックス？」サックスは二カ所を捜索したようだ。箱が二つあることからわかる。

「ベンコフのアパート内をざっと捜索した。未詳はリモコンを使ったわけだから、被害者の自宅に入る必要はなかったはずよね。名簿を見て、スマートコントローラー内蔵の製品の購入者も知ってる。でも念のためサンプルを採取してきた。ベンコフ宅のキッチンに侵入して燃焼促進剤をまいた可能性はゼロではないから」

「ああ、たしかに」ライムは言った。「天然ガスの爆発力を完全には信用しなかったということも考えられる。メル、その分析から始めてくれ」

サックスが指さした証拠袋には、グラシン紙を細く切ったラベルが貼ってあった。そこにどの部屋で採取したものか書きこまれている。中身はそれぞれスプーン数杯分ほどの灰だった。

クーパーはGC／MS分析に取りかかった。装置が吐き出す結果を書き留めていく。サックスはその横で説明を続けた。「でも、未詳の手口を考えると——屋内を見る必要があるわよね。被害者がなかにいることを確認しなくちゃならない」

アーチャーが言った。「ロドニーが話していた内容を考えると、未詳には〝多少なりとも良心がある〟はずです。つまり、小さな子供や、たまたま訪問中だった無関係の人がいないことを確認したかったはず。裕福ではない人、高価な製品を買わない人を殺したくはないでしょうし」

「そうね」サックスはそう応じたが、アーチャーの見解は首肯しがたいと思っていることがライムにはわかった。この件に関してはライムもサックスと同意見だ。未詳40号が、いまアーチャーが分析を加えたような倫理的な問題を気にかけているとは思えない。

「でもそれよりも、被害者の姿が見えるかどうかを重要視したんじゃないかと私は思う。その観点から探したら、ベンコフのアパートがよく見える場所が一つあった。真向かいの建物の屋上よ。その建物の住人の一人が、爆発直後に背の高い痩せた男がロビーから出てくるのを目撃してるの。白人、男性、バックパックを背負って、作業員風のオーバーオールを着ていた。ああ、それから、野球帽も。未詳が立っていたと思われる場所から微細証拠を採取してきた」

「侵入経路は？」ライムは尋ねた。

「非常口からも出入りはできた。そのほうが目立たないだろうし。でも、通りに面したエントランスから侵入してる」

「そのエントランスは施錠されていましたか」アーチャーが言った。

またしても先を越された。ライムもいままさに同じ質問をしようとしていた。

「古い建物なの。鍵も古くて、こじ開けるのは簡単そう。窓は破られていなかった。工具痕もない。ロビーで微細証拠を採取したけど……」サックスは肩をすくめた。

アーチャーが言った。「リンカーンの本にありました。利口な犯人は、あえて人通りの多いルートを経由して逃走する。通行人が多ければ多いほど、犯人と関係する微細証拠だけをより分けるのが難しくなるから。未詳40号も、だから正面玄関から侵入したんでしょう」

わざわざ述べるまでもないこと——ライムは自分で書いたその一節をそう思っていた。

あの本にその記述を入れたことをずっと後悔し続けている。「で、何が見つかった？」

もどかしい気持ちで言った。「屋上では何が見つかっている？」

「一つは」アーチャーが言った。「ガラス片ですね」車椅子を検査テーブルに近づけ、透明なポリ袋にじっと目を凝らしている。しかし、その袋には塵《ちり》や埃以外のものが入っているようには見えない。

「広げてみてくれ、メル」

クーパーが中身を空けて広げた。

「私にはやはり見えないな」ライムはぼそりと言った。

「複数あります」アーチャーが言った。「二つ。いえ、三つですね」

「きみのその目は顕微鏡か」

アーチャーは笑った。「神様は私に健康な爪とよく見える目を与えてくださいました。取り柄といえばその二つ」

神が奪い去ろうとしているものには言及しなかった。

クーパーは拡大鏡つきのゴーグルで確かめながらガラス片を選り分け、顕微鏡のスライドに載せた。顕微鏡の映像がディスプレイに表示された。アーチャーが言った。「窓ガラスの破片のようですね」

「そのようだ」ライムは言った。長年、科学捜査に携わってきて、ガラス片のサンプルは数え切れないほど分析してきた。銃弾によって砕かれたガラス。落下した人体、岩、自動車事故で壊れたもの、故意に割られ、選りすぐられてナイフとして使われたもの。断面の形状や、両面とも研磨されていることから、サックスが集めてきたガラスの破片は、窓ガラスのものと考えて間違いないだろう。自動車のガラスではなく――安全ガラスはまったく別物だ――住宅の窓に使われる板ガラスだ。ライムはそのことを付け加えた。

クーパーが言った。「そこ。右上の部分。傷みたいなものがあるな」

小さな気泡のようなものだ。ライムは言った。「古いガラスだな。しかも廉価《れんか》なもののようだな」

「同意見だ。七十五年？　もっと古いかもしれないね」

現代の窓ガラスはほぼ完全に無傷だ。

「対照サンプルと比較しよう。どこにある、サックス？」

サックスは証拠袋を二つ選び出した。屋上の、未詳がそこに立ったとは考えにくい場所から集めてきた比較用のサンプルが入っている。細々したものが交じったそれをクーパーが顕微鏡で比較した。

「ふむ……ほかのサンプルにはガラスは含まれていないな」

トッド・ウィリアムズの事務所が入っていたビルで集めた微細証拠にも含まれていない。未詳はその建物には裏口の錠を壊して入っている。今回の現場のロビーの分からも見つからなかった。このガラス片はいったいどこから来たのだろう。

「ほかには？　分析にかけてくれ」

ＧＣ／ＭＳが空くのを待たなくてはならなかった。分析装置は、サックスが持ち帰った灰の分析をまだ終えていない。数分後、ようやく灰の分析結果が出た。クーパーがデータに目を通した。「燃焼促進剤はないね」

「被害者の部屋に侵入して、ガソリンや灯油をまいて回った可能性は無視してよさそうだ」

「どのみちその可能性はなさそうですよね」アーチャーが言った。

「どうしてそう思う？」サックスが聞いた。

「勘です。未詳はスマートコントローラーで人を殺すことにこだわっているように思えるから。そこにガソリンを加えるのは……エレガントではないというか」

「そうね、そうかもしれない」サックスが言った。

ライムはアーチャーと同意見だったが、黙っていた。

「ほかの微細証拠も分析してくれ。屋上で未詳が立っていた見晴らしのよい地点のものも」

それから三十分ほどかけてクーパーはさまざまなサンプルをＧＣ／ＭＳで分析した。ガスクロマトグラフ《GC》は試料の成分を分離し、質量分析計《MS》がその成分を同定する。ライムはじりじりしながら待った。ようやくクーパーが結果を読み上げた。

ディーゼル燃料、ブランドは不明。土壌サンプル二種類。コネティカット州、ハドソン川、ニュージャージー、ウェストチェスター郡の沿岸部に固有のもの。

「クエスチョンマーク二つつきのクイーンズは含まれないのか」ライムは皮肉めいた調子で言った。アーチャーがライムのほうを見て微笑んだ。サックスはそれに気づき、ちょうどいま結果を書きこんでいたホワイトボードに目を走らせた。

クーパーが先を続けた。さまざまな種類のソフトドリンクの痕跡。スプライト、ふつうのコカ・コーラとダイエット・コカ・コーラ。それぞれ濃度が異なっていることから、氷を入れたカップに注いだものと思われる。缶やボトルから直接飲んでいたものではない。白ワイン、糖含有量が高め。安価なスパークリングワインや白ワインに共通する特徴だ。

しばし静寂が流れた。聞こえるのは、クールダウン中のガスクロマトグラフがときおり立てる、かつん、かつんという音だけだった。この装置は、サンプル中もっとも揮発性の低い成分の沸点より五十度ほど高い熱を加える。言い換えれば、分析中の装置内は灼熱地獄になる。

サックスに電話がかかってきた。ちょっと失礼と言って場を離れた。居間の隅に立ち、うつむいて相手の声に耳を傾けている。やがてうなずくと、ほっとしたように表情をゆるめた。電話を切って戻ってくる。「管区発砲調査委員会が招集されたって」グレッグ・フロマーの命を救うためにエスカレーターのモーターに向けて発砲した件の調査のための委員会だ。「マディーノ——八四分署長のマディーノ警部によると、好意的なメンバーばかりみたい。制服警官に第一線の刑事。あとは私が発砲・銃撃報告書を書いて提出すれば一件落着だそうよ」

ライムも胸をなでおろした。ニューヨーク市警には規則や手続書類が多すぎ、それが職務を全うしようとする職員の手足を縛っている。

クーパーが言った。「もう一つ見つかったぞ。微量のゴム、アンモニア、繊維。繊維はおそらく紙——ペーパータオルだ」続けて微量の化学品の長いリストを読み上げた。

「ガラス用のパテか」ライムは誰にともなくつぶやいた。

「どうしてわかるんですか」アーチャーが聞いた。ホワイトボードに三行にわたって書きこまれた物質を目で追っている。

ライムは説明した。何年か前、妻が夫の頸動脈を切断して殺害する事件が起きた。凶器は自宅の娯楽室の窓からはずしたガラスの鋭角な角だった。夫が眠ったところを見計らい、ガラスのとがった角で喉を切った。夫は出血多量でまもなく死亡した。妻はガラスをきれいに洗い、パテを使って元の窓枠に戻した（ナイフなど、犯行に使用された刃物さえ見つからなければ、自分の犯行と見破られることはないと思いこんでいた節がある。しかしもちろん、その見通しは甘かった。妻は犯行後、ブラウスに付着した微量のパテをそのままにしていたのだ。捜査班は五分とかからず窓ガラスを特定した。ルミノール検査の結果、血液が付着していることが確認された）。

サックスにまた電話がかかってきた。サックスは不可解な反応を示した。視線がせわしなく動き回る。窓から床へ、ロココ調の天井へ。いったいどんな連絡なのだろう。

まもなく電話を切ったサックスは、苦渋の表情を浮かべていた。ライムに近づいて告げる。「ごめんなさい。母がちょっと」

「大丈夫なのか?」

「ええ。ただ、検査の予定が前倒しになったみたいなの」戸惑った表情は晴れない。事件と、たった一人の近親者とのあいだで気持ちが引き裂かれかけているのだろう。

「サックス、行きなさい」ライムは言った。

「だけど――」

「いいから。行きなさい」

サックスは無言で居間をあとにした。

ライムはその後ろ姿を見送ったあと、車椅子のモーターを低く鳴らして向きを変え、まるで挑戦状のような証拠物件一覧表に視線を向けた。

現場:マンハッタンの放火事件
35丁目　390番地E

・容疑:放火、殺人

・被害者：エイブ・ベンコフ（58）、広告代理店営業役員、有名
・死因：熱傷／失血
・殺害方法：
　・データワイズ5000内蔵クックスマート・デラックスからのガス漏れ
　・燃焼促進剤なし
・容疑者のプロファイルに追加する項目
・黒っぽい着衣、野球帽
・成人の被害者だけを殺害するため現場を見ていた？
・〝民衆の守護者〟から新しい声明
　・前回と同じく知性を偽っている

現場：マンハッタンの放火事件（未詳が偵察していた屋上）

・証拠物件
　・ガラス片。窓ガラス、古い
・キシレン、トルエン、酸化鉄、非晶質シリカ、フタル酸ジオクチル、タルク
（ガラス用パテ材）
　・ガラス交換の仕事？　おそらく違う
・ペーパータオルの繊維

・アンモニア
・ゴムの細片
・ディーゼル燃料
・二種類の土壌、沿岸部に固有
・複数種類の清涼飲料、異なる濃度、別々の由来
・白ワイン、高糖濃度。安価なスパークリングワイン

アーチャーもホワイトボードの文字を丹念に追っていた。「答えより疑問のほうが多い」そうひとりごとのようにつぶやいた。
科学捜査の世界へようこそ――リンカーン・ライムは心のなかで応じた。

29

『スウィーニー・トッド』。あれは挑戦しがいのある舞台だった。
タイムズスクウェアのホイットモア劇場の大道具係ジョー・ヘッディは、ちょうど一

年前に大成功を収めたソンドハイム作曲のミュージカルのリバイバル上演を思い出していた。ヘッディをはじめ大道具係や照明係は総出で床屋のセットを製作した。こりに凝った仕掛けだった――コマンド一つで椅子が二つに割れ、フリート街の悪の理髪師スウィーニー・トッドに喉を掻《か》き切られた客は、舞台下のピットに落ちる。

椅子がスムーズに動くよう仕上げるのに何カ月もかかった。ディケンズ風のゴシック調セットを完成させるのにも。

だが、今回の舞台は――？　まるで幼稚園のお遊戯だ。はっきり言って退屈だった。

ヘッディは並グレードの二インチ×四インチサイズの角材を何本かまとめて大道具係の作業場に運びこみ、コンクリートの床に下ろした。劇場裏の作業場は四十六丁目に面している。今回の舞台での大道具係の仕事は巨大迷路を作ることだ。家族が集まってあれやこれやつまらないことで言い争うなか、ネズミ――体高六十センチのホログラフィーのネズミ――がときおりその迷路から顔を出すという設定らしい。二時間超の上演中、喉を掻き切られる登場人物は一人もいない。渡された台本に目を通したヘッディの感想は、舞台では血が流れなくても、脚本家は血が出るような努力をもうちょっとしてもよかったのではないかというものだった。

しかし、セットデザイナーが迷路を注文しているのだから、大道具係は迷路を作るまでだ。

もじゃもじゃのごま塩頭をした大柄なヘッディは、これから切る順番に木材を並べ終えると、強ばった腰を伸ばして立ち上がった。ついうめき声が漏れた。六十一歳になって、一度は引退した。デトロイトの自動車工場の組み立てラインで三十六年働き続けたあと、妻と二人で東部に引っ越してきた。子供や孫が暮らすニュージャージー州で暮らすのは楽しかった。が、それでは物足りなかった。手を動かして働くことに未練を感じていたヘッディに、義理の息子がこの仕事を紹介した。本来は機械工だが――何といっても自動車の街デトロイトの出身だ――手先が器用だった。劇場はその場でヘッディを大道具係として採用した。この仕事は楽しい。問題は一つだけ――木材が二十年前に比べて何倍も重たくなった。やれやれ、年齢には勝てない。

迷路の図面をすぐそばのテーブルに広げ、ベルトに下げていたスティールのメジャーを取り、ポケットから鉛筆――折り畳みナイフで芯をとがらせた昔懐かしい鉛筆――を出して、図面の隣に置いた。老眼鏡をかけて図面を確認する。

ここはブロードウェイのハイクラスな劇場の一つであり、マンハッタン最高の大道具製作工房の一つでもある。作業場は二十メートル四方と広かった。南側の壁には材木店の在庫をしのぐ木材が並んでいる。西側の壁には金物が入った容器（釘、ナット、ボルト、スプリング、ねじ、ワッシャー、何でもある）、手動工具と電動工具、ワークベンチ、塗料、それに小さな厨房があった。真ん中にいくつか置かれた大型電動工具は床にボルト留めされていた。

気持ちのよい天気だ。四十六丁目に面した、どんなサイズの大道具でも余裕で通せる巨大な両開きの扉は開け放たれていた。そよ風が香りを運んできた。ヘッディは街の香りが好きだった。車の排気ガス、誰かの香水、ナッツとプレッツェルの屋台が使う木炭の煙。四十六丁目は交通量が多く、思い思いのスタイルの服を着た人々が朝から晩まで途切れることなく行き交っている。デトロイトには最後まであまり愛着を持てなかった。しかし宗旨替えしたいまは敬虔《けいけん》なマンハッタン信者だ。住んでいるのは川向こうのニュージャージー州パラマスだが。

この仕事も気に入っている。今日のようによく晴れた日、扉を開けておくと、通りがかりの人が足を止めて職人たちを興味深げに眺めたりする。ヘッディが思い出すたびに誇らしい気持ちになるできごとの一つは、そういう通りすがりの誰かに入口から声をかけられた一件だった。工具のことか、どんな舞台の大道具を作っているのかと尋ねられるのだろうと思ったが、驚いたことにサインを求められた。『王様と私』のリバイバル上演のセットがいたく気に入ったとかで、パンフレットにサインしてほしいと言われたのだ。

ヘッディは電子レンジで水を温め、スターバックスのインスタントコーヒーを入れてかき混ぜると、ブラックのまま飲みながら、これから切る材料の寸法をメモした。ワークベンチを見やり、必需品がいつもの場所にあることを確かめた。防音用イヤーマフ。作業場の真ん中に鎮座する大型電動工具を使う際は絶対に必要なものだ。

アイオーニのテーブルソーは導入されたばかりだった。ブロードウェイの劇場セットを作る作業の大部分は大工仕事だ――切り、骨組みを作り、組み立てる。テーブルソーは、たちまちのうちに作業場の主役になった。重量百五十キロを超える大きな電動工具で、サメの歯のような丸鋸刃が特徴だ。鋼鉄の刃は交換式で、刃厚や歯丈、歯形などを選んで使うことができる――厚く、歯が大きいものは木材を大まかに切るために、薄く小さなものは仕上げに。どんなものでも瞬時に切断できる円盤は、毎分二千回転近い高速で回転し、ジェットエンジンなみの甲高い大きな音を立てる。

分厚い木材でも、まるで新聞紙を裂くように簡単に切れる。内蔵のコンピューターチップが五十回分の設定や寸法も記憶する。

迷路の土台用に二×四サイズの角材を切る作業を前に、ヘッディはラフカット向けの重い刃を壁のラックから下ろした。いまテーブルソーにセットされている刃をはずして交換する前に、電源を完全に落とさなくてはならない。テーブルソーは劇場の電気系統に直接接続されていた。八馬力の出力を誇るモーターは電圧二百二十ボルトで動いて大量の電気を消費するからだ。

メーカーは、刃を交換する前に、作業場のメインのブレーカーを落とすことを推奨している。しかしこの劇場では誰もそこまではやらない。ブレーカーは地下にあるからだ。しかし、顧客はかならずしもブレーカーまで落とさないと見越してのことだろう、アイオーニ社は、二つのスイッチをオンにしなければ刃が作動しない安全策をとっていた。テーブルソーのブレーカーのスイッチ、そして刃の回転をオンオフするスイッチ。機械の最下部に手を伸ばし、ブレーカーのスイッチを探して操作するのはやや面倒だが、それをしないまま刃を交換するつもりなどヘッディにはない。テーブルソーはギロチンに負けないくらい危険な代物だ（テーブルソーのすぐそばで転びかけた助手の痛ましい事故の話を聞いたことがある。その助手はバランスを崩すまいととっさに手を伸ばした。前腕が刃に触れ、手首と肘のちょうど真ん中からすっぱり切断された。十秒ほどはまったく痛みを感じなかったという。それだけきれいに切れたということだ）。

ヘッディはかがんでブレーカーを落とした。

念のため、刃のスイッチをオンオフしてみた。刃は動かない。スイッチをオフの位置に戻す。左手で刃をしっかりと押さえ、右手に握ったソケットレンチで刃をシャフトに固定しているナットをゆるめた。念には念を入れて確認してよかったと思う。もしいま何かの理由でテーブルソーが動き出したら、左手の指をなくすだけでなく、レンチが右手をぐしゃぐしゃに潰すだろう。

毎分二千回転。

五分後、無事に刃の交換を終えた。ブレーカーのスイッチをオンにして、一つ目の木材をセットした。

テーブルソーの効率のよさは疑いようがない。世界中の大工の仕事が一気に楽になった。その一方で、このあとたびたび刃を交換しながら迷路の材料を切っていく作業が楽しみだとは口が裂けても言えない。

実のところ、この大型機械が恐ろしくてたまらなかった。

ウェイトレスは色目を使った。

三十代の半ばくらいか。ニックはそう推測した。顎が細いきれいな顔をしている。髪は黒、オイルのように底光りするような黒だ。その髪をきゅっと団子に結っている。巻き毛がいまにもほつれてきそうだ。制服もきゅっとタイトだった。襟ぐりが大きく開いている。もしこの店のオーナーになったら、最初に変えたいものの一つがあの制服だ。ニックとしては、家族連れが入りやすい雰囲気にしたかった。ただ、近所のご隠居連中は、このハンナの胸の谷間を拝みたくてこの店に通ってきているのかもしれない。ニックはハンナのそれとは別種類の笑み、よそよそしい笑みを返してから、ヴィットーリオを呼んでもらえないかと頼んだ。ハンナはいったん店の奥に消え、まもなく戻ってくると、ヴィットーリオはすぐに来ると言った。「テーブルにどうぞ。コーヒーをお持ちしますから」

また色目を使った。

「ブラックでお願いします。氷を一つ入れて」

「アイスコーヒー？」

「いや、ふつうのカップで。ホットコーヒーに、氷を一つだけ」

案内された窓際のブース席に腰を下ろしたニックは店内を観察した。いい店だと思った。一目で気に入った。床のリノリウム材は交換したほうがいいだろう。靴跡が無数についている。壁紙も剝がして、代わりにペンキを塗ろう。色は、暗めの赤がいい。窓が多くて自然光がたっぷり射しこむから、壁を暗い色にしても、全体が暗い印象にはならずにすむはずだ。絵画も飾ろう。古いブルックリンを描いたものがいい。そう、ちょうどこの界隈を描いた絵を探そう。

ニックはブルックリンを愛していた。昔は独立した市だったことを知らない住人は多い。一八九八年に合併吸収されて、ニューヨーク市の一部になった。それまではこの郡で一番大きな街だったのだ（現在も最大の区だ）。波止場地区やプロスペクト・パークを題材にした版画を探すとしよう。ブルックリンで暮らしていた有名人のポートレートでもいい。詩人のウォルト・ホイットマンはどうだろう。そうだ、ホイットマンの肖像はあったほうがいいな。『ブルックリンフェリー横断』。それだ、フェリーの絵も飾ろう。アメリアの（やはりブルックリン出身の）お父さんから、独立戦争時、ジョージ・ワシントン率いる大陸軍は、イギリス軍とブルックリンで戦ったと聞いたことがある（敗北したものの、イースト川が凍っていたおかげで、無事マンハッタンに退却できた）。ジョージ・ガーシュウィン。マーク・トウェインは、ブルックリンで英雄的な活躍をした消防士にちなんでトム・ソーヤーという名前を決めたと言われている。その全員の肖像画をそろえよう。モノクロのペン画にするか。渋くて格好いい。高級感が出る。

ああ、そうだ、同じブルックリン出身でもアル・カポネはやめておこう。

テーブルに影が落ちて、ニックは立ち上がった。

「ヴィットーリオ・ジェラだ」恰幅のいい男性だった。肌はオリーブ色がかった小麦色で、健康的にも見えるが、どことなく色艶の悪い印象も受ける。スーツは一サイズ大きすぎた。この店が売りに出されているのは、オーナーが健康をそこねたせいか。おそらくそうだろう。一筋の乱れもなく整えられた灰色の髪は、かつらのようだった。

「ニック・カレッリです」

「イタリア系の名前だな。イタリア移民の息子か？」

「いえ、両親もブルックリンの出身です。フラットブッシュ地区の」

「ふん、そうか」

ニックは付け加えた。「祖先はボローニャの生まれです」

「うちはイタリア料理の店だ」

「ラザニアがうまいと聞いてます」

「うまいよ」ジェラは座った。「しかし、まずいラザニアなんてこの世に存在しない」

ニックは微笑んだ。

ウェイトレスがコーヒーを運んできた。「何か飲む？」ジェラに尋ねる。

「いや、私はいらないよ、ハンナ。ありがとう」ウェイトレスが立ち去った。

ジェラは皺だらけの両手を組み、上目遣いにニックを見た。「ヴィトと呼んでくれ」

「では、ヴィト。この店を譲っていただけないかと思っています。とても気に入りました」

「レストランの経験は？」

「食事をした経験なら豊富ですよ。生まれてこの方ずっと食べてますから」

生まれてこの方ほぼずっと、かな……

ジェラは笑った。「誰にでもやれるものじゃない」

「でも、挑戦してみたいんです。ずっと夢でした。近所の行きつけの店。行けばかならず誰か話し相手がいるような店。居心地のいい社交の場。どれほど景気が悪かろうと、人間は食べないわけにはいきませんしね」

「そのとおりだ。だがな、きつい仕事だぞ。体力と根気がいる」ジェラはニックを眺め回すようにした。「しかしきみは体を動かすのを苦にするタイプではなさそうだ」

「ええ、違います。弁護士から概要書をもらって目を通しました。僕の条件にぴったりです。で、そちらの提示額についてですが。母の遺産がそこそこの額――」

「亡くなったんだな。気の毒に」

「ありがとう。いま銀行にも相談しています。大よそのところ、いい線を行っていると思います。その、額の話ですが。あとはほんの少しの交渉で、双方納得のいく数字になるのではないかと」

「そうだな――私が提示している額をきみが支払ってくれれば、双方納得だ」冗談で言っているような、そうではないような、どちらとも取れる口調だった。これは駆け引きなのだ。

ニックは椅子の背にもたれ、自信ありげに言った。「具体的な交渉の前に、一つお話ししておきたいことが」

「何だね」

「俺はこのあいだまで刑務所にいました」

ヴィトはテーブルに身を乗り出してニックをまじまじと見た。この皮膚はビニールでできているんですよ、よく見てみてくださいとでも言われたかのように。

ニックはヴィトの目から視線をそらさず、誠実そうな笑みを向けたままでいた。「強盗と傷害で有罪になりました。でも俺はやっていない。犯罪などやってません。いまは無実を証明したくて情報を集めてるところで、おそらく潔白を証明できると思います。数日以内にその証拠をお見せできるかもしれないし、もう少し先になるかもしれない。でも、今回の契約はうまくいけばいいなと本心から思っています」

「きみはやっていない」それは質問ではなかった。先を続けてくれと促している。

「はい。ある人をかばおうとして、組織に取りこまれてしまいました」

「しかしそうなると、酒類販売の免許は取れないな。売上の三本柱の三つ目なんだが」

「それについては弁護士が市と交渉してくれてます。おそらく大丈夫だろうと。潔白が証明されれば、問題はありませんから」

「どうかな、ニック。それとこれとはまったくの別問題だ。私はずっとここでやっている。二十年もこの店を続けてきた。評判を守りたい」

「ええ。それはわかります」ニックは自信ありげに言った。本当に自信があるからだ。

「弁護士は裁判所から恩赦をもらえるだろうと言ってます。無実を証明できるだろうと」

「実は売却を急ぐ事情があってね、ニック」ヴィトは掌《てのひら》を上に向けて両手を持ち上げた。

「ちょっと困った問題がある。健康上の問題だ」そう言って、三十人ほどの客でにぎわう店をさっと見渡した。客の一人が勘定書きを要求している。ジェラはウェイターの一人に声をかけてその客を指さした。

「従業員も悩みの種でね」ヴィトは言った。「入ってくるなり辞める、無断欠勤する、客に無作法な態度を取る。手癖の悪いのもいるな。辞めてもらうしかない。経営者というより、父親か教師、校長のようだよ。隙あらば盗んでやろうとする人間ばかりだ」

「でしょうね。どんな商売でも同じでしょう。あらゆることに目を配らなくちゃいけない。しばらくはあなたにコンサルタントとして残ってもらえないかと考えているんですが」

「約束はできないな。体のことがあるからね。女房や娘が世話を焼いてくれている。家に帰ってくると言ってくれていてね。上の娘が。少し体を休めなくてはならない。その手のプロがいるはずだよ。コンサルタント。飲食業専門のコンサルタントだ。金はかかるが、きみの場合はプロを雇うのもいいのではないかな」

「そうですね。でも、どうか考えてみてください、ヴィト。報酬はもちろんお支払いしますよ。まったく店に出てくれなくたってかまわない。たとえば週に二度、こちらから相談に出向くとか、その程度のことで」

「きみは信用できそうな男だ、ニック。過去のことだって正直に言う必要はなかった。揚げ物専門のコックに応募してくるような、身元を調査しなくちゃ恐ろしくて雇えない人間ってわけじゃなさそうだ。もし話がうまくまとまって、いざ契約という段になったとき、私が気にするのは、きみが約束の額の小切手を持参しているかどうかだけだ。きみは自分から正直に話してくれたからな。しかし、少し考えてみてからでないと、確実な返事はできない」

「もちろん、それ以上のことは望みません。それに、ヴィト――提示額のことですが」

「何だね」

「その額なら出せます」

「おいおい、さっきは交渉したいと言っていただろうに」

「いいものは見ればわかりますから。ともかく、ぜひ前向きに検討してください。ただ、一つお願いしてもいいですか」

「何だ？」

ニックは言った。「ほかに買い手が現れても、その人に売ってしまう前に、もう一度話をさせてください。もう一度だけ俺にチャンスをください」

ヴィトはニックの顔をまじまじと見た。「いいだろう。かならず連絡するよ。ああ、そうだ、ニック？」

「何でしょう、ヴィト？」

「さっき、きみはハンナを誘おうとしなかったな。あれは私の下の娘なんだよ」体に貼りつくような制服を着た黒髪のウェイトレスに顎をしゃくる。「きみはそこでもポイントを稼いだ。だが、少し考えさせてくれ、ニック。家族とも相談したい。また連絡する」

二人は握手を交わした。「すみません、ヴィト。もう一つうかがいたいことが」

「何だ？　言ってみなさい」

ニックは椅子にもたれてにっこりと笑った。

30

「どういうつもりなのかしらね、アメリア」

サックスはトワイニングの紅茶をカップに注ぎながら、問いかけるような視線を母のローズに向けた。

ローズのX線検査と心電図検査を終えて——数日後に予定されている手術に向けて、

何もかも順調だった――サックスのキャロルガーデンズのタウンハウスに戻り、いまは日当たりのよいキッチンに二人で座っていた。ローズはこのところ、娘のこの家と、六ブロックほど離れた自分の家で半々に過ごしている。診察の予約があるときは、心臓のバイパス手術を受ける予定の病院に近いサックスの家に泊まるほうが楽だからだ。また、手術後はしばらくこちらで静養する予定でいる。

「ニックのことよ」ローズは紅茶を注いだニューヨーク市警のロゴ入りのカップを受け取り、低脂肪のクリームをほんの少しだけ垂らした。サックスはスターバックスの飲みかけのコーヒーを飲んでいた。ぬるい。ちょうどニックの好みの温度まで冷めている。電子レンジで温め直してから、ローズの向かいの椅子に座った。

「びっくりしたわ。いきなり訪ねてくるんだもの」サックスはそう言いながら母を観察した。スカートとブラウス、ストッキング、華奢《きゃしゃ》な首に華奢なゴールドのネックレス。病院に行く日はいつも、教会に行くときのようなかしこまった装いをする。「どう考えたらいいか、いまだにわからない」

「ムショは快適だったって？」ローズにもユーモアのセンスはある。最近になって身につけたものだ。

「その話はしてない。する理由がないし。もう共通の話題なんて何一つないの。見知らぬ他人も同然。どこかのお店の販売員と個人的な話なんかしないでしょう。それと同じ、ニックと個人的な話をする理由はない」

聞かれてもいないことをしゃべりすぎたと思った。それも早口で。ローズも同じように感じたらしい。

「いろいろうまくいくといいとは思うけど」サックスは言い、ニックの話題を終わらせた。「そろそろリンカーンの家に戻らなくちゃ。今回みたいな犯人は初めてよ」

「国内テロリストなの？　ニュースではそう言ってるけど。そうだ、MSNBCのニュースは見た？　みんなね、エスカレーターやエレベーターを避けてるんですって。ミッドタウンのオフィスビルで心臓発作を起こした人がいるそうよ。十階まで階段で上ろうとしたの。エレベーターに乗るのが怖かったから」

「そのニュースは初耳だわ。その人、亡くなったの？」

「いいえ」

その男性も未詳40号の犠牲者に勘定すべきだろう。

サックスは尋ねた。「今日の夕飯は何を買ってこようか。あ、その前に、サリーは来る予定？」

「今夜は来ないわ。ブリッジの日だから」

「一緒に行きたい？　行くならサリーの家まで送っていくけど」

「いいえ、気分が乗らないから」

サックスの父母が近所のブリッジ・クラブに君臨する王様と女王様だったころのことを思い出した。あんな時代はもう来ないだろう――次から次へとカクテルを飲み、参加者の半分は火事になった廃タイヤの山みたいに煙草の煙を吐き出し続けていた。ジンとライウィスキーで酔っ払った頭で戦略を練るからだろう、ブリッジの最後の数手は笑ってしまうほど素《す》っ頓狂《とんきょう》なものだった（サックスはパーティが開かれる日を楽しみにしていた。こっそり家を抜け出して近所の友達と遊んだり、ドライブに出かけたり、即席のドラッグレースを開催したりできるからだ。アメリア・サックスは、自分でも認めるとおり〝不良少女〟だった）。

玄関のチャイムが鳴った。サックスは玄関に立ってのぞき穴から来客を確かめた。

噂をすれば……。

そろそろとドアを開ける。

「こんにちは」サックスはニック・カレッリに言った。いかにも警戒しているような声だったのだろう、ニックは頼りない笑顔を作った。

「ちょっと思いついて前を通ってみた。そうしたらきみの車があったから」

サックスは一歩脇によけた。ニックが玄関ホールに入ってくる。黒いジーンズに水色のドレスシャツ、紺色のスポーツコート。ニック・カレッリにしてはきちんとした服装だ。大きなレジ袋を提げている。ニンニクと玉ねぎの香りがした。

「すぐに帰る」ニックは袋を差し出した。「きみとローズにランチを買ってきた」

「電話してくれればよかったのに」

「すぐ近くまで来てたから。すぐそこのレストラン」

「そう」サックスは目を伏せた。「ありがとう。でも――」

「ニューヨークで一番うまいラザニアだよ」

〝でも〟は料理について言ったものではない。といっても、何に対して言ったのか、自分でもわからなかった。サックスは袋をちらりと見た。

ニックが声をひそめた。「ゆうべ、突破口を見つけたんだよ。きみがくれた資料のなかに。手がかりを見つけた。俺は強奪事件に無関係だって証言できそうな人物がいる」

「本当？　あの資料のなかに？」時間稼ぎのためにそう聞き返した。思いがけずニックが訪ねてきたせいで、サックスは動揺していた。

「もう少し調べないと何とも言えないけどね。警察官に戻ったみたいな気分だよ」

サックスは眉間に皺を寄せた。「ニック、その人、組織と関係があるの？」

「わからない。あるかもしれないな。だけど、この前も話したとおりだ。高校時代の友達に頼んで詳しく調べてもらってる。そいつは大丈夫、犯罪とはまるで無縁だ。警察のやっかいになったことは一度もない」

「そう、手がかりが見つかってよかったわね、ニック」サックスは表情を和らげた。

「そうだ、エイム……アメリア、お母さんはいる？」

ためらい。「いるけど」

「ちょっと挨拶してもいいかな」

「それはちょっと。この前も言ったわよね、あまり調子がよくなくて」

そのとき、背後の廊下から声が聞こえた
「ちょっと挨拶するくらい何でもないわ、エイミー」

二人が振り向くと、奥の大きな出窓を背景に、華奢なシルエットが浮かんでいた。

「こんにちは、ローズ」

「ニック」

「お母さん――」

「ランチを届けてくれたの？」

「そうです。あなたとアメリアの分。俺はもう帰りますが」

「私とエイミーはね、平日にドレスアップしてランチ会を開くようなお金持ちの奥さんじゃないの」ローズはゆっくりと言った。ニックにパンチの連打を浴びせる前のジャブなのだろうかとサックスは思った。しかしローズはこう続けた。「ランチ会より晩餐会《ばんさんかい》が似合う女なのよ。今夜の夕飯にとっておきましょう」ローズは袋のロゴを見た。「ヴィットーリオの店。知ってる。おいしいのよね」

「ラザニアと仔牛のピカタ、サラダ、ガーリックブレッド」

ローズは重たい袋にまた目をやった。「でも、ニック、五人分はありそうじゃない？あとの三人はどこなの？」

ニックは笑った。サックスも笑おうという努力はした。

「リビングルームにどうぞ。おしゃべりするくらいの体力はあるけれど、長い時間立ってるのはつらいわ」

ローズは向きを変えた。

やれやれ。妙なことになった。サックスは溜め息をついてほかの二人のあとを追った。途中でキッチンのほうに進路を変え、料理を冷蔵庫にしまったあと、ニックの分のコーヒーを淹れるべきか迷った。だが、ドリップした上にニックの好みの温度まで冷ますのは時間がかかりすぎる。ニックの滞在時間はできるかぎり短くしたい。サックスはリビンググルームに向かった。ローズはいつものリクライニングチェアに座り、ニックはソファの前のオットマンに腰を下ろしていた。背もたれのないものをわざわざ選んだのは、長居するつもりがない証拠だとでもいうようだった。サックスは一瞬考えたあと、ダイニングルームの椅子を母のすぐ隣に置いてそこに座った。背筋を伸ばし、微妙に前に乗り出す。カリフォルニア在住の友人、ボディランゲージの専門家のキャサリン・ダンスなら、サックスの姿勢はどんなメッセージを発信していると分析するだろう。

「弟さんの話はアメリアから聞いたわ。あなたは罪をかぶったそうね。いまは無実を証明しようとしてる」

ローズは聞いた話を自分の胸に納めておくということができない。サックスはしばしば、母がソーシャルメディアというものを知らずにいてくれてよかったと思う。もし使っていたら、ネット上を飛び交う噂の大部分の発信源になっていることだろう。

「そのとおりです。手がかりを見つけたんですよ。いい結果につながるといいんですが。

今回はだめだったとしても、あきらめずに続けますよ。あなたがこの家に泊まることがときどきあるとアメリアから聞きました。今日、思い切って来てみたのは、だからなんです。料理の宅配係を務めるためだけじゃなく。どうしても謝りたかったから。あなたにも、アメリアにも」

ローズは刺すような視線をニックの目にねじこんだ。ニックは勇ましくもその視線を正面から受け止めた。サックスの目には、安らいだ表情をしているように見えた。長いあいだ抱えてきた重荷をようやく下ろせてほっとしているかのように。

「あれほどつらい思いをしたことは後にも先にもありません。アメリアを完全に切り捨てるようなことをした……あなたのこともです。ドニーのことを正直に話さなかった。でも、実際に関わっていたのはドニーで、俺じゃないって話がどこからか漏れるリスクは冒せなかった。詳しいことはアメリアから聞いてください。でも、俺は確信してるんです。ドニーが関わっちまったその男は、組織《クルー》を——その、ギャングを牛耳ってて——」

「〝クルー〟の意味くらい知ってるわ。夫はずっと警察に勤めていたんだもの」

「そうでしたね。すみません。その男は——俺が罪をかぶらなかったら、ドニーがその男に殺されてた。俺の有罪を裏づける証拠は何一つないも同然だった。でも、誰か一人にでも本当のことを話したら、それが巡りめぐって内部監察部や検事局の耳に入って、俺の芝居を見抜かれるんじゃないかと不安だったんです。それがばれたら、ドニーのこともすぐにばれる。あいつは……」ニックは声を詰まらせた。咳払いをしてから続ける。「まだ子供だった。自分の面倒も見られないようなガキだった。まるで気づいてなかったんですよ。自分がどれだけやばいことに首を突っこんじまったか。どれだけ悪い連中と関わってるか」ニックの目に涙がにじんだように見えた。

「ドニーはいい子だった」ローズはゆっくりと言った。「問題を抱えていたなんて知らなかったわ」

「本人は立ち直ろうとしてました……でも、薬物の中毒はなかなか断ち切れない。もっと何かしてやればよかった。何度かリハビリを受けさせたりはしたけど、まだ何かできることはあったはずだと思うと」

ローズ・サックスは、相手の手を優しく叩きながら、〝さあさあ、泣かないで、あなたはできるかぎりのことをしたんだから〟と慰めるようなことはしない。唇を引き結び、黙ってうなずいただけだった。その表情はこう言っていた――〝そうね、もっと何かできたはずよね、ニック。そうしたらあなたも刑務所に行かずにすんだだろうし、ドニーはいまも生きていたかもしれない。私の娘の心も傷つかずにすんだはずだわ〟

「ローズ、俺とは二度と関わりたくないと思ってらっしゃるかもしれませんね」ニックは弱々しい笑みを浮かべ、サックスのほうをちらりと見た。「二人ともそう思ってるかもしれない。そう思われて当然です。ただあのとき、アメリアやあなたやほかの大勢の人たちではなく、弟を選ぶしかなかったんだということだけは話しておきたくて。やめようとも思いました。弟は見捨てて、自分は自分の道を行こうと思った瞬間もあったんです。本当に申し訳ありませんでした」ニックは立ち上がって手を差し出した。

ローズはゆっくりとその手を握って言った。「ありがとう、ニック。世の中には謝るということができない人だっているのに。さて、そろそろ疲れてしまったわ」

「ええ、俺はそろそろ失礼しますから」

サックスは玄関まで見送りに出た。

「悪かったね、いきなり。でもやらなくちゃいけないことだから。ドニーと同じだ。アルコールや薬物のリハビリの十二ステップにあるみたいに、迷惑をかけた人に会いに行ってきちんと謝らなくちゃいけない」ニックはそう言って肩をすくめた。「ドニーはそのステップまでたどりつかなかったけど」

ニックはごく自然にサックスを抱き締めた。ほんの一瞬のことだった。それでも、うなじをかすめた彼の手が震えていることはわかった。うなじ――首の後ろ側。ライムの頸椎が折れたまさにその部位。サックスは後ろに下がった。尋ねようかと一瞬迷った。見つけた手がかりはいったい何なのかと。だが思いとどまった。

あなたには関係のないことよね――そう自分に言い聞かせた。

ニックを送り出してドアを閉めた。それからリビングルームに戻った。

「すごい偶然ね」ローズが言った。「〝悪魔の話をすると、悪魔が現れる〟のことわざどおり」

母は何か意図があって〝悪魔〟という言葉を使ったのだろうか。サックスはコーヒーを再度温め直したが、一口飲んで紙コップを捨てた。

「どういうつもりなのかしらね」ローズは首を振った。

「私は信じるわ。私に嘘をつくとは思えないから」

「あら、私だって疑ってるわけじゃないのよ。ニックは無実なんだと思う。でも、私が言いたいのはそれじゃないの」

「じゃあ、何？」

「あのとき自分がしたことは間違いだった、あなたの幸せを優先すべきだったと気づいたわけでしょう」

「気づいて、謝ろうとしてる。何かいけない？」

「なぜあなたに助けを求めてきたの？」

一種の誘導尋問だ。サックスは、ニックに協力を求められたことはローズに話していなかった。当時の捜査資料をダウンロードしてニックに渡すという、違法ではないが、道徳的に微妙な行為についても話していない。彼が無実を主張していること、サックスもその言い分を信じていること、彼は無実を証明するために調査を始めたこと。話したのはそれだけだ。

「だって、嫌疑を晴らす方法はほかにもあるでしょう――弁護士に相談するとか、審査委員会か何かに訴えるとか」

サックスは、母が本当に知りたがっていることを答えた。「母さん。ニックはこれから自分の人生を歩んでいく。私も自分の人生を歩む。それだけのこと。彼と会うことはたぶんもう二度とないわ」

ローズ・サックスは微笑んだ。「そう、わかったわ。お茶のお代わりをもらえる?」

サックスはキッチンに立ち、すぐに紅茶のお代わりを持って母のところに戻った。マグを渡したところで、着信音が鳴った。ポケットから携帯電話を出して発信者を確かめ、応答した。「ライム?」

「情報が入ったよ、サックス。リアルタイムの情報だ。未詳40号はタイムズスクウェアにいる。次のターゲットを狙っているのかもしれない。急げ。詳しいことはきみが車に乗ってから話す」

31

サックスはタイムズスクウェアに向けて疾走していた。マンハッタンのイースト川沿い、F・D・ルーズヴェルト・ドライブを北に向けて突っ走る。

渋滞はさほどひどくない……が、ドライバーの運転はひどかった。

彼らはしきりに車線を変える。サックスのフォード・トリノもせわしなく車線を変えた。彼我《ひが》で時速六十キロほどの速度差があるダンスだ。一つ間違えば衝突事故が起きる。死者は出ないまでも、流血と骨折は避けられないだろう。

電話が鳴った。サックスはスピーカーボタンを押した。「どうぞ」

「いまわかっていることを伝えるよ、サックス。聞こえるか？　いまのは何だ？　いまの音は何だね？」

「シフトダウンした音」

着陸した飛行機が減速するためにジェットエンジンを逆噴射したような音だった。

リンカーン・ライムが続けた。「現時点で判明している情報だ。微細証拠を分析した。現場の一つで化粧品が検出されていたね。メーカーがわかった。スターブレンドという舞台化粧用品のメーカーだ。それから、未詳の靴の痕から検出されたコネティカット、ウェストチェスター、ニュージャージーが由来の土、ディーゼル燃料、コップに移して飲んだ炭酸飲料、安物のワインかスパークリングワイン」

「劇場街を訪れた観光客。市外から来た観光バス、幕間《まくあい》の飲み物！」

「そのとおりだ。未詳はタイムズスクウェア周辺に住んでいるか、勤務先があるか、演劇好きか……あるいは、別の事件の下見に劇場街を訪れた際に、それらの微細証拠を拾ったか」

「でも、どうしていまいるってわかったの？」

「アーチャーと検討した結果――」

「アーチャー？」

「ジュリエット。見習い」

「ああ」車椅子の女性。すばらしく美しい目とすばらしくきれいな爪をした人。ラストネームで呼ばれても、とっさに誰なのかぴんとこなかった。

渋滞が解消して、フォード・トリノはふたたび快調に走り始めた。

「アーチャーと検討した結果、劇場街だとわかって、即座にCOCに連絡した」

COC――市警のコミュニティ監視センターは、ワン・ポリス・プラザの窓のない洞窟のような空間を占める部署で、数十名の職員がそこに常駐し、市内二十万カ所に設置された街頭防犯カメラの映像をモニターしている。しかし、全市からたった一人の容疑者を見つけ出すには、確認しなくてはならない映像が多すぎる。また、目や鼻や口など、顔認識ソフトが人を見分けるのに参照するデータがない状態――〝長身、痩せ形、おそらく野球帽をかぶってバックパックを持っている〟だけ――では、その技術もあまり役に立たない。

だが、物的証拠からエリアをある程度絞りこめた。そこは幸いにも、市内でもとくに数多くのカメラが設置されているエリアでもあった。いまから十分ほど前、タイムズスクウェア周辺を重点的に確認していたCOC職員の一人が、未詳40号の特徴と一致する人物を見つけた。

「ブロードウェイと四十二丁目の交差点。北に向かっていたが、四十五丁目西の店に入ったのを最後に見失った。裏の出口から外へ出たのかもしれない。ブロードウェイの西側は、街頭カメラの数が少ない。映像はそこで途切れている」

「正確にはどこ？」

すぐ前方でタンクローリーが唐突に車線変更した。サックスは車を横滑りさせてタンクローリーをよけた。ふう、いまのは危なかった。心拍数が跳ね上がった。

ライムが説明を続けた。「メルがミッドタウンノース署に連絡した。最後に目撃された交差点にいま六名向かっているところだ。ＥＳＵも出動した」民間人のライムに警察の人員を動かす権限はないが、メル・クーパーは、専門こそ鑑識ではあるが、現役の市警刑事だ。「プラスキーも一チーム連れて、十二番街と四十四丁目の交差点に向かっている」

サックスとミッドタウンノース署のチームは東から西へ、ロナルド・プラスキーのチームは西から東へ。はさみ撃ちにする作戦だ。

「証拠から――未詳がどこに向かってるか見当はつかない？　できればもう少し具体的に」

返事がない。

ライムは部屋にいる別の誰かと話している。クーパーだろう。

違う。女性の声が聞こえた。ジュリエット・アーチャーだ。

そのあと、沈黙が続いた。

サックスは呼びかけた。「ライム？」

「何だ？」

「こっちから質問したのよ。証拠から、未詳の目的地をもう少し絞りこめない？　いま向かってる方角でもいい」

「どう解釈すべきかまだわからない証拠がいくつかある。ガラスの破片、パテ材、ペーパータオル。どこにでもあるものだ。ほかに、クイーンズの腐植――クイーンズからどこかへ運ばれた可能性のある腐植もある」サックスは、なぜわざわざ言い直すのかと不思議に思った。ライムが続けた。「肥料と除草剤もあるが、ミッドタウンのブロードウェイ界隈にどこまでも続く牧草地など一つもない。推測ならまだしも、憶測はしたくない。いまの時点では、ブロードウェイ周辺での捜索に期待をかけるしかなさそうだ」

「わかった。分析を続けて」サックスは言った。「現場に着いたらまた電話する」

サックスはライムの返事を待たずに電話を切ると、ハイウェイを降りて一般道を西に向けて飛ばし始めた。

交差点……憎らしい交差点。

クラッチペダルとブレーキペダルを踏みこみ、ダッシュボードに置いた回転灯の青いまぶしい光に目を細める。

片手でクラクションを鳴らし、反対の手でシフトダウンしたあと、また両手でステアリングホイールを握る。

右、よし。左、よし。行け！　行け！

そのプロセスを五回か六回繰り返した。マンハッタンの大渋滞を回避するのに歩道に片輪を乗り上げたのは二度だけだったが、渋滞最後尾の車のフェンダーをかすめるようにすり抜けたのは三度、もしかしたら四度だ。

それにしても、不思議な巡り合わせだ――前方が開けた瞬間に加速しながら、サックスは思った。未詳40号はサックスの父の受け持ち地域にいる。ハーマン・サックスは長年にわたってタイムズスクウェア周辺をパトロールしていた。なかでも〝デュース〟――四十二丁目を重点的に巡回した。いまのようにディズニーのテーマパークに変わってしまう前の四十二丁目だ。本心を言えば、ポルノとペテンと安酒場の通りだったころが懐かしい。おそらく父も同じように思うに違いない。

携帯電話が鳴った。

シフト操作に集中するか、電話に出るか。サックスは四速に上げるより、サムスンの携帯電話を優先した。回転が上がりすぎた車が不満げな声を漏らす。「はい、サックスです」

「アメリア？　ボビー・キローです。ＭＴＮ警邏《けいら》課の。ライム警部から番号を教えてもらいました。未詳に関する情報です」

「ボビー、久しぶり」

サックスが刑事に昇格する前、ミ《M》ッドタ《T》ウンノ《N》ース署のボビー・キローと何度か仕事で一緒になったことがある。天使のようにぽっちゃりした丸顔のエネルギーに満ちあふれた若いパトロール警官だ。きっとエネルギッシュなところはいまも変わっていないに違いないが、〝若い〟はいくら何でも当てはまらないだろう。

「四十六丁目で聞き込みをしています。未詳らしき人物を見たという証言がいくつかありました。ここ五分くらいの話だそうです」

四十六丁目は、劇場街の真ん中を貫いて、東のイースト川から西のハドソン川まで一直線に走る通りだ。

「どのあたり？」

「ブロードウェイから数軒西側です。土産物店に入ったようですね。目撃者によると、行動が不審だった。店に入ったあと、尾行がないか確かめるみたいに窓から通りの様子をじっとうかがっていたとか。店員の証言です。尾行はないと納得すると――というのも店員の証言です――店を出て、西の方角に消えた」

「いま……あっと」

「え？」

スクーターに割りこまれて思わず上げた声だった。ローマの無謀なスクーターのように、サックスのすぐ前で車線を変えた。おもちゃのような音を立てて走るベスパ風スクーターでフォード・トリノにレースを挑んでいるかのようだった。

サックスは横滑りしかけた車の体勢を立て直した――あやうくごみ収集車の下にもぐりこむところだったが。次の瞬間には路面にタイヤマークを残して加速していた。

「ボビー、未詳の着衣は？」

「紺色か黒のウィンドブレーカー。ロゴなし。ジーンズ。野球帽――赤か緑だったそうです。人間の記憶なんてそんなものですよね。それから、黒っぽいバックパック」

「了解。五分で着く」

実際には三分で到着した。急ブレーキをかけ、ブロードウェイと四十六丁目の交差点に先に到着していたミッドタウンノース署のパトロールカー三台の横にトリノを停めた。ボビー・キローにうなずいて挨拶する。天使のような童顔はあいかわらずだった。近くで待機していたほかの八名のうちの何人かも顔見知りだ。サックスは彼らにも挨拶をした。

すでにハゲタカが集まり始めている――観光客がスマートフォンで動画を撮影していた。

サックスの携帯電話が鳴った。ロナルド・プラスキーだった。

「ロナルド。いまどこ？　配置についた？」

「はい、アメリア」パトロール警官四名とESU隊員六名に合流したところだという。現在地は四十六丁目のハドソン川近く。

「こっちはブロードウェイの交差点にいる。そこから東に向かってきて。私たちがいるほうに。こっちは西に向かうから」サックスは未詳の人相特徴に関する最新の情報を伝え、この周辺に住居か勤務先があるのかもしれないと付け加えた。もしそうなら、近隣住民や店員、ウェイターなどのなかに未詳の特徴的な外見を覚えている者がいてもおかしくない。

「ただ、将来の被害者を尾行して来ただけで、この地域にはほかに何のつながりもないとしたら、また話は変わってくるわ。手遅れになる前に偶然行き合うことを期待するしかない」

通話を終え、サックスは集まったパトロール警官たちに指示を与えた。未詳の次のターゲットが誰なのかまだわからないが、おそらくはスマートコントローラー内蔵の製品を使用中かその近くにいる人物で、未詳はスマートフォンかタブレット端末を使ってその製品に誤作動を起こさせようとするだろう。

サックスは続けた。「銃を所持しているかどうかはわからない。でも過去の事件ではハンマーを使ってる」

「エスカレーター事件のやつですよね?」

「そうよ」

「ほかにどんな製品を狙うんでしょう?」

サックスはエイブ・ベンコフ殺害に利用されたのはガスコンロだったことを話した。

トッド・ウィリアムズがダウンロードして未詳に渡したリスト――心臓部にデータワイ

ズ5000を内蔵したリストの記述を思い出しながら、例を挙げた。「家電、温水器、キッチンの調理機器、重機、工具。自動車も該当するかも。あとは、医療機器。でも、未詳は派手な手段を選ぶでしょうね。世間の注目を集めるために。誤作動を起こせば高熱や重量で人の命を奪いかねない装置を見たら、スマートコントローラーを内蔵していると考えて警戒して。未詳がその瞬間にもボタンを押そうとしてるかもしれない」

「おっかないな」パトロール警官の一人がささやくような声で言った。「女房子供がキッチンでクッキーを焼いてたら、ガスコンロがいきなり爆発するかもしれない。そういうことですか」

「そうよ。さ、始めましょう」

西に向けて捜索を開始しながら、一人がつぶやいた。「どうしてこの界隈を選んだのかな」

その理由はサックスには明らかだった。この通り沿いには何百という商店やレストラン、娯楽施設がひしめいている。そしてその上空には高解像度の大きな電子看板がそびえ立って、下を通る市民や旅行者を脅し、あるいは誘っている。〝もっと金を使え、もっと、もっと〟……

消費主義に戦いを挑む者の目に、タイムズスクウェアは、世界一魅力的な猟場と映っているだろう。

32

サックスはパトロール警官を二チームに分けた。それぞれが大通りの片側を受け持ち、西に向けてスタートした。

昔ながらの地道な仕事だ。通行人を呼び止め、同じ質問を繰り返す——野球帽をかぶり、黒っぽいジャケットを着てジーンズを穿き、バックパックを肩にかけた、長身の痩せた男を見なかったか。時間のかかる仕事でもあった。歩道は通行人であふれ、通り沿いには無数の商店が並んでいる。

それに、周囲の警戒もおろそかにできない。

ふいに凶器と化して襲ってきそうな機械がないか、つねに目を配っておく必要がある。そこの車のエンジンが爆発したり火を噴いたりするのではないか。あそこに駐まったごみ収集車が急に動き出すのではないか。市のインフラは？　いま歩いているこの歩道のすぐ下の地中を、数万ボルトの送電線やスチームパイプが通っている。

それらしき製品が至るところにある。

気になってしかたがない。

サックス自身は目撃者を見つけられていなかったが、パトロール警官の一人が無線で連絡してきて、もしかしたらという証言を得られたと報告した。十分ほど前、未詳の特徴に一致する男が歩道の縁石際に立ち、タブレット端末を見ていたという。場所は七番街と八番街のあいだだ。その男はとくに何をしたというわけではない。目撃者──劇場街の土産物店の店主──の記憶に残ったのは、特徴的な風貌をしていたからだ。

「そのあとどっちに行ったかわかる？」

「わかりません、サックス刑事」パトロール警官は答えた。

焦りを感じながら、通りを見回した。

「その近くにターゲットがあるのかもしれない。そこに集合しましょう」

数分後、全員が目撃地点に集まり、そこから捜索を再開した。ほかに目撃証言はなかった。チームは西に向けて進んだ。ゆっくりと。レストランや商店、乗用車やトラックをのぞきこむ。劇場があれば、表と裏の両方の出入口を確認した。収穫はない。

四十六丁目の西端にいるロナルド・プラスキーから電話があった。西側でも目撃情報はないという。東に向けて捜索を続けている。東西二つのチームの距離は、もう五百メートルほどしか離れていなかった。

八番街に近づくにつれ、劇場の真向かいにある建設現場が見えてきた。耳障りな音が風に乗って届く。電動工具の甲高い音だ。さらに近づくと、その音はさらに大きくなって鼓膜に突き刺さった。数十人の作業員が鉄骨を溶接したりハンマーで叩いたりしている。しかし意外なことに、甲高い音は建設現場からではなく、そのちょうど向かいにある劇場の両開きの扉の奥から聞こえていた。劇場のバックステージエリアらしく、作業場で職人が木材を切っている。今後上演される芝居の大道具を製作しているのだろう。職人はプラスチックの無骨なイヤーマフをしていた。サックスが射撃場で着けるようなものだ。あれがなければ、円形の刃が回転する大きな音で鼓膜をやられてしまうだろう。職人が木材を切り終えたころ、サックスが自分で行くか、チームの誰かに頼んで、容疑者らしき人物を見なかったか尋ねてみるとしよう。

その前に、サックスはほかの警官と一緒に、高さ二メートルほどの合板の塀の隙間から建設現場に入った。三十階から四十階くらいの高層ビルを建設中のようだ。鉄骨の構造はほぼ完成し、床もだいたいできているが、壁はまだほとんど入っていない。地上は重機や工具の置き台で足の踏み場もなかった。サックスは奥のほうにいた、火のついていない煙草をくわえた痩せぎすの作業員に近づき、現場監督か責任者を呼んでもらいたいと頼んだ。作業員はのんびり歩いてどこかに行った。

まもなくヘルメットをかぶった大柄な男性が大儀そうに歩いてやってきた。見るからに面倒くさそうな顔をしている。

「お邪魔してすみません」サックスはいかにもベテラン風を吹かせた大柄な男性に言い、バッジを見せた。

するとと男性はサックスには何も言わずに顔をしかめると、くわえ煙草の作業員とは別の若い作業員のほうを向いた。「おい、電話したのか。すぐ電話しろとは言ってないだろう」

「俺は電話なんかしてませんよ、ボス」

「じゃあ、誰だ？」男性――〝ボス〟――は大きな声で言い、近くにいた作業員たちの顔をじろりと見た。丸く突き出た腹をぼりぼりと掻いている。その腹を覆《おお》っている格子縞のシャツはぎりぎりまで引き延ばされ、ボタンのあいだから体毛がのぞいていた。

サックスは合理的な推論を導き出した。「誰かが警察に電話するはずだったんですね？」

「そうなんだが」男性は電話をかけたのは誰かとあたりを見回している。

助手らしき作業員がボスに顎をしゃくりながらサックスに言った。「イギーから――ボスから、電話する前にちゃんと確認しろって言われたんですよ。根拠もないのに警察を呼ぶなって。会社は現場におまわり……じゃない、警察官が来るといやがるから。体裁が悪いでしょ」

「何かあったわけですか。どうして警察に連絡しようとしたんですか」

イギーがようやくこちらに注意を戻した。「不審者がいた。現場に忍びこんだやつがいるらしいんだよ。ただな、確かじゃない。その前に確認しようとしたわけだよ。通報する前に。必要があれば通報したさ。ただ、その前にちゃんと確認したかった。他人様《ひとさま》の時間を無駄に使いたくないからね」

「その不審者は、とても背が高くて、とても瘦せていませんでしたか。黒っぽいウィンドブレーカーとジーンズに野球帽」

「わからん。そいつを捜してるのか？　なんで？」

もどかしさを隠しきれずにサックスは言った。「いま言ったような風貌の人物だったかどうか確認していただけますか」

「まあな」

「〝まあな、そういう風貌の男だった〟ですか？　それとも〝まあな、聞いて回ってもいい〟ですか？」

「まあ、そんなところだ」

サックスはあきれ顔でイギーを見つめた。「殺人事件に関して手配されている人物なんです、イギー。いますぐ確認してください」手で現場を指し示す。焦《じ》れったい。

イギーが突然大きな声を出した。「おい、クライ！」

また別の作業員が近づいてきた。煙草を背中に隠している。この煙草には火がついていた。

「何です？」

「さっき、うろついてるのをおまえが見たっていう男の話だ」

サックスは未詳の特徴を繰り返した。

「ああ、そいつ。そいつです」煙草を隠した作業員は、ボスの表情を盗み見るようにした。おどおどしている。「俺は電話してませんよ、イギー。まだ電話するなって言われたから。俺は電話してない」

未詳はここにいる！　サックスはベルトから無線機をむしり取ると、自分のチームとプラスキーのチームに向けて、大至急、建設現場に集合するよう指示を出した。

「その男がどこに行ったか見ませんでしたか」サックスはクライと呼ばれた作業員に尋ねた。

「上、かな。西側のエレベーターの近くにいたし」空まで届きそうな高層ビルの骨組みを見上げた。

「その男がいるかどうか、いま確認できそうな人はいますか」サックスは尋ねた。地上からは、高層階に作業員は一人もいないように見える。

「鉄骨の組み立て作業中だからな」現場監督のイギーが答えた。おそらく、当然誰かいると言いたいのだろう。

「連絡して、誰か見ていないか聞いてください」

イギーが作業員の一人に連絡してみろと言った。ナンバーツーまたはナンバースリーらしき作業員は即座に指示にしたがい、無線機で上階に連絡を取った。

サックスはイギーに尋ねた。「この現場からすでに出たとしたら、どこから？」現場をぐるりと囲む合板の塀は高さ二メートルほどあり、その上にさらにレーザーワイヤが張られている。

イギーは頭を掻くようなしぐさでヘルメットを掻いた。「四十七丁目側に出入口が二カ所ある。ほかにはここしかないよ。そこのメインの出入口。だが、そこから出たんなら、誰か見てるはずだ。誰か見たなら、俺に報告があるはずだ」

サックスはパトロール警官二人を呼んで四十七丁目の出入口二カ所を確認してくれと指示した。それからイギーに向き直った。「ああ、それから、エレベーターは使わないよう全員に伝えてください」

「しかし、歩いて下りるとなると――」

「エレベーターに細工がされているかもしれません」

イギーが目を見開く。「細工？ 本当に？」

助手が無線のやりとりを終えて言った。「上にいたかもしれないそうです。低層階のどこか。背の高い男。誰も知らないやつだったから、下請《したうけ》の作業員か何かだろうと思ったらしい」

未詳の次のターゲットとして、ここがもっとも可能性が高そうだ。エレベーターは足場の外側に設置されている。データワイズ５０００をいじって自動ブレーキを解除するのは簡単だろう。エレベーターに乗った作業員は、時速百キロ超で地面に叩きつけられることになる。

イギーが大きな声で言った。「エレベーターを停めろ。全部だ。上にいる連中に、安全が確認できるまで絶対にエレベーターを使うなと伝えろ」

よし。とりあえず安心だ……そう思った次の瞬間、サックスははっとした。ちょっと待って。違う。何を考えてるのよ？　違う違う違う、ここじゃない。ここじゃないわよ！　未詳の手口を思い出して。この建設現場に何か仕掛けをするつもりじゃない。ここに来たのは、自分が起こす事件を見物するため。周囲を見晴らせる高層の建物が必要だから、ここに来た。ベンコフのアパート内に一度も入らなかったのと同じ。あのときは真向かいの建物にいた。スターバックスにいたのとも同じこと。エスカレーターの乗降板が開いて、グレッグ・フロマーがのみこまれるのを見るためだった。

この鉄の骸骨に上ったら、何が見える？

そう自分に問うと同時に、サックスは、あたりが静まり返っていることに気づいた。通りの反対側の劇場の作業場。そこから聞こえていたテーブルソーの悲鳴のような音がやんでいた。サックスはくるりと向きを変え、急ぎ足で建設現場の塀の隙間に戻った。大道具を製作する作業場にいる職人の姿が見える。恐ろしくよく切れそうな刃を一方の手で押さえ、もう一方の手のソケットレンチでナットをゆるめようとしていた。テーブルソーは購入したばかりのもの──最新型に見えた。

データワイズ５０００内蔵のモデル。

次のターゲットはあの人だ！　未詳40号は、職人がテーブルソーを停止して刃を交換するのを待っていたのだ。そして次の瞬間──職人は安全なつもりでいるが──テーブルソーは思いがけず息を吹き返し、職人の手を切り落とすのだ。あるいは、ゆるんだ刃が回転しながら飛んで職人の下腹や鼠径部に食いこむのだ。もしかしたら、外へ飛んで通行人に襲いかかるかもしれない。

サックスは猛然と走り出した。向かってくる車を掌で押しとどめ、作業場の開きっぱなしの入口に向けて叫びながら通りを渡る。「その機械から離れて！　離れて！　動き出すわ！」

しかしその声は、防音のイヤーマフをした職人には聞こえていない。

サックスは作業場の入口に飛びついた。「やめて！」反応はない。

テーブルソーと未詳40号の次の犠牲者まで、まだ十メートル近く距離があった。見ると、テーブルソーの電源コードは右手の壁に伸びていた。そこならほんの一、二メートルだ。しかし、プラグがない。ケーブルは壁の穴を通って向こう側に消えていた。

時間がない。建設現場の上空のどこかから見ている未詳40号は、サックスに気づいただろう。いままさにテーブルソーのスマートコントローラーに不正侵入しようとしているだろう。円い刃をふいに作動させて、何も知らずにいる職人の手を切り落とすだろう。サックスの右側のワークベンチにたくさんの手動工具が並んでいた。大きなボルトカッターもある。ハンドルは木でできていた。木けたしか優秀な絶縁体だ。そうだろう？　二百二十ボルトの電圧に耐えられるかどうかはわからない。テーブルソーはきっと二百二十ボルトを使用しているだろう。

だが、やるしかない。

ラックからボルトカッターを取り、鋭い刃で電源ケーブルをはさむと、ハンドルをぐっと押しこんだ――火花が盛大に散って、サックスは目を閉じた。

33

混雑した歩道を急げるだけ急いだ。劇場と、僕を止めようとしているやつらとのあいだの距離を稼ぐ。僕を刑務所に送ろうとしているやつら、アリシアから引き離そうとしているやつら。弟から。僕のミニチュアから。

ショッパーども！　いまいましいショッパーどもめ。

それにレッド。くそくらえだよ。

最悪のショッパーだ。疑わしきは罰せずの原則を適用してやってたのに。憎い。いまはあの女が憎くてたまらない。

でも、そうだな、驚いてはいない。三階から殺しの舞台を――劇場裏の作業場を見張っていて、あの女が建設現場に現れたのに気づいたときも、さほど大きな驚きは感じなかった。

でも、やっぱりわからないな。いったいどうやって？　どうしてあの劇場を狙っているとわかったんだ？

まぐれ当たりじゃない。何か根拠があるに決まっている。

最近の警察は利口だ。科学捜査機器を駆使する。ＤＮＡに指紋。そのほかにもいろいろ。僕がどこかに落としたものを見つけたのかもしれない。今日の計画の下見に行った先で、うっかり残した証拠。そうか、誰かが僕を見て覚えていたという可能性もあるな。特徴的な外見だから。スリム・ジム。ガリガリ野郎……くそ。

いまは西に歩いている。下を向いて肩を丸め、背の高さをごまかしている。

この変装のままでいたほうがいいだろうか。建設現場で三階に上って作業に取りかかる前に、ヘルメットと、カーハートのジャケットを失敬した。鉄骨組み立て工のヴァーノンを目撃したやつがいるかどうかわからない。だが、そうだな、きっと二つとも処分したほうが無難だろう。地下鉄のトイレで着替えるか。いや、だめだ。駅には防犯カメラがある。警察はいまごろカメラから送られてくる映像に目を凝らしているだろう。そうだ、メイシーズ百貨店のトイレがいい。トイレのくず入れに押しこもう。

新しいジャケットが要る。帽子も。今度もまた、洒落者風のフェドーラ帽にするか。ぎりぎりまで刈りこんだこのブロンドのクルーカットは目立ちすぎる。

服を替えたら、一目散にトイ・ルームに帰ろう。子宮に。飛ぶように泳ぎ回るカラフルな金魚のところに。慰めが必要だ。アリシアを呼ぼう。僕が呼べば、アリシアは来る。

私よ、ヴァーノン？

背後を確かめた。尾行はない。この調子なら――

うわ。

脇腹に痛みが走った。誰かとぶつかったんだ。とっさに警官かと思って焦った。手錠を出して僕を逮捕しようとしているのかと思ったよ。でも違った。〝エリートビジネスマン〟と大声で叫んでいるみたいな身なりの体格のいいハンサムな男が、ブルートゥース接続のヘッドセットを使って電話で話しながら、スターバックスから出てきたんだ。そいつは僕に向かって怒鳴り散らした。「何だよ、おまえ、ガイコツみたいなやつ。どこ見て歩いてるんだ」

にらみつけることしかできなかった。そいつは顔を真っ赤にしていた。〝瞬間湯沸《わ》かし器〟という言葉が僕の頭をよぎった。

ハンサムだ。ハンサムな男だった。すっとした鼻、きりりとした眉、たくましい体。そいつは大事な大事なスターバックスのカップを僕につきつけた。乾杯するみたいにじゃなく、銃で撃とうとしているみたいに。「もしこいつがこぼれてたら高くついたぞ、ゾンビ野郎。このシャツはな、おまえの月給よりよほど高いんだ。私は弁護士なんだよ」それから、携帯電話で話しながら行ってしまった。「ごめんよ、ハニー。薄気味悪い男、何かたちの悪い病気なんじゃないかってくらい痩せたやつにぶつかられてね。歩道は自分一人のものだと思っているらしい。いまから帰るよ。二十分で着く」

心臓がばくばく打っている。ショッパーと遭遇したあとはいつもこうだ。いまのやつのせいで、今日はいやな日になった。今週はいやな週だ。

叫び出したい。泣きたかった。

メイシーズ百貨店のトイレに寄るのはやめた。ジャケットを脱いだ。ヘルメットも。どっちも路上のくず入れに放りこんだ。肌と同じ色の綿の手袋もだ。セントルイス・カーディナルズの野球帽を出してかぶった。だめだ、これじゃないのにしろよ。バックパックから、ナイキのシンプルな帽子を出してそれをかぶり直した。

わめきたい。泣きたい……

だが、しばらくするとその衝動は遠ざかった。いつもそうだ。そして、その衝動が消えた跡を別の欲求が埋めた。

傷つけたい。誰かを傷つけてやりたい。


火花はさほど派手に散ったわけではなかった。

一センチに満たないオレンジ色の光が閃いたあと、煙が一筋、慎ましやかに上がっただけだった。これが映画の撮影だったら、監督は〝カット〟だか〝撮り直し〟だか、そういう場面で監督が叫ぶせりふを叫び、火薬専門の特殊効果係を呼びつけて、火花を十倍にするよう指示しただろう。

実際には、ブレーカーが落ちて、劇場全体ではなく、作業場周辺だけが暗転したきりだった。サックスは感電しなかった。火花のやけど一つできていない。

そのあとサックスは市警のバッジを掲げ、困惑顔で見つめている職人に屋外へ出るよう身ぶりで伝えた。未詳40号の居所はまだ判明していないからだ。職人はイヤーマフをむしり取るなり矢継ぎ早に質問を浴びせた。サックスは人差し指を立てて〝ちょっと待って〟と制すると、作業場を慎重に見て回った。劇場はおそらくターゲットだと思われるが、絶対の確信は持てない。そこでチームのほかのメンバーを呼び、未詳が最後に目撃された建設現場を中心に、周辺の捜索を継続するよう指示した。

数分後、携帯電話が鳴った。ぽっちゃり顔の温厚なパトロール警官、キローからだった。「アメリア？　建設現場にいます。現場監督の助手が、未詳を目撃した作業員を捜してくれました。やはりここにいたようです。二階に。南側です。立ち去るところを見た作業員がいます。どうぞ」

三階の南側。何にもさえぎられずに職人とテーブルソーを見下ろせる。

「了解。どっちの方角に行ったかわかる？」

「ちょっと待ってください」まもなく電話口に戻ってきた。「四十七丁目だそうです。着衣はカーハートの茶色のジャケットとヘルメット。聞き込みを続けます。どうぞ」

「了解。何かわかったらすぐ――」

無線機からロナルド・プラスキーの声が聞こえた。「目撃情報です。四十八丁目と九番街の角。北に向かったそうです。現在追跡中。それ以上の情報はまだありません。どうぞ」

「そのまま追跡を続けて、ロナルド。ジャケットとヘルメットはきっともう処分してるでしょうから、背の高い男、痩せた男を捜して。バックパックはまだ持ってるはず。ハンマーなどの凶器や、データワイズ5000のハッキングに使うデバイスが入ってるでしょうから。スマートフォンかタブレット」

「了解、アメリア。捜索を続けます。以上です」

悔しい。目と鼻の先まで迫っていたのだ。もう少しで手が届くところまで。無意識のうちに奥歯を嚙み締めていた。左手の人差し指は親指の甘皮を剝がしにかかっている。痛い。やめなさいよと自分を叱った。だが、やめられなかった。不安や緊張を感じるといつもこうだ。

職人が地下に下りた。まもなく劇場の照明が元どおり灯って、職人が戻ってきた。ジョー・ヘッディと名乗った。劇場内や近隣で未詳40号に似た人物を見かけなかったかとサックスは尋ねた。

ヘッディは少し考えてから答えた。「いいえ。見たことありませんね。でも、いったい何だったんです?」

「連続殺人犯がいるの。犯人はいろんな装置や機械を凶器に利用するんです。エスカレーターに細工して――」

「あのテレビでやってた事件？」ヘッディが尋ねる。

「そうです。ガスコンロも。ガス漏れを起こしておいて、コンロの火をつけた」

「あれか。ニュースで見ました。信じられないな」

「スマートコントローラーをハッキングして、それを内蔵した製品を乗っ取るんです。犯人はそこの建設現場からあなたを見ていたのではないかと思います。あなたがその刃を押さえているところで、電源を戻すつもりだったのではないかと」

ヘッディはつかのま目を閉じた。「テーブルソーを？　私が刃を押さえてるときに？　いやはや。毎分二千回転ですよ。木材だってバターみたいにすっと切れちまう。手を切り落とされていただろうな。出血多量で死んでいたかもしれない。どうかしてる」

「ええ、ほんと」サックスは言った。

メモを取っていると、また電話が鳴った。プラスキーからだ。サックスはヘッディに言った。「すみません、急ぎの電話なので」ヘッディはどうぞとうなずき、作業場に設えられた小さなキッチンに向かった。一杯分ずつに小分けにされたスターバックスのインスタントコーヒーのパックをカウンターに置き、マグに水を入れて電子レンジにセットした。簡単なことなのに、そのあいだずっとヘッディの手は震えていた。

プラスキーが言った。「見失いました、アメリア。捜索範囲を五十二丁目から三十四丁目まで広げたんですが。いまのところ手がかりなしです」

サックスは溜め息をついた。「何かわかったら連絡して」

「はい、アメリア。了解です」

電話を切った。ヘッディがこちらに向き直る。「でも、どうして私なんです？　組合の問題ですかね？　昔はデトロイトの自動車労働者組合に何年も入っていたし、ここでも組合に入っています。だけど、最近じゃ組合員を攻撃する事件なんて起きませんよね」

「あなた個人を狙ったわけではないと思います。テロリストみたいなものなの。自分の主張を世間に伝えるために、高価な製品を所有している、または使っている人を無差別に襲っています。現代人はそういった製品に頼りすぎている、お金を使いすぎているというのが犯人の主張です。どうして劇場を狙ったのか。それはわかりません。娯楽施設が集まったタイムズスクウェアの快楽主義が気に入らないのかも」サックスは小さな笑みを作った。「ブロードウェイのチケットが高すぎるっていう抗議かもしれない」

「やっぱりいかれてるな」ヘッディは電子レンジのタイマーをちらりと確認してから、またサックスに向き直った。

「一つ気になることが」

「何でしょう？」

ヘッディはテーブルソーを見やった。「スマートコントローラーだか何だかに不正に侵入したとおっしゃいましたね」

「ええ」

「しかし、あのテーブルソーにはオンオフのスイッチしかないんですよ。遠隔操作はできません」

「でも、診断や分析のために使用データをアップロードする機能はあるでしょう?」

「ありません。チップが入っていて、設定を保存することはできます。でもそれだけですよ」

電子レンジがちんと音を鳴らして温め完了を知らせた。ヘッディは近づいていって扉のレバーに手を伸ばした。

サックスは眉間に皺を寄せた。

あ!

電子レンジの扉が開くと同時にサックスはヘッディに飛びついて押し倒し、二人は作業場のコンクリート敷きの床に激しく叩きつけられた。その刹那、電子レンジに入っていた陶器のマグが破裂して過熱した水蒸気が噴き出し、鋭くとがった無数の破片が飛び散った。

34

「どうだ、調子は？」フレディ・カラザーズが尋ねた。

ニックは小柄な友人を招き入れ、ソファに戻って座った。今日のフレディはふだん以上にカエルに似ていた。

テレビに裁判番組『ジャッジ・ジュディ』が映っている。ニックは言った。「俺がこんなもの見るなんて意外だろ？　見てみたら、すっかりはまっちまった。ディスカバリーチャンネル、Ａ＆Ｅ。刑務所に入る前はせいぜい五十チャンネルしかなかったのに、いまじゃ七百だ」

「見る価値があるのはそのうちの十くらいだけどな。ＥＳＰＮとＨＢＯ。俺はその二つしか見ない。あとは『ビッグバン★セオリー』か。あのドラマは笑える」

ニックは首を振った。「見たことがない」

「聞いたことに答えろよ」

「何だっけ？」

「調子はどうだって聞いたろ」

「いい日もあれば、悪い日もある。程度の差だな。今日はほかの日よりましか」

「自己啓発本のタイトルにしたら売れそうだ。『今日はほかの日よりまし　人生の教科書』」

　ニックは大笑いした。それきりその話題には触れなかった。彼にとって最悪の日とは、人生に裏切られた事実が頭にこびりついて離れない日だ。自分は何も悪くない。不公平だ。その思いは刑務所のセラピストにさんざんぶちまけた。ドクター・シャラーナに。

「人生ってやつは不公平だよ」

「まあな、言えてる。その現実にどうやって対処していくかを考えるしかない」

　ニックはフレディに言った。「おまえはムショに入ったことがないからな。ムショ暮らしを経験すると、何て言うんだろう、リセットされるんだよ。腹とか頭のなかに時計が入ってるとしたら、ムショはその時計についてるダイヤルを回して、人生を止めちまう。で、止まった状態でムショを出るだろう？　そうしたら、いきなりカオスだ。行き交う車、行き交う人」ニックはテレビに顎をしゃくった。「テレビ番組と同じだ。チャンネルの数が突然、何倍にもなる。何でもありだ。ありすぎる。キャブレターの混合気が濃すぎるみたいな」

　あとの言葉が続かなくなった。アメリア・サックスを思い出してしまったからだ。アメリアは、キャブレターのセッティングくらい手慣れたもので、難しいチョークの調整もわけなくできる。

「子供のころ読んだ本。思い出すな」フレディが言った。

「本？」

「子供のころ読んだ本だよ。『異星の客』。異星人が地球に来る話だ。別に侵略に来たんじゃない。光線銃をぶっ放して地球人を殺すわけじゃないんだ。この話はちょっと違ってさ。その異星人は、自分が感じる時間の速度を変えられる。たとえば歯医者に行ったときはスピードアップすれば、ものの数秒で治療が終わる。セックスのときは速度を落とすわけだよ」フレディは笑った。「うらやましいだろ。長引かせるほうな。たまに役に立ちそうだ」

「それも本に書いてあるのか」

「歯医者やセックスの話は出てこない。高尚な小説なんだよ。ＳＦだけど、高尚だ」

「異星の――」

「――客」

ニックはそのコンセプトが気に入った。「ちょうどそんな感じだな。娑婆《しやば》に出たら、社会の何もかもがスピードアップしてる。怖いくらいだよ。刑務所でずいぶん本を読んだ。しかしいまの本は知らなかった。今度読んでみよう。そうだ、ビール飲むか？」

フレディは部屋をしげしげと見回している。ニックの部屋は、刑務所の独房のように整理整頓が行き届いていた。清潔そのもの、何もかもぴかぴかで整然としている。独房のように殺風景でもあった。近々車を借りてイケアに買い出しに行くつもりでいる。服役中からイケアに買い物に行ってみたいと思っていたからだ。やがてフレディが腕時計にちらりと目を落とした。「もうじき出発しないと。でもまあ、一本くらいはいいだろう」フレディは言った。重い話題を切り上げられてほっとしているように見えた。

ニックは冷蔵庫からバドワイザーを二本取った。栓を抜き、ソファに座って、一本をフレディに差し出す。

「ムショじゃ酒は飲めるのか」フレディが聞いた。

「密造酒《シャイン》ならな。高いし、まずいよ。あれは本当にまずい。いかにも体に悪そうな味がする」

「なあ、いまだに密造酒《ムーンシャイン》って呼ぶのか？」フレディが聞く。笑いの壺にはまったらしい。

「ああ、俺がいたところではな。ほとんどの受刑者はオキシコンチンとかパーコセットみたいな薬物をやる。簡単に隠して持ちこめるから。看守から買ってもいい」

「どっちも危ないクスリだな」

「そう聞くね。一度、つまらない喧嘩に巻きこまれたことがある。けっこうやられてさ、あれは痛かったよ。指を折っちまったんだ。そうしたら、医療センターの医者に、オキシコンチンかパーコセットを出してやろうかって言われた。俺は断った。医者は意外そうにしてたよ。金になると期待したんだろうな」

ジャッジ・ジュディは出演者にくどくどと説教をしている。ニックはテレビを消した。

「で、どんなやつなんだ？　協力してくれるってのは」

「名前はスタン・ヴォン。俺はよく知らないやつだが、信用できるやつから紹介された」

「ヴォン。ドイツ系か?」

またアメリア・サックスを連想した。

「さあな。ユダヤ系じゃないのか? まあ、ドイツ系ってこともあるかもしれないが。俺は知らない」

「待ち合わせはどこだ?」

「ベイリッジ」

「名前を知ってるって? 〝J〟と〝ナンシー〟の名前」

「さあな、俺も詳しいことは聞いてないんだよ。どこを探せばいいかは教えられるって話だった」

「そいつに逮捕状は出てないよな」

「出てない。確認したよ」

「逮捕状が出てるやつとは会えない」

フレディがもう一度言った。「クリーンだよ」

「銃もまずい」

「持ってくるなと釘を刺しておいた。ちゃんと覚えてるよ」

刑務所の常識を思い返し、ストリートの常識もおさらいした。「見返りに何が欲しいって？」

「食事」

「食事……それは何かの暗号か？」そう尋ねながら考えた。食事《meal》――〝M〟だから千ドルか。それともメガバイト？　いずれにせよ、大金を指す隠語だろう。

フレディは肩をすくめた。「晩飯って意味だよ」

「それだけ？」ニックは驚いた。「五百くらい渡さなきゃいけないかと思ってた」

「いや、そいつのボスに貸しがあってな。だから金は要らない。ま、世の中にはそういう連中もいるってことだろ。ただ飯が食えりゃ充分ってやつらが。そのほうが深い仲になったように思えてうれしいとかさ」ニックがじろりとにらむと、フレディは肩を揺らして笑った。「そういう意味の〝深い仲〟じゃないよ。他人の役に立ったって実感が湧くんだろうって程度の意味だ」カエルじみた友人は、残っていたビールを飲み干した。

「ただ単に腹が減ってるだけかもしれないしな」

「大したことないわ。ちょっとやけどしただけ。銃撃戦だって経験あるし」

ライムのタウンハウスの居間に戻ったサックスは、怪我の具合を尋ねるライムの質問に答えて言った。

左腕を見せる。電子レンジから噴き出した蒸気がかすめたところがやや赤くなっていた。治療のためだろう――治療といっても、軟膏を塗っただけのようだが――青い石のついた指輪ははずしてあった。そのことを思い出したらしく、ポケットから指輪を取り出して指にはめた。指を何度か曲げ伸ばししてからうなずく。「大丈夫そう」前腕に申し訳程度の包帯が巻いてある。

「で、あれはどういうことだったの？」サックスは尋ねた。その質問はジュリエット・アーチャーに向けられたものだった。アーチャーは音声コマンドで電話を切ったところだ。未詳40号は電子レンジの出力を限界まで上げておいたのだろうということはわかるが、それで爆弾と化す仕組みはライムにもサックスにも説明できなかった。

アーチャーが答えた。「電子レンジメーカーの家電の専門家に聞きました」電話のほうにうなずきながら言う。「未詳40号はデータワイズ５０００を使って制御盤に細工をし、出力を何倍にも上げておいたんだろうと。それこそ四十倍とか五十倍にね。そのせいで、被害者が温めようとした紅茶なのかコーヒーなのかは過熱状態になった。電子レンジの扉が開いて外の冷たい空気が流れこんだ瞬間、マグのなかの液体と陶器のマグそのものに含まれていた水分が一気に蒸発した。陶器には、ある程度の水分が含まれているものなんですって。その蒸発によって、マグが手榴弾のように破裂した」

アーチャーは今度はディスプレイに顎をしゃくった。「正常な電子レンジでも、過熱状態になると同じことが起きるそうです。ただ、それには時間がかかる。今回、未詳40号は、通常なら十五分かかって突沸《とっぷつ》が起きるところを、たとえば六十秒に短縮したということ」

ライムは意外に思った――電子レンジのような、どこにでもある機械にそれほどの危険がひそんでいるとは。

サックスの携帯電話が着信音を鳴らした。ショートメールが届いたようだ。「未詳がまた次の声明を出したみたい」キーボードを叩く。すぐそばの高解像度ディスプレイに電子メールが表示された。

やあ！　便利さを無制限に追及するとどんなに**悪魔的**な結果を見るか、わかってきたかな。スープやコーヒーを暖めるときはいつも、二百五十度の水蒸気を浴びたり、陶器やガラスの破片が体にめりこんだりする棄権と隣り合わせだ！　そんな結果を起こすのは、自宅の電子レンジか？　それとも職場の？　息子の寮の部屋のか？

そろそろ理解できただろう。おまえたちが母なる地球にしていることに比べたら、私がしていることなどどちっぽけな話だ。**モノ**に対するおまえたちの節度なき欲望が環境や水にどんな影響を与えているか、わかるか？　ごみを埋め立てるのは、環境に毒を注射するようなものだ。

〝蒔《ま》いたように刈り取るべき〟――ということわざのとおり、買ったからにはその報いがあるということだ。

ではまた明日。――民衆の守護者

新しい手がかりは何もない。あいかわらず実際よりも知性が低いふりをしていることがわかるだけだ。

――〝刈り取るべき〟。〝刈り取るべし〟

ただ、この大言壮語には、一つだけ、見過ごせない情報が含まれている。このあともまだ犯行を続けるつもりでいるということだ。

メル・クーパーが言った。「電子レンジ爆弾……さすがに世間の注目を集めるだろうな」

事実、マスコミはすでに報道合戦を始めていた。

サックスが情報を提供した記者による最初の記事が出て以来、各紙が〝モノのインターネット〟の危険に言及した後追い記事を掲載し、テレビのニュース番組でも特集が組まれたりしている。記者やニュースキャスターは、一連の事件をきっかけにスマート機器の売り上げは急激に落ち、返品が増加するだろうと予測している。そして、消費者は武器に変身しかねない製品の使用をすでに控え始めていると伝えていた。

ライムやサックスらの捜査が、将来の被害者だった人々の命を守ったことは事実だろう。一方で、大量消費主義との戦争という観点から見れば、局地的な闘いで未詳40号が着々と勝利を積み重ねていることもまた事実だった。

サックスとライムは、あのあとＣＩＲマイクロシステムズ社のヴィネイ・チョーダリーともう一度話をしていた。チョーダリーによると、ネットワークに侵入してスマートコントローラー内蔵製品を乗っ取る不正行為を防ぐためのセキュリティパッチを全顧客に向けて再送したという。またチョーダリー自ら顧客にメールを送ったり電話をかけたりして、アップデートの重要性を伝えている。

加えて、今後発売する製品のソフトウェアに、ＣＩＲマイクロシステムズ社のサーバーにアクセスして自動アップデートをかける機能を実装するよう、開発部門に指示した。

「ほかには？」ライムはサックスがタイムズスクウェアの現場から持ち帰った証拠袋を見やって言った。

「接触が豊富な現場だった」サックスが言った。未詳が電子レンジの設定を変更したあと建設現場から逃走した際のルートのことだ。未詳は劇場とは反対側、四十七丁目側の出入口から逃げる際、バールで鎖と南京錠を破壊していた。現場鑑識における〝接触が豊富な現場〟とは、容疑者が複数の行為または時間がかかる行為をした現場を指す。たとえば容疑者が被害者や警察官ともみ合ったとか、未詳が死体を解体した（これは時間と労力の要る仕事だ）、あるいは厳重に施錠されたドアや窓を破って逃走したといった場合だ。

「指紋は？」

「百個くらい採取できた」サックスが答えた。すでに統合指紋自動識別システムで照合済みだった。何件か一致する指紋は見つかったが、いずれも過去に軽微な違反行為で逮捕されたことのある人物――建設会社の社員や配達員のものだった。

「足跡はどうだ?」

「あった。一組が未詳のものと一致してる。ソールの溝の跡から微細証拠がほんの少しだけ採取できた」

「その微細証拠には何が含まれている?」ライムは車椅子を進め、メル・クーパーに近づいた。クーパーは光学顕微鏡を使い、低倍率で微細証拠を観察している。科学捜査の初心者にありがちな失敗は、顕微鏡の倍率をいきなり百倍に上げることだ。そのような〝のぞき行為〟は、ほぼ間違いなく無意味だ。微細証拠を観察するには、五倍、せいぜい十倍で充分なのだ。それ以上に拡大する必要があれば、そこで初めて走査型電子顕微鏡を使えばいい。

ディスプレイを見ながら、クーパーが言った。「今度もまたおがくずだな」

サックスが言った。「建設現場で採取したものよ。未詳が立ってた場所。建設現場のほかの場所にあった粗いおがくずとは違う。はるかに細かいの。以前の現場で見つかったマホガニーのおがくずに形状が酷似してる。これもやはりやすりをかけて出たものだと思うわ。でも木の種類は別」

ライムはおがくずを見て言った。「おそらくウォールナットだな。いや、断言できそうだ。細胞構造と色温度からわかる。五千ケルビンだ」

クーパーも同意した。

アーチャーがサックスに尋ねた。「劇場の作業場も捜索しました?」

「いいえ」

ライムはサックスがアーチャーを観察するような目で見ていることに気づいた。その視線は、ストーム・アローの車椅子の肘掛けにストラップで固定された左手首できらめいている、ルーン文字をかたどったゴールドのブレスレットの上で一瞬だけとどまった。しかしサックスは、すぐにまた証拠物件一覧表に目を戻した。

一瞬の間《ま》があって、アーチャーが言った。「でも、犯行前に作業場に入って電子レンジのメーカーを確認したかもしれません。以前に劇場街に来たこともわかっていますし」

「作業場の捜索は必要ないから」サックスはおがくずを見つめたまま、なかば上の空といった調子で答えた。

サックスを見ていたアーチャーがライムに視線を移した。「だけど……」はっきりと言わないが、サックスの判断を疑っている。

するとサックスは答えた。「作業場には防犯カメラがあって、録画は二日ごとに上書きされるの。ニューヨークでは劇場に忍びこんで記念品を持ち帰ろうとする人が多いから。警備会社に録画を確認してもらった。いま確認できる二日分では、容疑者は一度も作業場に入っていない……それに、作業場の床は毎晩モップをかけているそうなの」

「なるほど。つい──」

サックスが言った。「ううん、当然の質問よ。人も時間もふんだんに使える状態だったら、私も捜索してたと思う。でも現実には、賭りをするしかない」

ライムならおそらく、誰かに指示して作業場も捜索していただろう。しかし、人員や時間に関してはサックスの指摘のとおりだ。またそれとは別の問題として、女性二人のうち一方の味方につくことは避けたかった。

ライムは言った。「メル。ほかには何がある？」

クーパーはやはり微細証拠が入った別の袋を見つけてそれを調べた。「またガラスの破片。おそらくほかの現場で見つかったのと同じ板ガラスのもの。パテ材も」

「そいつは何だ？　その袋に入っているものは」小さなポリ袋を指し示す。

「何かの細片のようだな……」

「見せてくれ」

クーパーは中身をスライドに載せ、顕微鏡の画像をディスプレイに出力した。不透明な魚のうろこのように見える。おがくずが一粒だけ付着していた。クーパーが言った。「クロマトグラフで分析してみてもいいが、証拠として法廷に提出する分を残せなくなる」

ライムは言った。「未詳の有罪を裏づける物的証拠はほかにいくらでもある。いまは未詳を捕まえることが先決だ」クーパーにうなずく。「分析にかけろ」

クーパーがサンプルをＧＣ／ＭＳで分析した。まもなく結果がディスプレイに表示された。「ロダン化アンモニウム、ジシアンジアミド、尿素、コラーゲン」

ライムは言った。「接着剤だな。おそらく木工用」

「当たり」クーパーが微細証拠に含まれる物質をデータベースと照合して言った。「ボンド・ストロングってブランドの液体獣皮膠《にかわ》だね。主に楽器製作用だが、あらゆる分野の木工に使われる」

アーチャーが無表情のまま身を乗り出して証拠袋を見つめた。「楽器製作？　どう思われます？」

楽器製作は無関係だろうというのがライムの判断だった。「趣味としても職業としても珍しい。楽器を作るなら、おそらく演奏もするだろう。しかしそれを示す物的証拠はこれまでのところ一つも見つかっていない。たとえば弦をコーティングする樹脂、バイオリンやチェロの弓の馬毛——ちなみに、弓は大量の毛を落とす。糸巻きの潤滑剤。ブリッジのフェルト。フレットやフィンガーボードにこすれて剝がれ落ちた皮膚細胞。いずれも見つかっていない」

「あなたも楽器を演奏するんですか、リンカーン？」アーチャーが聞いた。「あっと——楽器を演奏していらしたことがあるんですか？」

「いや、楽器には手を触れたこともないよ」

「だったらそんなに詳しいのはどうして？」

「さまざまな職業に関わる道具に関する知識を蓄えておいて損はない。容疑者や被害者がどのような職業に就いているかわからないからね。証拠物件の由来をいちいち調べる時間を節約できる。未詳を逮捕できるか、また新たな事件が発生してその現場を調べることになるか、運命を分けることもある。私は家具や建具の製作ではないかと思うね。ただし、それが趣味なのか、職業なのかはわからない。ニスや膠、やすり、高価な木材を使って、いったい何を作っている？　メル、続けてくれ」

「植物の破片」メル・クーパーが言った。「茎か葉の一部」

ライムはその証拠物件を見た。そして笑った。「しかし、アーチャー、日ごろからどれほど勉強に励んでいても、現場から見つかったものの正体にさっぱり見当がつかないこともあるぞ。メル、細胞組織の写真と色温度を園芸協会リサーチデータバンクに送ってくれ」

クーパーは写真ファイルを園芸協会にメールで送った。「明日かあさってには返事をくれるそうだ」協会から届いた返信メールを読みながら報告した。

「尻に火をつけてやれ」ライムはぴしゃりと言った。「大至急だと言え。生きるか死ぬかの問題だと……誰かのハエジゴク研究の博士論文が遅れようと、知ったことか。こっちを優先しろと言ってくれ」

クーパーはもう一通メールを送信したあと、証拠袋に向き直った。「これは何だろうな。黒くて柔軟性のあるビニールの破片。文字が印刷してあるが、小さくて読めない」

「顕微鏡で見せてくれ」

ディスプレイに表示されたそれを見たとたん、電線の絶縁体だとわかった。「未詳は電気工事をしたらしいな。レーザーナイフで電線を切ったようだ。どう思う、サックス？」

　しかしサックスは、携帯電話に届いたメールを読んでいた。

アーチャーが言った。「プロではないということですね」

「なぜそう思う？」

「プロなら、ナイフではなくてワイヤーストリッパーを使うでしょうから。プライヤーに似た、被覆を剝がすための専用工具」

「たしかにそうだ。しかし、ここではおそらくプロではないとしておこう。愛用の工具ベルトを自宅に置いていて、手持ちは刃の鋭いナイフしかなかったのかもしれない。そうだ、〝プロ〟にクエスチョンマークを二つつけておくか？」

　アーチャーが微笑む。クーパーがクエスチョンマークを二つ書こうとした。ライムは言った。「いまのは冗談だ」

　証拠物件一覧表を眺めた。謎が多すぎる。専門家の意見を求めようとライムは思い立った。デジタル化したファイルと写真をセキュアサーバーにアップロードし、そのリンクを目当ての人物にメールで送った。まもなくショートメールで返事があった。

　おう。明日な、明日。

そのふざけた文面を愉快に思いながらも、明日まで待たなくてはならないことに苛立ちを感じつつ、ライムはショートメールを送った――〈了解。不本意ながら〉。

それから考えた――決まり文句《クリーシェ》にあるとおり、ものを頼む側がわがままを言っては……頭のなかでそこまでつぶやいたところで、ふいに車椅子を居間の入口に向けた。ロナルド・プラスキーの足音を聞き取ったからだ。プラスキーは合鍵で玄関を開けて入ってきたところだった。

「どこへ行っていた、ルーキー？　グティエレスとやらはまだ捕まらないのか？」

「手がかりが見つかって、ちょっと人に会っていたんです。後回しにしようかとも思ったんですが、先に会ってしまったほうがいいだろうと。片づけてしまえば、こっちの事件に集中――」

「わかった、わかった、わかった。タイムズスクウェアの聞き込みはきみが担当したと聞いた。何か情報は？」

「未詳は建設現場の反対側から逃走しました」

「それはもう知っている。私が知らないことを教えてくれ」

「カーハートのジャケットを着ていました。建設作業員がよく着ている茶色いジャケットです。あとはヘルメット。途中で処分したと思われますが、周辺の捜索では発見できませんでした。未詳の人特に一致する人物の目撃情報はありません」

「そんな言葉は存在しない。〝人特〟。〝人相〟という言葉はある。〝特徴〟もあるな。しかし、〝人特〟というのはない」

「現場では誰でも使いますよ」

「メタンフェタミンも大勢が使っているな。だからといって存在を正当化する理由にはならない」

「話の続きですが、地下鉄駅の監視カメラや街頭カメラの映像には映っていません。バスで北か南に向かったのではないかと思います。それなら背の高さもさほど目立ちませんから。座っていれば。交通局に依頼書を送っておきました。未詳と人相や特徴が一致する乗客がいなかったか、市営バスの全ドライバーに確認してもらっています。一部のバスにはカメラがあるそうなので、それも点検してもらうようにします」

「いいね。建設現場の作業員はどうだ?」

「未詳を見たという人が何人かいましたが、背が高くて痩せていたことしか覚えていないそうです。メーカーはわかりませんが、タブレット端末を持っていました」

「やつの武器だな。電子レンジに細工するのにそいつを使った」ライムは車椅子を元の位置に戻し、証拠物件一覧表にまた目を通した。「みな考えろ。よく考えるんだ。答えはかならずそこにある」アーチャーと目が合った。アーチャーは笑みを浮かべている。

ああ、そうか、前回の講義の冒頭でまったく同じことを言ったなとライムは思い出した。

「答えを探そう」

現場：西46丁目438番地 向かいの建設現場

・容疑：傷害未遂
・被害者：ジョー・ヘッディ
・ブロードウェイの劇場の大道具係、組合員。数年前までデトロイトで電気工・自動車工として勤務。軽傷
・手口：データワイズ5000内蔵の電子レンジをハッキング
・証拠物件：
・ウォールナットのおがくず
・ボンド・ストロングの液体獣皮膠。主に楽器製作向けだが、あらゆる分野の木工で使用
・ガラス片、おそらく前の現場で見つかったのと同じもの
・同じパテ材
・葉のかけら。分析中。結果待ち
・電線の絶縁体の細片。レーザーナイフで切断
・容疑者のプロファイルに追加する項目

・おそらくプロの電気工ではない
・指物師または楽器制作者（おそらく前者）
・カーハートのジャケット、ヘルメット。おそらく処分済み
・〝民衆の守護者〟から新たな声明

35

さわやかな春の夜だった。

気持ちがいい。ニック・カレッリとフレディ・カラザーズは、ベイリッジの四番アヴェニューを歩いている。ヨガウェア店の前を通り過ぎ、レント・ユア・キルトなる店の前を通った。ニックは思わず二度見した。見間違いではない。キルトのレンタル店だ。

ヴェラザノ＝ナローズ・ブリッジの橋塔のてっぺんだけが見えた。巨大な吊り橋だ。逮捕の直後、いっそあの橋から飛び下りてしまおうかと考えたことがある。しかし、考えるのと実行するのとはまったく別の話だ。実行すれば、弟や母親は悲しみから立ち直れなくなるかもしれない。その強烈な衝動が鎮《しず》まってみると、そんなことを考えた自分

が恥ずかしくなった。

「あそこだ」フレディが指さした。

一ブロック先。ベイビュー・カフェ。なかなかよさそうなダイナーと見えるが、看板に偽りがあった。店から湾《ベイ》は見えない。店は東、すなわち内陸を向いている。海や川の類いは一切見えないだろう——港や海はもちろん、排水路や水たまりの一つも見えないに違いない。

「〝ベイがどこか近所にあるカフェ〟にすべきだよな」

「え？」フレディが聞き返す。だがすぐにぴんときたらしい。「いいね。笑える」

店は清潔だった。ニックは店内に視線をめぐらせて観察した。案内係のカウンターの位置、キャッシュレジスターのモデル、厨房の配置、厨房入口の扉、〈本日のおすすめ〉を書いたボードのデザイン。ウェイターやウェイトレスやバスボーイ——その人数と、英語が母語なのか、第二や第三言語として話すのか、まったく話せないのか。食品の保管場所はどこだろう。奥の壁際に大きなトマトソース缶が積んである。あれはただのディスプレイ用だろうか。

ニックはレストラン経営のしろうとだ。それでも、将来を考えるとわくわくする。ヴィットーリオ・ジェラが期待どおりニックとの契約に応じてくれることを切に願った。

フレディがニックの腕を軽くつつき、奥のブース席に向かって歩き出した。ジーンズに黒いTシャツと茶色のスポーツコートという服装の痩せた男が、サミュエル・アダムズのビールをボトルからじかに飲んでいた。ウェイトレスが用意した冷えたグラスは使っていない。グラスは汗をかいていた。

「スタンだね。フレディだ」

「よう」

「こちらはニック」

握手を交わしたあと、ニックはスタン・ヴォンの向かい側に腰を下ろした。ヴォンの豊かな黒い髪は脂じみ、伸び放題に伸びている。握手のとき触れた右の掌はたこだらけで固かった。どんな仕事をしているのだろう。指の関節が赤い。ボクシングをやるのだろうか。そう思って見ると、ボクサーらしい筋肉のつきかたをしている。元警察官のニックは人に会うとかならずそうやって観察した。服役囚のニックもそうだった。いまはそのどちらでもないからといって、直感を封じるつもりはない。

ニックはベンチシートの奥にずれてフレディが座る場所を空けたが、フレディは言った。「ちょっと電話してくる。五分か十分で戻るよ。注文はまかせた」

「何を食う？」ニックはフレディの背中に尋ねた。

「何でもいい。バーガーとか。適当に頼め。先に始めててくれ」携帯電話をポケットから取り出し、番号を入力しながらレストランの外に出ていく。相手が応答すると、満面の笑みを浮かべて話し始めた。電話の相手には見えないのに笑顔を作ったり、険しい顔をしたりする人々は少なくない。

「あんた、フレディと古い友達だって？」ヴォンは真剣な顔でメニューを読んでいる。あとで試験があるとでもいうみたいだ。

「学校の同級生だ」

「学校か」ヴォンの声は、学校など時間の無駄だと言いたげだった。「あんた、車の運転はするのか、ニック？」

「車……仕事でってことか？」

笑い。「いいや、車は乗るかってだけ」

「運転はできる。車は持ってない」

「ほんとに？」

「ああ」

ヴォンはまた笑った。世界一おもしろいジョークを聞いたかのようだった。

「そっちはどんな車に乗ってる？」ニックは聞いた。

「まあ、ちょっとな」ヴォンはそれだけ言って、メニューの予習に戻った。

ニックもメニューを眺めた。出てくるのが一番早い料理はどれだろう。できるだけ短時間で終わらせたい。ヴォンが奇妙な男だからというだけではない。いや、それもある。だがそれより、フレディの下調べとは裏腹に、スタン・ヴォンは犯罪組織に通じているか、犯罪組織と関わりのある人間の下で働いているのではないかという気がしてならないからだ。もしかしたら、ヴォン自身またはもっと上位の人物、あるいはその両方に前科があるかもしれない。そこはニックにとって飛行禁止区域、仮釈放条件違反だ。ヴォン本人に確かめる気はない。もし返事がイエスなら、はっきり知ってしまうことになる。保護観察官に尋ねられたとき、知らなかったと答えられるようにしておきたい。

Jとナンシーの情報をもらい、メニューにある一番高いステーキを頼んだら、こいつができるだけ短時間で食い終われるよう、話はもうしない。食い終わったらすぐ店を出る。最良のプランはそれだろう。

しかしいくら急いでいるとはいえ、守らなくてはならない社交の手順というものはある。ニックはヴォンと世間話をした。スポーツ、この界隈の話、仕事。天気の話までした。ヴォンは何かと笑い声を上げたが、何がおかしいのかニックにはさっぱりわからなかった。「昔、ナイツってクラブがあったとこに高層ビルができるらしいぜ。信じられるか、あんた」

いやはや、そいつは笑える話だな。

ニックはウェイトレスの視線をとらえた。ウェイトレスがテーブルに来た。「注文が決まった」

ヴォンは、前菜にサウザンドアイランドドレッシングをたっぷりかけたサラダ、メインにチキンパルメザンを頼んだ。

ニックはハンバーガーにした。「レアで」

するとヴォンは驚き半分のにやにや笑いを浮かべてニックを見つめた。「あんたさ、ばい菌とか、怖くねえの？」

　ニックは残りわずかな忍耐にしがみつくようにして答えた。「怖くないよ」

「ま、好きにしな」

「ポテトフライはいらない」ニックはウェイトレスに言った。

　ヴォンは目をしばたたいてのけぞった。「おい、どうかしてるぜ。この店のポテトは最高にうまいのに？　世界一うまいんだぞ」

「じゃあ、ポテトも」ニックは言った。

「きっと俺の言うこと聞いといてよかったと思うぜ、あんた。そうだ、もう一つサラダを頼む。こいつの分な。ドレッシングは俺のと同じで」ヴォンは笑顔でニックに向き直った。「自家製のドレッシングなんだ。トゥーサウザンドアイランドって呼びたくなるくらいの絶品だよ」

　ニックは冷ややかな笑みを返し、フレディの分もまったく同じものを頼んだ。「あと、ビール二つ」

「こいつのお代わりもな、ルーシー」ヴォンはビールのボトルを指で叩きながら言ったが、名札を信じるなら、ウェイトレスの名前は〈カルメラ〉だ。ウェイトレスはにこりともせずに立ち去った。

　ニックは言った。「今日はありがとう」

「うちのボスがフレディに借りがあるらしくてさ。な、あんた、思ったことないか？」

ヴォンは声をひそめた。「フレディってカエルに似てるよな」

「そうかな、考えたことがなかったよ」

「いや、似てるよ。まあいいや、人助けができてうれしいよ。どれだけ役に立てるかわからないけどな」

「フラナガンの店は知ってるだろう？」

「先月、あそこで仕事した。あんた、手先は器用か」

「まあまあだな。電気工事ならできる。配管も」

「配管？」ヴォンはまた笑った。「俺はフレーミングが得意なんだ。あそこでもフレーミングの仕事をやった。フラナガンの店で。フラナガンのオヤジはボーナスもくれた。太っ腹だよ。俺みたいな腕前は見たことがないって言ってさ。それであの店に行くようになった。顔をつないでおかないとな。バーテンダーとか、ホールのスタッフとか」今度は声をひそめずに言った。「まっとうな連中だよ。俺たちの一員だから。よその国から来た人間じゃない――ほかの店と違ってさ」そう言いながらルーシー／カルメラのほうに顎をしゃくった。

ニックは手を洗いたい衝動に襲われた。

「フラナガンの連中と顔をつないでおかないとな。みんな俺としゃべるのが好きなんだよ。俺にはおしゃべりの才能があるだろ。親父の遺伝だよ。で、そのへんのやつらにちょっと聞いてみて、断片をつなぎ合わせたってわけだ。フレディから頼まれた件な。で、リストを作った。あんたが探してるやつかもしれないやつらのリスト。名前がJから始まる連中だよ。ナンシーのほうは誰だかわからない。けど、リストに載ってる連中はみんな、女がいる。結婚してるのか、ファック相手なのか知らないが。ま、両方かもな。ほら」ヴォンは上着の前を開いて内ポケットから紙片を取り出した。

おい、勘弁しろよ──ニックは思わず息を呑んだ。

ヴォンは銃を持っている。

拳銃の木製のグリップが見えた。おそらく小型の三十八口径だろう。

やばいぞ。フレディから聞いていたのと違う。こいつは銃など絶対に持っていないはずだった。

持ってくるなと言われたのを忘れたのか。嘘をついたのか。

ニックは垢じみてよれよれの紙を受け取った。

「おい、大丈夫かよ、あんた」

何も言えなかった。ニックは周囲を見回した。誰も銃を見ていないようだ。

「まあな。朝から何も食べてないから。飢え死にしかけてる」

「そっか。お、ちょうどよかったな」サラダが運ばれてきた。二つともこれでもかとドレッシングがかかっている。まるで食欲をそそらなかった。

ヴォンはニックをじっと見たあと、大きな声で言った──不必要に大きな声で。「Kで終わる四文字の単語がある。〝人同士の交わり〟って意味だ。さ、何だと思うか言ってみな」

その声はカルメラにも聞こえていた。ヴォンのジョークは、カルメラに対する当てつけだろう。

ニックは答えた。「さあ、何だろうな」

「あんたはわかるか、ルーシー？」ヴォンはウェイトレスに聞いた。カルメラは顔を赤らめた。「ふん！　正解は〝talk〟だよ！　わかるか？」

カルメラはうなずき、お義理に微笑んでみせた。

ニックは猛烈な勢いで顎を動かした。喉が詰まって死ぬぞ……な、あんたも見たろ？　あの女にはわかってない。〝人同士の交わり〟ってのは〝交流〟ってことだ。けど、あの女は知らなかった。ああいう連中について俺が言いたいのはそういうことだよ」

くそ、俺は銃を持った男と一緒にいる。ただの男じゃない、銃を持ったクソ馬鹿野郎だ。

何事も起きないことを願うしかない。

ニックはまずいサラダを口に押しこみながら、ヴォンから渡されたリストに目を通した。ジャッキー、ジョン、ジョニー。十人分の名前が並んでいた。

「まだ数が多すぎるよな」ヴォンが咀嚼《そしやく》の合間に言った。ドレッシングのしずくがテーブルに落ちた。

「いや、使えそうだよ。ありがとう」名前と住所、勤務先。即座に目を引く項目はない。あとは自分で調べるしかなさそうだが、もともとその覚悟でいた。

ヴォンが続けた。「俺が話した男たち――と女たち――によれば、フラナガンの常連らしい。または、元常連。何やって飯食ってるのか、だんまりらしいな。わかるだろ？　だんまり。なんでだか、わかるよな？」

「ああ。わかるよ」

またサラダを口に押しこむ。ろくに嚙まずにのみ下す。

ヴォンが言った。「よほど腹減ってんだな、あんた」またしてもあの薄気味の悪い笑い声。

「まあな、飢え死にしかけてる」嘔吐しないよう用心しながら咀嚼し、のみこむ。このあとまだハンバーガーが来る。

ニックはリストをジーンズのポケットにしまった。

ちょうどそのとき、店の外の人影に気づいた。

男だ。サイズの合わないグレーのスーツ。ボタンダウンの青いシャツ、ネクタイ。クルーカット。その男はダイナーの前を通り過ぎようとして、何気なく店内に視線を向けた。そこで立ち止まった。目を細め、窓に顔を近づけてなかをのぞく。

おい、嘘だろ……頼む、嘘だと言ってくれ。

ニックは下を向いてサラダを見つめた。

頼む。

お願いだ。

その祈りは天に届かなかった。

ダイナーのドアが開き、閉じた。大柄な男がブース席に近づいてくる気配が聞こえたというより、肌で感じた。一直線にこちらに歩いてくる。

ちくしょう。

ニックがその男のほうを見ようが見まいがもう関係なかった。男はニックとヴォンがいるテーブルにまっすぐ歩いてくる。こうなると、目をやらずにいるほうが不自然だろう。かえって怪しまれる。ニックは顔を上げて男のほうを見た。できるかぎり無表情を装って、男の顔をまじまじと眺めた。名前は思い出せない。だが、名前はどうだっていい。この男の職業は知っている。

「これはこれは、なつかしのニック・カレッリじゃないか」

ニックはうなずいた。

ヴォンが男を見た。

「こんなところで何してるんだ、ニック？　塀から出されたか、え？　何があった？　そのかわいいお口で看守にフェラするのはもうやめたのか」

ヴォンが口いっぱいに頬張っていたサラダをのみこんで言った。「失せろよ、あんた。俺たちはいま――」

ヴォンの鼻先に市警の金バッジが突きつけられた。「あ？　何だって？」

銃が見つかれば、たとえ前科がなくても、問答無用で一年の実刑になる。ヴォンは黙ってサラダに戻った。「悪かったよ、知らなかったんだよ。こいつにいちゃもんつけてるだけと思ったんだ。けど、どういう意味だよ、塀から出されたって」

ヴォンは当然知っている。何も知らない第三者を装おうとしているだけだ。

しかしヴィンス・コール刑事——ニックはようやく名前を思い出した——は、ヴォンから狙った獲物に視線を戻して言った。「聞かれたことに答えろ。ここで何をしてるんだ、ニッキー・ボーイ？」

「よせよ、ヴィンス。放っておいてくれ——」

「質問に答える三度目のチャンスをやってもいいぞ」

「友達と晩飯を食ってる」

「保護観察官はこのことを知ってるのか」

ニックは肩をすくめた。「聞かれたら、正直に答えるだけだ。いつもそうしてる。ただの晩飯だ。どうしてそうつっかかる？」

「仲間と旧交を温めてるってところか」

「なあ、誰にも迷惑はかけていないだろう。刑期は務めた。もうただの一市民なんだ」

「甘いな。悪徳警官はただの一市民にはなれないんだよ。一度汚れたら、未来永劫汚れたままだ。街娼と同じだよ。足を洗ったとしても、金のために大勢の男にやらせた女だって事実が変わるわけじゃない。そうだろ？」

「仕事を探してるだけだ。人生を仕切り直そうとしてるだけだよ」

「おまえが半殺しにした被害者はどうなんだ、ニック？　おまえが起こした強盗事件の被害者は？　頭に後遺症が残ったって聞いたぞ」

「頼むよ、なあ」〝実は無実なんだ〟とコールに話して聞かせるつもりはない。この手合いが信じるはずがないし、よけいに怒らせるだけのことだろう。

コールはヴォンに顔を向けた。ヴォンはサラダを――不自然なくらい、サラダだけを見つめていた。

「ところで、こちらのお方はどなただ？　名前は？」

ヴォンはごくりと喉を鳴らした。いかにもやましげな顔をしている。「ジミー・シェール」

「仕事は何やってる、ジミー？」

「そんな質問していいのかよ」

「おまえが夜、何をネタにマスかいてるか質問してもいい。ボーイフレンドにどこにキスされると感じるのか聞いてもいい。俺は何だって聞けるんだよ」

「建設作業員だよ」

「どこの会社の？」

「いろいろ」

「俺に何か聞かれたら、たいがいのやつは正直に答える。ヘムズリー建設だとか、フランクリン開発だとかな。だが、おまえは〝いろいろ〟と言った」

「だからさ、巡査――」

「刑事」

ヴォンは背もたれに体を預け、冷ややかな視線をコールに向けた。目は挑戦的にぎらついていた。「巡査刑事さんよ、実際、いろんな相手と仕事してんだからしょうがねえだろ。俺は優秀だからな。俺を指名する取引先も多いんだよ。言っとくが、あんたのその口のききかたは気に入らねえな」

「へえ、そうか？　おまえのお気に召すかどうか、どうして俺が気にしなくちゃいけないんだ、ジミー？」

考えうる最悪の事態は、ヴォンの銃が見つかって逮捕されることだろうとニックは思っていた。ヴォンと一緒にいたことが保護観察官の耳に入れば聴聞会が開かれ、ニックはおそらく保護観察条件違反で刑務所に送り返されるからだ。しかし、それよりもさらに悪いシナリオが存在した。調子に乗りすぎたコールにヴォンが腹を立てて銃を抜いたら。抜くだけならまだしも、三十八口径の弾丸を五発、この傲慢な刑事の体に撃ちこんだら。いや、防弾ベストを着ている可能性を考えて、四発を体に、残る一発は刑事の顔に撃ちこむだろう。

ニックは事態の収拾を図った。「なあ、ヴィンス。ちょっと落ち着こうぜ。俺は――」

「おまえは黙ってろ、カレッリ」コールはヴォンの鼻先に顔を近づけた。「おまえ。身分証を見せろ」

「身分証。身分証ね。いいよ」ヴォンは不気味なにやにや笑いを顔に張りつけ、分厚い唇をナプキンで拭って膝に戻した。それからポケットに手を入れようとした。「身分証を見せるよ」

絶体絶命だ、こいつは銃を抜くつもりだ。コールは死んだも同然だ。

ニックも。

どうしたらいい？　ヴォンに飛びかかって銃を奪うには、テーブルの奥行きがありすぎる。こいつは銃を持っているぞとコールに叫べば、知っていたと認めることになる。ヴォンが腰を浮かしかけている。手は銃のすぐそばにある。

しかしそのとき、コールのベルトに下がった無線機がぱちぱちと音を立てた。

「全ユニットに告ぐ。10-30、強盗事件発生。ベイリッジ、四番アヴェニュー四一八番地付近に停止中の車。二人組の黒人男性、二十代、武装していると思われます。銀色のトヨタ。最新型。ナンバーは不明」

「くそ」コールは窓の外に目をやった。四一八番地はほぼこの真向かいだ。

ベルトから無線機をむしり取る。「こちら刑事七八七五号。10-30発生地点にいる。ベイリッジ。応援を要請する。どうぞ」

「了解、七八七五。パトロールカーが二台向かっています。四分で到着予定。どうぞ」

その先のやりとりはもう聞こえなかった。コールは銃に手をかけて外に駆け出していこうとしていたからだ。ドアを押し開けて外に出ると、左の方角に消えた。

　そのドアが閉まる前に、フレディが下を向いたまま店に入ってきた。急ぎ足でブース席に来る。「行くぞ、二人とも。ここを出る。急げ！」そう言いながら二十ドル札を二枚、テーブルに放った。ヴォンが跳ねるようにブース席から飛び出していき、ニックもそれに続いた。フレディのあとについて店の厨房を通り抜け、ごみが散乱していやな臭いをさせている裏路地に出た。

「こっちだ」

　ニックはフレディに言った。「おまえが通報したのか？　そうなのか？」

「何か手を打たなくちゃやばそうだったからな。話のなりゆきはわからなかったが、やばそうだってことはわかった。だが、急げ。五分もすれば偽の通報だってばれるだろう」

「番号をたどれば発信元はあんたの電話だってわかっちまう」ヴォンが言った。

「プリペイド携帯を使った。俺がそんなことも知らないと思うか？」

　三人は民家の裏庭に入り、そのまま西に向かって歩き続けた。フレディが言った。

「白タクを探せ。正規のタクシーはだめだ。白タクを拾え。それにしても、何があった？」

「さっきの刑事が俺の顔を覚えてた」ニックは言った。「それで因縁をつけてきた。それ自体は別にいいんだが……こいつが……こいつが銃を持ってた」

フレディがすさまじい形相をしてヴォンのほうを向いた。「何だって？　アートに言っておいたろ。銃は持ってくるなって。はっきり言ったぞ。こいつはムショを出たばかりなんだよ」

「俺は何も聞いてねえよ。知らなかった。知らないやつとリッジで初めて会うんだぜ。俺だってバカじゃない」

「充分バカだろ。見つかったら、自動的にライカーズ行きだ。一年。それがお望みなのか？」

「わかったよ、わかったって」

「名前は言ったのか」フレディがヴォンに聞く。

「いや、偽名を答えてたよ」ニックは言った。「しかし、あいつはまた探しに来るだろう。顔を覚えられたんだぞ、ヴォン。それに俺のことを知ってる。銃は処分しろ。いますぐ。海にでも捨てろ」

「これ、買うと高いんだよ」

フレディが言った。「だめだ、おまえは信用できない。俺によこせ。俺が捨てておく」

「でも……」

「アートに言いつけてもいいのか？」

「くそ」ヴォンは銃を差し出した。フレディはティッシュを手に巻いてから受け取った。

「こいつは冷たいやつか？」

「ああ、番号は削ってある。足はつかない」

フレディがニックに聞いた。「リストは受け取ったな？」

「ああ」

フレディは言った。「恩に着るよ、ヴォン。ここからは別行動を取ったほうがいい」

「飯を食いそこねたよ」

「いいから行けって」

ヴォンは顔をしかめたものの、暗い歩道を一人で歩き出した。

「俺は港に行く。こいつを捨ててくる」フレディはポケットを叩きながら言った。

「ありがとう、フレディ……やっぱりおまえは頼りになるよ」

「リストはどうだ、役に立ちそうか」

「まあな。出発点にはなる。ここからはまた刑事みたいにこつこつ調べるしかない」

「元刑事だろ。朝飯前のはずだ」

「ありがとうな、フレディ。借りができた。大きな借りだ」かすかな笑み。

フレディは敬礼のようなしぐさをしたあと、西の方角──海に向かって歩き出した。

ナローズ海峡に銃を捨てるのだろう。数分後、ニックは白タクを見つけて乗った。この界隈で流している正規のタクシーは少なく、その分、白タクが多い。ニックはシートに体を沈め、深々と息を吸いこんだ。ちょうどそのとき電話の着信音が鳴って、パニックを起こしかけた。追跡調査をしたコールからか。本部に出頭しろと言われるのかもしれない。ニックは発信者番号を確かめた。

心臓がどきりとした。ただしその感覚は、電話が鳴り出した瞬間とは別の種類のものだった。

電話に出た。

「やあ、アメリア」

36

ライムとアーチャーは、証拠物件一覧表の前に車椅子を並べて座っていた。居間にはほかに誰もいない。

推論、推理、仮説のやりとりは何時間も続いた。まったく実りのない数時間だった。結局そのまま今夜はお開きとなった。プラスキーとクーパーはすでに帰宅した。サックスは玄関ホールで電話中だ。低い声で話している。相手は誰なのだろう。深刻そうな表情をしていた。ショッピングセンターで発砲した件の調査は基本的にサックスの有利に進んでいる。あれ以外の話となると、ライムには見当がつかなかった。

サックスは電話を終えて居間に戻ってきたが、いまの電話の件には触れなかった。グロックは身につけたままだ。つまり今夜もブルックリンの自宅に帰るということだろう。サックスはフックにかけてあったジャケットを取った。

「そろそろ帰る」

サックスはそう言ってアーチャーをちらりと見たあと、ライムに視線を戻した。何か言いたそうにしている。

ライムは一方の眉を上げた。〝話してくれないか。どうしたんだ？〟と言葉で促す代わりに、無口な男――ライムもその一人だ――が作る表情だ。

サックスは一瞬だけ迷った。しかし話すのはやめにしたらしく、バッグを取って肩にかけ、一つうなずいた。「明日は早めに来るから」

「わかった。おやすみ」

「おやすみなさい、アメリア」アーチャーが言った。

「おやすみなさい」

サックスは居間を出て行き、まもなく玄関のドアが静かに開閉する気配が伝わってきた。

ライムはアーチャーに向き直った。眠ってしまったのだろうか。アーチャーは目を閉じていた。が、すぐにまた開いた。

アーチャーは言った。「焦れったい」

ライムは一覧表を見つめた。「ああ。答えの出ていないことばかりだ。多すぎる。このなぞなぞは容易に解けそうにない」

「ほかのなぞなぞ――昨日のは解けたということ？」

「答えはアルファベットのｅ」

「ずるはしていませんよね？ いえ、あなたがずるなんてするわけないですね。科学者だもの。問題を解く過程が何より大事だから。答えそのものはおまけみたいなもので」

そのとおりだ。

アーチャーが続けた。「でも、焦れったいと言ったのは事件のことではないんです。それ以外のものも全部ひっくるめての話」

身体障害者としての人生、生活という意味だろう。それもアーチャーの言うとおりだ。何もかもに以前より時間がかかる。世間は障害者をペットや幼児のように扱う。アクセス不可能なものも多い。〝二階〟や〝トイレ〟だけの話ではない。恋愛、友情、続けられていたら理想的だった職業。挙げ始めたらきりがない。

少し前、アーチャーが電話を相手に格闘しているのを見たばかりだ。兄の家に帰るのに、迎えを頼もうとしているときのことだった。電話はスピーカーモードになっていたが、アーチャーのコマンドをなかなか認識しなかった。アーチャーはついに降参して、右手を使って操作した。八つ当たりのように乱暴に数字を入力するたびに、ルーン文字のブレスレットがちりちりと音を立てた。ようやく兄に電話が通じたとき、アーチャーの顎は震えていた。

「やがてリズムができてくるものだよ」ライムは言った。「学びもする。早めに手配を済ませ、もっとも支障の少ないルートを選ぶようになる。不要な課題を自分に与えることはない。たいがいの店はバリアフリーになっているが、通路がせまい店、通路にディスプレイが突き出していて邪魔な店は、いやでも覚えて避けるようになる。そうやって対処していく」

「学ぶことが多すぎます」アーチャーは言った。ふいにこの話題を気詰まりに感じたらしく、話を変えた。「そうだ、リンカーン。チェスがお好きなんでしょう」

「以前はね。しかしもうずいぶんやっていない。どうしてわかった？」チェスセットは持っていない。プレイするときはパソコンが相手だ。

「ヴコヴィッチの本があったから」

『チェスの攻撃技術』か。ライムは本棚を見やった。ヴコヴィッチの本は、奥の端、科学捜査に関係しない私物の書籍を並べた一角にある。ライムの視力では、背表紙のタイトルは読めない。しかし——そうだった——視力と爪は、アーチャーが天から授けられた強みだ。

アーチャーは言った。「離婚する前、元夫とよく対戦しました。ブレット・チェスというゲーム。早指しチェスの一つです。各プレイヤーの持ち時間は二分」

「一手につき二分？」

「いいえ。ゲーム全体で。ゲームの初手から終わりまでで」

ジュリエット・アーチャーはなぞなぞの女王であり、くろうと受けしそうな種類のチェスの愛好家というわけか。言うまでもなく、優秀な犯罪学者への道も邁進《まいしん》している。これほど興味深い弟子はそうそういないだろう。

「それはやったことがないな。私は戦略を検討する時間がほしいね」またプレイしたいと思うことがある。ただ、やりたくても相手がいない。トムは忙しい。サックスはじっとしていられない。

アーチャーが続けた。「時間ではなく動きに制約をかけたゲームもよくプレイしました。ゴールは、二十五手以内で勝つこと。二十五手までに勝敗がつかなければ、二人とも負け。もしプレイしたくなることがあったら……チェスが好きな人って、あまりいないから」

「そうだな。そのうちに」ライムは証拠物件一覧表を見ていた。

「兄が来るまでにまだ十五分くらいあります」

「それはさっき聞いた」

「というわけで」アーチャーは媚びるような声音で言った。「白黒の駒を背中で握って、左右どちらかを選んでとは言えません。でも、ずるはしないと約束します。一から十までの数字のうち、一つを選びました。奇数だと思いますか、偶数だと思いますか」

ライムはアーチャーを見た。とっさに意味がわからなかった。「いや、もう何年もプレイしていないからね。第一、チェスのボードがない」

「ボードなんていります？　想像すればいいでしょう」

「きみは頭のなかでプレイするのかね」

「もちろん」

ふむ……ライムはすぐには答えなかった。

アーチャーが繰り返した。「偶数？　それとも奇数？」

「奇数」

「七でした。バーチャル・トスはあなたの勝ちです」

ライムは言った。「私は白でいこう」

「わかりました。私は防衛するほうが好きだし……対戦相手についてできるだけ多くを知っておきたいから。襲いかかってこてんぱんにやっつける前に」

アーチャーが車椅子のタッチパッドを操作し、ライムの正面に来ると、一メートルほどの距離をおいて向き合った。ルーン文字のゴールドのブレスレットがちりりんと音を鳴らした。

ライムは尋ねた。「時間制限はないと言ったね」

「ええ。ただし、二十五手以内でチェックメイトか引き分け——その場合、黒の勝ちですが——にしなくてはならない。もし二十五手を超えても勝負がつかないと……」

「二人とも負けか」

「そう、二人とも負けです。では」——アーチャーは目を閉じた——「ボードを見ています。あなたは？」

ライムは一瞬だけそのままアーチャーの顔を見つめていた。そばかす、細い眉、かすかな笑み。

アーチャーが目を開けた。ライムはあわてて目をそらし、まぶたを閉じると、車椅子のヘッドレストに頭を預けた。駒が初期配置されたチェスボードがまぶたに浮かんだ。今日のように、よく晴れた春の日の午後のセントラルパークのように鮮明だった。少し考えてから、ライムは初手を指した。「e2のポーンをe4へ」

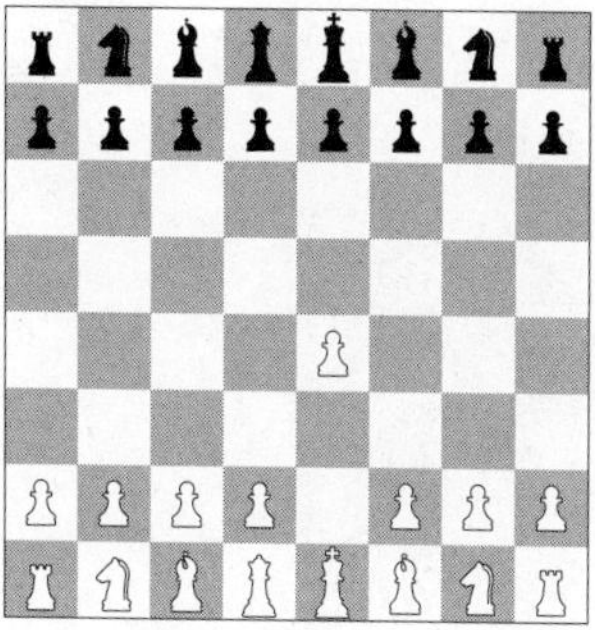

アーチャーが言った。「e7の黒のポーンをe5へ」
ライムの頭のなかの盤面は——

ライムは即座に言った。「白のキング側のナイトをｆ３へ」

アーチャー――「黒のクイーン側のナイトをc6へ。盤の状態は見えてます？」
「ああ」

なかなか攻撃的だ。気に入った。ためらいがない。迷いもない。ライムは言った。

「白のキング側のビショップをｃ４へ」

アーチャーが切り返す。「黒のクイーン側のナイトをｄ４へ」

アーチャーのナイトは、ライムのビショップとポーンではさまれている。

これで何手だったか。

「六手」ライムの頭のなかの声が聞こえたかのように、アーチャーが言った。

ライムは言った。「白のキング側のナイトでe5の黒のポーンを取る」

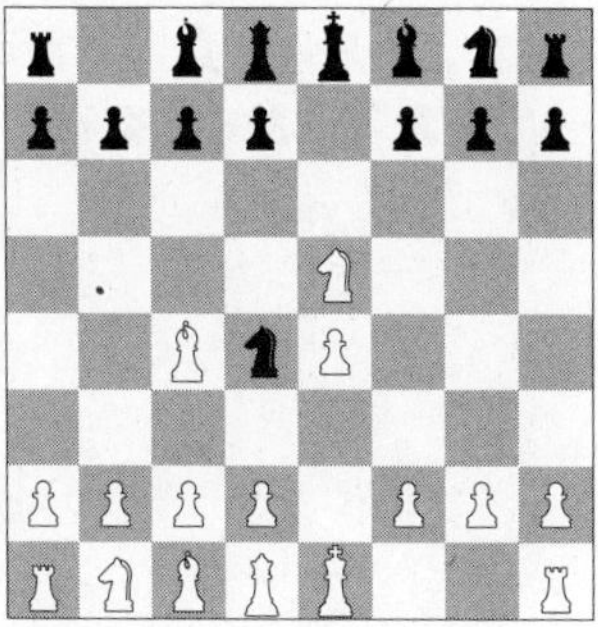

「ああ、そう来ましたか」アーチャーが続けた。「黒のクイーンをg5へ」一番強い駒を盤の真ん中に動かした。無防備だ。ライムは目を開いてアーチャーの表情を確かめたい誘惑に駆られたが、集中を継続するほうを選んだ。

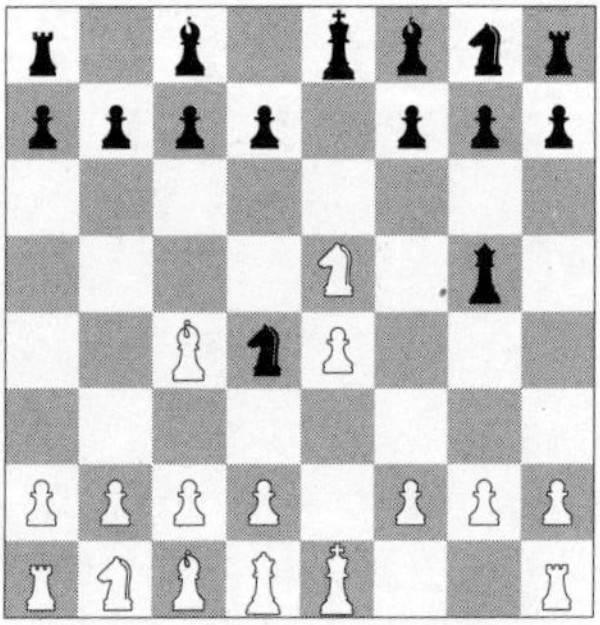

ライムは好機と見て言った。「白のキング側のナイトでｆ７の黒のポーンを取る」黒のルークを狙える位置だ。黒のキングに取られる心配はない。自分のビショップに守られている。

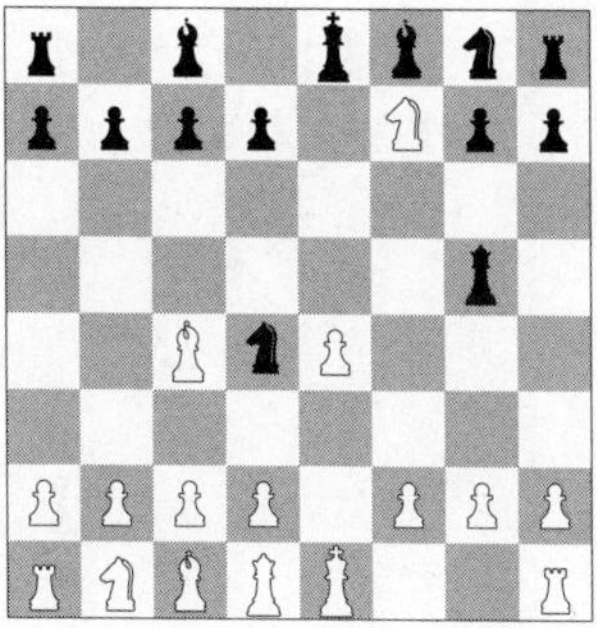

「黒のクイーンでｇ２の白のポーンを取る」

ライムは額に皺を寄せた。盤の右上の戦術はあきらめなくてはならない。アーチャーは大胆な動きを連発して、いきなり白の陣地に食いこんできた――ライムの駒はまだほとんど動いていないのに。

「白のキング側のルークをf1へ」

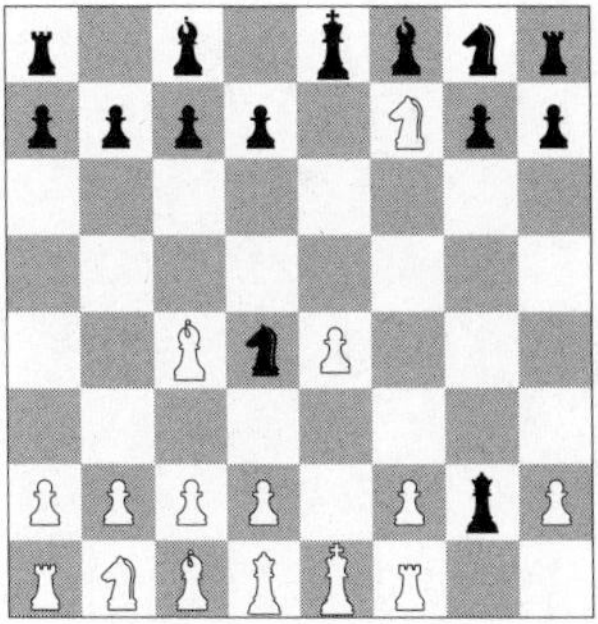

アーチャーの明るい声が言った。「黒のクイーンでe4の白のポーンを取る。チェック」

目を閉じていても、何が起きているか、ライムにもはっきりと見えた。思わず含み笑いが漏れた。次の手は一つしかない。「白のキング側のビショップをe2へ。チェックを回避」

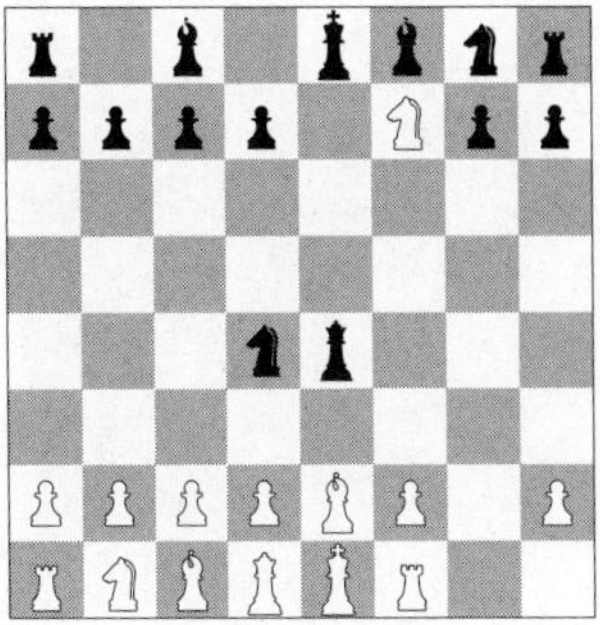

ジュリエット・アーチャーが次にこう言っても、驚きはなかった。「黒のクイーン側のナイトをf3へ。チェックメイト」

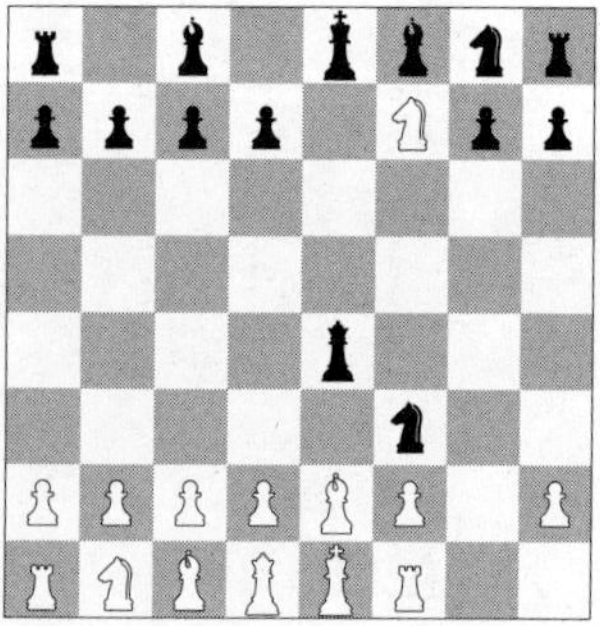

ライムは頭のなかの盤面を注視した。「十四手だったか」

「はい」アーチャーが答えた。

「新記録かな」

「いえいえ。九手で勝ったことがありますよ。元夫なんて八手」

「いいゲームだった。エレガントで」リンカーン・ライムは潔い敗者らしくそう言った。

が、潔いのは表向きだけで、内心では、二度と負けてなるものかと固く心に誓っていた。

「近く再戦といこうか」

もちろん、猛練習をしたあとで。

「ええ、ぜひ」

「しかし今夜は――バーの開店時間だ！　おい、トム！」

アーチャーが笑った。「あなたは科学捜査を教えてくださる。生産的な身体障害者のあるべき姿も教えてくださる。ついでに悪習も伝授するつもりでしょう。それはパスします」

「運転して帰るわけではないだろうに」ライムは言った。「それを勘定に入れなければ」ストーム・アローのモーターに顎をしゃくった。舗装された道路なら、時速十キロで快走できるパワーがある。

「頭をしゃんとさせておきます。今夜は息子と会う約束をしているから」

トムが来て、ライムの分のグレンモーレンジィを注いだあと、アーチャーに視線を向けた。アーチャーは首を振って断った。玄関の呼び鈴が聞こえた。アーチャーの兄だった。トムの案内で居間に入ってきて、朗らかな声で挨拶をした。好人物と見える。〝気のいい男〟という表現がぴったりだ。ライムは長時間一緒に過ごしたいと思わないが、四肢麻痺患者として人生に向き合っていこうとしている妹にとっては頼りになる存在だろう。

アーチャーは車椅子を走らせて玄関に向かった。「明日は早めに来ますね」帰り際のサックスと同じことを言った。

ライムはうなずいた。

アーチャーの車椅子が玄関から外へと消え、兄がそれに続いた。

ドアが閉まった。ふいに訪れた静寂を、ライムは痛烈に意識した。不思議な感覚に包囲された。〝うつろ〟──そんな言葉が頭をよぎった。

トムはキッチンに戻っている。さまざまな音が聞こえていた。金属同士がぶつかる音。木と陶器がぶつかる音。鍋を水で満たす音。しかし、人の声は聞こえない。いつもなら静寂は歓迎なのに、今夜のそれは孤独感としてライムに迫ってきた。

スコッチを飲む。ニンニクや肉の匂い、温められたベルモットの香りが漂ってきた。何か別の香りも鼻腔をくすぐっている。好ましい香りだ。魅力的な、安らぐような香り。そうか、サックスの香水だ。

そう考えて思い出した。サックスは香水を使わない。銃の撃ち合いになるかもしれない場面で、わざわざ自分の居場所を教えてやることはないからだ。違う。この香りは、そうだ、ジュリエット・アーチャーがつけていた香水の香りだ。

「食事ができましたよ」トムの声が聞こえた。

「すぐに行く」ライムはそう応じ、コントローラーに明かりを消すよう指示して居間を出た。このタウンハウスの照明はすべて音声で操作できるようになっている。そのシステムには、もしかして、データワイズ５０００が内蔵されているのだろうか。

37

「一杯だけ」

「だめよ、ハニー」

夫はあきらめない。「二十分だけ。アーニーから言われたんだ。新しいスコッチが届いたって。スカイ島産だそうだよ。初めて聞く銘柄だった」

ヘンリーが知らないくらいだ。きっと希少なスコッチなのだろう。

夕食はすんでいる。意外なことに、ヘンリーはチキン・フリカッセを褒《ほ》めた（といっても「前回よりはうまいね、ジニー」だったが）。ジニーは汚れた皿をすすいでいた。

「一人で行ってきたら」ジニーは言った。

「キャロルはきみもぜひと言っているんだ。きみに嫌われてるんじゃないかと心配し始めている」

嫌ってはいないけどね、とジニーは思った。彼女とヘンリーはアッパー・イーストサイドへの移住組だが、アーニーとキャロルは、富裕層が暮らすこの地域の出身だ。ジニーは同じ階の別の部屋に住む二人を、傲慢でうぬぼれた夫婦だと思っている。

「本当に行きたくないの。キッチンを片づけなくちゃいけないし、仕事もまだ終わってない」

「三十分とか、四十五分とか、そんな程度だよ」

さっきの倍になっている。

ヘンリーの目的がただの近所づきあいでないことはわかっていた。アーニーはIT系の小さな会社の創業者だ。法律事務所に勤務するヘンリーは、新しいクライアント候補としてアーニーに狙いを定めている。本人は認めないが、下心は見え見えだった。アーニーのような相手を取りこもうとするとき、ヘンリーはかならずジニーを連れていきたがるが、それはジニーが頭の回転が速く人を笑わせるのが上手だからではない。以前、ジニーが近くにいないと勘違いしたヘンリーが、同僚弁護士にこう言っているのを聞いてしまった。「実際のところ、あと一押しでサインしてくれそうな潜在顧客に、よし、こいつと契約しようと思わせる決め手は、オカズにできそうな女房がいるかどうかだよ」

ジニーがこの世で何より拒絶したいのは、バセット夫妻の部屋を訪問して酒を飲むことだ。きっとスコッチを勧められるだろう。どんなに高価なスコッチであろうと、ジニーには食器用洗剤にしか思えなかった。

「トルーディがせっかく寝てくれたところだし」二歳になる娘は眠りが浅く、常識的な時間に寝てくれないことも多い。しかし今日は、珍しく午後七時に寝てくれるという大当たりの日だった。

「何かあればナニーが知らせてくるだろう」

「でも、一人で置いていくのはやっぱり心配よ」

「四十五分や一時間の話だよ。顔を見せて、スコッチウィスキーを軽く飲むだけのことだ。ところで、スペルが違うって知っていたかい？　eが入る〝whiskey〟はバーボンを指す。アイリッシュウィスキーもe入りだ。しかし、eがない〝whisky〟はスコッチだけを指すんだそうだ。誰が決めたんだろうね、そんなこと」

ヘンリーは話をそらす天才だ。

「ねえ、どうしても行かなくちゃだめなの、ハニー？」

「だめさ」ヘンリーは答えた。いらだたしげな声だった。「行くと言ってしまったんだ。だからほら、急いで着替えてこいよ」

「ちょっとお酒を飲むだけなのに？」ジニーは自分のジーンズとスウェットシャツを見下ろした。それから、事実上、自分も行くと言ってしまったようなものだと気づいた。

ヘンリーは端整な顔をジニーに向けた（そう、そのとおり、二人はまさしく美男美女の夫婦だ）。「私のためだと思って、いいだろう？　頼むよ。あの丈の短いブルーのやつがいい」

ゴルチエのワンピースか。ブルーの〝やつ〟。

ヘンリーは惑わすようにウィンクをした。「あれが気に入ってるんだ」

ジニーは寝室で着替えをすませ、ついでに娘の部屋をのぞいた。まだ眠っている。ブロンドの髪が天使の輪のようだった。ジニーは足音を忍ばせて窓に近づいた。二階にある部屋のその窓は静かな脇道に面している。さっきも確かめたばかりだが、窓の鍵がきちんとかかっていることを確認して、カーテンを閉じた。不思議なことに、トルーディは窓台に止まったハトの声で目を覚ますこともあるのに、消防車のサイレンや交差点から聞こえてくる車のクラクションの音ではまず起きない。キスをするか、頬にそっと指を触れたかった。しかし、それで娘が起きてしまったら、即席のカクテルパーティは中止になるだろう。ヘンリーの機嫌をそこねたくない。

もちろん、娘が目を覚ましてくれたら、自分だけ残る口実になる。

どうする？

娘をだしにして夫を欺くようなことはできない。それでも一人小さく微笑んだ——なかなかいい思いつきではあったわよね。

五分後、二人は、ほの暗い廊下のすぐ先のバセット夫妻の部屋のチャイムを鳴らしていた。ドアが開く。エアキス、握手、社交辞令がやりとりされた。

キャロル・バセットはジーンズとTシャツ姿だった。ジニーはその服装に気づいてヘンリーをちらりと見やったが、ヘンリーはその意味ありげな視線にも、妻のつややかな薄い唇に浮かんだ苦々しげな表情にも気づかなかった。男たちは、魔法の薬が鎮座したバーカウンターに向かった。キャロルは——ありがたいことに——ジニーがワインしか飲まないことを覚えていたらしく、ピノ・グリのグラスを彼女の手に押しつけた。乾杯し、ワインを飲みながら、リビングルームに移動した。この部屋の窓からはセントラルパークが少しだけ見える（ヘンリーはこの建物にはバセット夫妻のほうがあとから越してきたのに、タイミングよくこの部屋が空いたことに憤慨していた。ヘンリーとジニーが住んでいるのは八十一丁目に面した庶民的な部屋だ）。

　夫たちが妻たちに合流した。

「ジニー、少し飲んでみるかい？」

「ぜひ注いでやってください。ジニーはスコッチに目がないんですよ」

お気に入りの銘柄はパルムオリーブ。ダズも好きだけど（いずれも洗剤の名前）。「もうワインをいただいてますから。せっかくのワインをだいなしにしたくないわ」

「そう遠慮せずに」アーニーが言った。「一瓶八百ドルだ。それでも、常連だからと格安にしてくれたんだよ。ぎりぎりまで値引いてもらった」

　キャロルが目を見開き、小さな声で言った。「ペトリュスも千ドルにしてもらっちゃったの」

　ヘンリーは笑った。「シャトー・ペトリュスがたった千ドル？　それはいくらなんでも大げさに言っていますね？」

「本当なの。胸に手を当てて誓えるわ」

　キャロルが手を当てている部位をヘンリーがちらりと見たことにジニーは気づいた。

何の変哲もないTシャツだが、かなりタイトなシルエットで、素材は薄手のシルクだ。アーニーが言った。「あのペトリュスは、天にも昇るうまさだった。あやうくイキそうになったよ」そして自分の言葉に衝撃を受けたような顔を装った。「実はね、給仕長《メートルドテル》を買収して、ロマネ・コンティを持ちこませてもらった。あそこは開栓料を取らないいんだよ。知っていたかい？」

「知らなかったわ」ジニーは驚いた表情を作った。「びっくり」

アーニーが言う。「だろう。最高級レストランだからね」

二組の夫婦はリビングルームに腰を下ろした。会話はだらだらと続いた。キャロルはトルーディの様子を尋ね、どの学校に入れる予定かと聞いた（さほど突飛な質問ではないと、ジニーにもわかり始めている。マンハッタンでは、子供がまだよちよち歩きのころから学校を考えておかなくてはならないのだ）。バセット夫妻は三十代前半と、ジニーたちよりも何歳か若く、ようやく子供を持つことを考え始めたところだ。

キャロルが言った。「来年がちょうどよさそう。妊娠するタイミングとしてね。いろいろ都合がいいの。会社で新しい産休プランが導入されるそうだし、人事部にいる友人から教えてもらったの。まだ秘密だそうなんだけれど、子供を考えてるならもう少し待ったほうがいいよって」いたずらっぽい笑いを漏らす。「それって中出し情報《インサイダー》よね！」

きわどいジョークを理解したかどうか、ジニーの顔をうかがった。

理解できたから、そんな下品なジョーク、踏みつけてぺしゃんこにしてやったわよ！

「妊娠したらワインは飲めない」キャロルが言った。「それがつらそうよね」

「たいしたことじゃないわ。たった十八カ月の話だもの」

「十八カ月？」キャロルが聞く。

「授乳も勘定に入るから」

「ああ、それね。でも、いまどきはほかにも選択肢があるでしょう」

男たちはビジネスや政治の話をしている。そのあいだもずっと手のなかのグラスを見つめている。そこに入っている琥珀《こはく》色の液体は、ユニコーンの血だとでもいうようだ。

キャロルが立ち上がった。ソーホーにある〝行きつけの〟画廊から買ったばかりだという版画を自慢したいらしい。ジニーは思った――そんなにしょっちゅう画廊に出入りしてるわけ？

リビングルームを半分くらい横切ったところで、男の声が聞こえた。

「やあ、おちびちゃん」

その場の全員が凍りついた。周囲を見回す。

「ペチュニアの花みたいにかわいいね」

その高くなく低くもない声は、コーヒーテーブルに置いたジニーの携帯電話から聞こえていた。ジニーは携帯電話に飛びついた。持っていたワイングラスが床に落ちて粉々に砕けた。

アーニーが言った。「そのグラスは幸いウォーターフォードじゃない。心配はいらな

「──」

「その声は何？」キャロルが携帯電話を見て言った。

ヘンリーとジニーがナニー──〝ばあや〟──と呼んでいるもの、最新型のベビーモニターだ。ベビーベッドのすぐ横に設置されたマイクは、トルーディの寝息や鼓動まで拾えるほどの超高感度を誇っている。

もちろん、室内にいる人物の声も拾える。

「一緒においで、おちびちゃん。きみに新しいおうちを用意して待ってる人がいるんだよ」

ジニーは悲鳴を上げた。

ヘンリーと二人で玄関ドアに飛びついて勢いよく開け、廊下を全力疾走した。バセット夫妻があとに続いた。ヘンリーが責めるような声でジニーに聞いた。「窓の鍵はかけたんだろうな」

「かけたわよ。確認したわ！」

「もう少し眠っててくれよな、おちびちゃん」

ジニーの胸のなかで竜巻が吹き荒れていた。涙がぼろぼろとこぼれ、心臓の鼓動が肋骨を揺るがしている。携帯電話を持ち上げ、ベビーモニターアプリの〈ボイス〉アイコンをタップし、電話のマイクに向かって叫んだ。双方向通信なのだ。「警察が来たわ。その子に指一本触らないで。何かあったら殺してやるから」

一瞬の間があった。侵入者もモニターの存在に気づいたのだろう。低い笑い声が聞こえた。「警察だって？　ほんとに？　トルーディの右側の窓から外を見てるが、おまわりなんかどこにもいないぞ。しかし念のために引き上げるとしようか。あいにく、おちびちゃんはまだぐっすり眠ってる。おちびちゃんの代理としてお別れを伝えるよ。バイバイ、ママ。バイバイ、パパ」

ジニーはまた悲鳴を上げた。それから言った。「早く！　早く！　ドアを開けて！」

ヘンリーは鍵を選び出すのに手間取っている。ジニーは鍵の束をその手からひったくって彼を押しのけた。鍵を開けて室内に入った。回り道をしてキッチンに寄り、包丁立ての一番手前にあった肉切り包丁をつかむと、娘の部屋に行き、ドアを大きく開けて天井の明かりをつけた。

気配を感じたトルーディがかすかに体を動かした。しかし目は覚まさなかった。

少し遅れてヘンリーが入ってきた。二人は小さな部屋を見回した。誰もいない。窓の鍵もきちんとかかっていた。クローゼットも確かめたが、ひそんでいる者はいなかった。

「でも……」

ジニーは包丁を夫に渡すと、娘を抱き上げた。

アーニーとキャロルも来ていた。トルーディの無事な様子を見てほっとしたような顔をしている。

「さっきの男はいるの？」キャロルが室内を見回しながら震える声で聞いた。

しかしＩＴ起業家アーニーは首を振ると、ベビーベッドの横からモニターを拾い上げた。「いや、ここにはいないだろう。もしかしたら百キロくらい離れたところにいるのかもしれない。サーバーに侵入したんだよ」そう言ってモニターをテーブルに戻した。

「いまもこっちの話が聞こえてるってこと？」ジニーはそう叫んでモニターのスイッチを切った。

アーニーが言った。「それだけじゃ接続は完全には切れない」モニターのプラグを抜いて付け加える。「単なる嫌がらせだ。カメラつきのモニターだったら、子供のスクリーンショットやビデオをネット上に投稿されていただろう」

「そこまで？　いったいどういう連中なの？」

「どういう連中かは知らないよ。しかし、世の中に何人いるかなら知っている。数え切れないくらい大勢だ」アーニーは続けて聞いた。「私から警察に通報しようか」

「いいえ、こちらで連絡しますから」ジニーは言った。「いまは帰ってください」

ヘンリーが言った。「そんな言いかたはないだろう」友人たちの顔色をうかがっている。

「帰って」ジニーはぴしゃりと言った。

「わかった。気を落とさないでね」キャロルはジニーを抱き締めた。心から心配してくれているようだった。

「それに」アーニーが言った。「ワイングラスのことは心配いらないよ」

二人が行ってしまうと、ジニーは肉切り包丁をヘンリーから受け取り、すやすやと眠っているトルーディを抱いたまま、ヘンリーと一緒に全部の部屋を点検して回った。どの窓にもちゃんと鍵がかかっている。物理的に侵入された痕跡はない。

寝室に戻ると、ジニーはベッドに腰を下ろし、涙を拭いながら娘をきつく抱き締めた。顔を上げると、ヘンリーが携帯電話に三桁の番号を入力しているところだった。

「待って」ジニーは腰を浮かせ、夫の手から携帯電話を取って〈通話終了〉のアイコンをタップした。

「おい、どういうつもりだ？」

ジニーは言った。「すぐに電話がかかってくる。九一一から折り返しかかってくるはず。間違えてかけてしまったって言って」

「いったいどうして？」

「私が――女が警察に電話したら、ドメスティックバイオレンスだと判断されて、警察官が駆けつけてくる。だから、間違ってかけてしまったと言って」

「どうかしてるぞ」ヘンリーが憤った調子で言った。「警察に来てもらわなくちゃいけないだろう。ハッキングされたんだ。せっかくの夜をだいなしにされた」

「何て説明するの？　娘を一人で置いたまま、新しいクライアントほしさにバカ夫婦と一緒にバカ高いお酒を飲んでましたって？　警察にそんなこと話したらどうなると思う、ヘンリー？」

電話が鳴り出した。発信者番号は非表示だ。ジニーは電話をヘンリーに渡し、彼の目に視線をねじこんだ。

ヘンリーは溜め息をつき、〈応答〉ボタンをタップした。「はい、もしもし？」快活な声だった。「ああ、すみません。スピードダイヤルの1番に九一一を登録してあって、うっかり押してしまったんです。母に電話しようとして。母の番号は2番に……ええ、ヘンリー・サターです……」住所を聞かれたのだろう、番地を答えている。「はい、申し訳ありませんでした……わざわざ確認してくださってありがとうございます。おやすみなさい」

ジニーは子供部屋に入り、ベビーベッドを片手でつかむと、ゲストルームまで引きずって行った。「今日はここで寝るから」

「いや、それより――」

ジニーはドアを閉めた。

トルーディをベビーベッドに寝かせた。騒ぎのあいだずっとおとなしく眠っていたことを思って微笑んだ――ほんの小さく、だが。千ドルのワンピースを脱ぎ、部屋の隅に力まかせに放った。それから、肌の手入れも歯磨きも省略してベッドにもぐりこんだ。明かりを消す。娘と違って今夜はなかなか眠れないだろう。朝まで一睡もできないかもしれない。

だが、かえって好都合だ。考えなくてはならないことがたくさんある。たとえば――

明日、弁護士に何と言おうか。離婚を考え始めて以来、その弁護士とはすでに二度会って話をしていた。今夜、ついさっきまでは心が揺れていた。だが明日は言おう。即座に手続きを始めてほしいと。可能なかぎりこちらに有利な条件で、容赦なく進めてもらいたいと。

38

プロとしてあるまじき行為だな。おそらく。

しかし、ときには自分のために仕事をしたっていい。そうするしかない場面だってあるんだから。

アッパー・イーストサイドのコーヒーショップを出て歩き出した。ヘンリーとヴァージニア、サター夫妻のアパートの近くだ。僕は通りのちょうど向かいにいた。いや、すごい建物だったよ。あんなところに住むなんて想像できない。住んでみたいとも思わないな。ああいうところには美しい人ばかりが住んでいる。僕は歓迎されない。ショッパーの魔窟だ。

自分のために一仕事すませた。

あのショッパーに報復するのは、拍子抜けするくらい簡単だった。タイムズスクウェアのスターバックスからヘンリー・サターを尾行しただけですんだ。ほら、今日の午後、ぶつかりそうになったあの男だ。

もしこいつがこぼれてたら高くついたぞ、ゾンビ野郎。このシャツはな、おまえの月給よりよほど高いんだ。私は弁護士なんだよ……

住所がわかったところで、次は陸運局の免許証のデータベースをのぞき、写真を手がかりにあいつを探した。名前がわかった。ミスター・ヘンリー・サター。妻の名前はヴァージニア。しかしそこでつまずいた。CIRマイクロシステムズのデータワイズ5000を内蔵した製品を買った消費者のリストに載っていなかったから。そこでヘンリー・サターのフェイスブックをチェックした。ヘンリーとジニー。ヴァージニアは〝ジニー〟と呼ばれるのが好きらしい。おいおい、二歳の娘、トルーディの写真を投稿しているぞ。愚かしいにもほどがある……が、僕には好都合だ。都会暮らしの赤ん坊は、ベビーモニターに見守られているからね。そして、ああ、やっぱり、アパートをざっとスキャンしただけで、IPアドレスとメーカー名が手に入った。僕はハンドシェイクの隙を利用する手口でネットワークに入り、タブレットのアプリ、パス・ブレーカーを走らせた。あっという間にネットワークに侵入できた。赤ん坊の柔らかな寝息を聞きながら、幼いトルーディとの会話を考えた。近い将来、ママやパパの心の平和をぶち壊す会話をね。

（同時に、いろいろと新しい可能性が開けた。いまになってもまだ、データワイズ5000一つにこだわる気にはなれない。新しいやりかたは歓迎だ）

僕は歩き続ける。弾むような足取りで歩く。地下鉄の入口を通り過ぎた。チェルシーまでは遠い道のりだが、〝テクシーで行く《シャンクス・メア》〟しかない（というのは、母方のおばあちゃんの口癖だ。ただし、おばあちゃんは雌馬《メア》を目の前で見たことなんか一度もないだろうし、歩くことがあるとしても、スーパーマーケットの駐車場に置いた車から店の入口まででがせいぜいだろう）。居場所を特定されるのが心配だからだ。街頭カメラめ。街中がカメラだらけだ。

夕食は何にする？　サンドイッチ二つ。いや、今夜は三つだな。そのあとは新しいミニチュアプロジェクトにかかろう。ボートだ。ふだん、船は作らない。船専門のモデラーはいくらでもいる（飛行機や列車も同様だ。モデル市場は乗り物オタクであふれている）。でも、ピーターは船が好きだと言っていた。だからウォーレン・スキッフを作ってやろうと思う。オールが左右二本ある昔ながらの手こぎボートだ。

そのあと、アリシアが来るかもしれない。このところ情緒不安定気味だった。過去が蘇ってしまっているらしく、傷――心の傷――がうずいている。僕は全力でその傷を癒やそうとしている。でも、本当にこれでいいのかわからなくなる瞬間もある。

ついさっきのいたずらをまた思い出した。午後に見たときのあいつの顔。スターバックスの前でぶつかったときのあいつの見下した表情、整った顔立ち。

ゾンビ野郎……

ヘンリー、よく言った。なかなかうまいせりふだ。だが、僕はもっといいのを思いついたよ。

最後に笑ったほうが勝ち、さ。


「こんばんは」

アメリア・サックスはニック・カレッリの部屋に入った。

殺風景だが、掃除と整理整頓が行き届いている。

「テレビがあるのね」

一緒に暮らしていたころ、最後までテレビは買わなかった。ほかにすることがありすぎたからだ。

「刑事もののドラマを眺めたりしてる。きみは見る?」

「いいえ」

いまもやはり、ほかにすることがありすぎる。

「きみとリンカーンをモデルにドラマを作ればいいのに」

「以前、ライムには話が来た。でも断ったの」

サックスは大きな段ボール箱をニックに渡した。同棲していたころのニックの私物が入っていた。学校のイヤーブック、絵はがき、手紙。家族で撮った写真も数百枚ある。

サックスはいま来る前に電話をし、地下室で荷物を見つけた、きっと手もとに置きたいだろうと思うから届けに行くと話した。

「ありがとう」ニックは箱を開けてなかをさっとあらためた。「もう二度と手もとに戻らないと思ってたよ。あ、見ろよこれ」ニックは写真を引っ張り出した。「初めて行った家族旅行の写真だ。ナイアガラの滝だよ」

家族四人で写っている。背景に見慣れた滝の風景があった。しぶきに虹がかかっている。ニックは十歳くらい、弟のドニーは七歳くらいだ。

「誰が撮ったの？」

「通りがかりの観光客。あのころの写真、覚えてるか？　現像しないと見られなかったんだよな」

「できた写真をドラッグストアで受け取るときはどきどきした。ちゃんとピントが合ってるか、露出はどうだったか」

ニックはうなずいた。また箱をごそごそしている。「おお、懐かしいな！」今度は薄い冊子を引っ張り出した。

ニューヨーク市
警察学校
卒業式

一番下に卒業日が印刷されている。表紙のロゴにはこうあった――〈教育訓練局　高潔な警察官の母校〉。

ニックの笑みが消えた。

サックスは自分の卒業式を思い出していた。白い手袋を着用した経験は二度だけだ。警察学校の卒業式が一度。そしてもう一度は、父の死後に行われた市警の追悼式典だった。

ニックは卒業式のプログラムを箱に戻したあと、懐かしそうな視線を束の間向けていた。まもなく箱の蓋を閉じて言った。「ワイン、飲むか？」

「ええ」

ニックはキッチンからワインのボトルと缶ビールを持って戻ってきた。サックスのグラスにシャルドネを注ぐ。

ワインの香り、缶とグラスが軽くぶつかる音、そして指をかすめた彼の手の感触が、あのころの記憶をまた呼び覚ました。

いい、ばん……

サックスはその記憶を撃ち落とした。この何日か、思い出の断片を狙撃してばかりいる気がする。

オーク樽の香りのするワインとビールをそれぞれ飲んだ。ニックは部屋のあちこちを案内して回ったが、見るものは大してない。倉庫から引き取ってきた家具、親戚から借りたもの、安く買ったもの。書籍。書類が詰まった箱。そして、〈ニューヨーク州対ニコラス・J・カレッリ〉の捜査資料や裁判記録が入ったファイル。そのファイルの中身はキッチンの上に広げられていた。

サックスは額に入れて飾られた家族の写真を眺めた。誰でも見られるようマントルピースに並べてあるのがうれしい。サックスはニックのお母さんやお父さんと何度も会ったことがある。話していて楽しい人たちだった。ドニーのことも思い出した。ドニーはブルックリンに住んでいた。ニックが住んでいた場所からすぐ近くだ。ニックが逮捕されたあとも、サックスはカレッリ一家と、とりわけお母さんと、連絡を保とうとした。しかし連絡する回数はだんだんと減っていき、ついには音信不通になった。ありがちなことだ――あいだを取り持っていた二人のきずなが消えたときに。あるいは、そのうちの一人が刑務所に行ったりしたときに。

ニックがワインを注ぎ足した。

「ちょっとだけね。車で来てるから」

「カマロとトリノ、どっちが気に入ってる？」

「カマロのほうが好きだけど、くず鉄の塊にされちゃったから」

「え、どうして？」

サックスはある事件のことを説明した。データマイニング会社に勤務していた人物が被害者の人生を徹底的に侵害した——サックスのそれを含めて。カマロSSはレッカーされ、スクラップ工場でつぶされた。犯人にとっては靴のひもを結ぶのと変わらない、簡単なことだった。

「そいつ、捕まったの?」

「捕まえたわよ。リンカーンと私で」

一種の間があった。「話は変わるけど。ローズに会えてうれしかったよ。僕の話を信じてくれてるかわからなかったから。弟の話。事件のこと」

「あれから母と話したわ。あなたの話を信じてると言ってた」

「きみから聞いて、もっとやつれてるかと思ってたけど、元気そうで安心したよ」

「〝すっぴん〟では家から一歩も出ない女もいるのよ。あの元気そうな肌色はそのおかげ。メイベリンのファンデーション」

ニックはビールを一口飲んだ。「きみはどうなのかな。信じてる?」

サックスは首をかしげた。

「ドニーの話やその他もろもろ。どっちとも言わないから」

サックスは微笑んだ。「信じてないなら、捜査資料を渡していないわよ。いまこうして来てないだろうし」

「ありがとう」ニックはカーペットに目を落とした。一風変わった配置のくぼみができている。大柄な人物が脚を投げ出して座ると、靴のかかとが来る位置だ。サックスはこのソファに――そう、まさにこのソファに――二人並んで座ったときのことを思い出した。そのころは布のカバーがかかっていたが、形を見れば同じものだとわかる。ニックは古い私物の入った箱を片づけた。「捜査は進んでる？　家電に細工するやつの事件。考えてみたら、病的な手口だな」

「あの事件の捜査？　ほとんど進んでない。すごく利口な犯人なのよ」サックスは溜め息をついた。「あのコントローラーね――最近ではあらゆるものに入ってるの。サイバー犯罪対策課の刑事の話だと、二、三年後にスマート機器は二百五十億台に達するだろうって」

「スマート機器？」

「スマートコントローラーを内蔵した機器。ガスコンロ、冷蔵庫、温水器、防犯システム、ホームモニター、医療機器。どんなものにもＷｉ－ＦｉやブルートゥースⅡ接続のコンピューターが入ってるのよ。心臓のペースメーカーに侵入して止めることもできる」

「こわいな」

「エスカレーターのニュースは見たでしょう」

「あれ以来、階段を使うようにしてる」冗談で言っているのではないようだった。ニックは続けた。「新聞の記事を読んだよ。今回の犯人がどういう手口で事件を起こしてるか解説した記事。メーカーはサーバーを直さなくてはならないとか何とかって指摘してた。クラウドサーバーがどうとか。そいつに侵入されないように。でも、それをやってないメーカーがあるって話だったな。きみも読んだ？」

サックスは笑った。「私が書かせたのよ」

「え？」

「記者の一人にわざとリークしたの。セキュリティパッチを当てるだけで、未詳はスマートコントローラーに不正侵入できなくなる。でも、全部の会社が対策してるわけじゃないみたいなの」

「市警本部が会見を開いたって記事は見てないな」

「記者に情報を伝えたことは話してないから。正式な手続きを踏んでいたら、時間がかかりすぎるでしょう」

「警察の仕事には、昔と変わらないところも残ってるんだな」

サックスはその指摘に乾杯するようにワイングラスを掲げた。

「国内テロ？　動機はそれなの？」

「いまのところそのようね。テッド・カジンスキー——ユナボマーにちょっと似てる」

一瞬ためらうようなそぶりを見せたあと、ニックが聞いた。「彼は元気なの？」

「誰？」

「きみの友人。リンカーン・ライム」

「元気よ。リスクはつねにあるけど」サックスはそのリスクの例をいくつか話した。死につながりかねない自律神経過反射——血圧が急上昇して脳卒中や脳障害、場合によっては死を招く。「でも、本人が健康にものすごく気を遣ってるから。エクササイズも毎日――」

「エクササイズ？　どうやって？」

「FES――機能的電気刺激って言ってね。筋肉に電極を……」

「『フィフティ・シェイズ・オブ・グレイ』の世界だな……あっと、悪い。いくらなんでも口が過ぎたね」頬を赤くしているように見えた。ニック・カレッリには珍しいことだ。

サックスは微笑んだ。「リンカーンはポップカルチャーにうといけれど、もしあの本や映画の内容を知ってたら、笑って〝そう、まさにあれだよ〟って言うと思うわ。自分の障害をジョークにして笑うのが好きなの」

「きみにはきつい？」

「私？　そうね。同性の友達と映画を見たわ。ひどい出来だった」

ニックは笑った。

サックスは、ライムや自分の話はここまでにしようと思った。

立ち上がってワインのお代わりを注ぎ、一口飲む。頬がほてり始めている。携帯電話の時計を確かめた。午後九時だった。「で、何がわかったの？」捜査資料のほうにうなずく。

「有望な手がかりをいくつか。かなり期待できると思う。まだまだわからないことだらけだがね。皮肉なものだよ。自分の無実を証明するのは誰かの容疑を立証するのと同じくらい難しい。もっと簡単にいくかと思った」

「用心しながら進めてる？」

「人を訪ねて回ったりする仕事は、このあいだ話した友達にまかせてる。俺は無敵《ブレットプルーフ》だよ」

市警にいたころ、ニックのあだ名がそれだった。〝ブレットプルーフ〟。ニックはただの有能な刑事ではなかった。リスクを恐れない刑事だった。被害者を救うためなら危険を顧みなかった。

その点で二人は似たもの同士だ。

「よかったら……」ニックはそう言いかけたところでためらった。

「何？」

「食事は？　もう食べてきた？」

サックスは肩をすくめた。「おなかは空いてる」

「問題が一つ。ホールフーズ（高級スーパー）に買い出しに行く暇がなかった」

「ホールフーズで食料品を買ったことなんてあるの?」

「一度だけね。フルーツサラダに大枚八ドルはたきたい衝動に駆られたとき」

サックスは笑った。

「冷凍のカレーがある。ダゴスティーノで買った。けっこういけるよ」

「そうね。でも、温めたほうがもっとおいしいと思う」サックスはそう言ってまたワインのお代わりを注いだ。

何の音だろう？

退職を間近に控えた六十六歳の印刷工は、自宅アパートのある建物の廊下を歩いていた。築後数十年が経過した平々凡々な建物だ。ニューヨーク市内のこのぱっとしない地域には、これと同じようなアパートがひしめいている。セイディの店で一杯か二杯引っかけた帰りで、足もとがおぼつかなかった。そろそろ日付が変わる時刻だ。さっきまでバーで一緒だったジョーイのことを思い出し、面倒くさいやつだとしみじみ考えた。政治やら何やら、議論ばかり吹っかけてくる。ただ、誰が誰を支持していようと他人を侮辱しないのはいい。ジョーイとの議論は痛快だった。

しかし今夜の記憶をたどる思考は——一杯か二杯どころではない、四杯か五杯だった——ふいに霧散した。いままさに前を通り過ぎようとしている部屋から聞こえている音に気づいて、立ち止まる。

エドウィン・ボイルは、その部屋のドアに耳を近づけた。

テレビだな。

そうだよ、きっとテレビの音声だ。

しかし、たとえ最新型のテレビ、新設計のスピーカーがついたテレビであっても、テレビの音声の聞こえかたは独特だ。目の前で人が話している声とは違う。本物の声は本物らしく聞こえる。そしてこの声は、本物だ。

それにテレビドラマや映画でカップルが愛を交わす声は、短くて甘ったるく（たいがいBGMつきだ）、そのシーンはすぐ暗転する。あるいは、ポルノ映画のように、延々と続く。

これは生《なま》の声だ。

ボイルはにやりとした。おもしろいじゃないか。

この部屋に住んでいる男のことはよく知らない。無口ではあるが、常識的な人間と見えた。セイディの店に入り浸って、政治やら何やらについて講釈をたれるタイプではない。私立探偵の無口な感じに似ている。少なくとも映画で見る私立探偵は無口だ。ボイルの知り合いに私立探偵は一人もいない。

女のほうが何かささやいている。リズムが加速した。

男も何か言っている。

ボイルはふと考えた――この声を録音したとして、誰に送る？

たとえば、裁断機のトミー。あいつは下ネタが大好きだ。経理のジンジャー。あの女はセックスの話しかしないし、男と見れば色目を使う。債権管理のホセ。

ボイルは携帯電話を取り出し、隣室のドアににじりよると、音声ショーを録音した。

一人、にやにや笑いながら。

ほかに喜びそうなのは誰だ？

まあいい、送る相手はまた考えよう。どのみち、今夜は誰にも送らない。セイディの店で飲んだあとだ、やめておいたほうが無難だ。間違って元妻や息子に送りつけてしまったりしかねない。明日だ。出勤後にやろう。

隣人の男と、誰だか知らないがそのお相手はいっそう加速して、まもなく果てた――長々と息をつく気配が伝わってきた。男の溜め息かもしれないし、女かもしれない。ボイルの空耳かもしれない。

ボイルは録音アプリをオフにしてiPhoneをしまった。千鳥足で廊下を歩いて自分の部屋に向かう。最後に女と寝たのはいつだったか。思い出せない。七杯か八杯飲むと、記憶はそのくらい怪しくなる。とりあえず、現職の前の男が大統領だったころのことなのは確かだ。

土曜日

V チェック……

39

午前八時。

アメリア・サックスはあくびをした。疲れている。頭はずきずき痛む。控えめに言っても忙しい一晩だった。いや、それではすまない。大荒れの一夜だった。

一時間ほど前にニックの部屋を出て、いまはワン・ポリス・プラザの捜査本部に来ている。自分の担当ではない事件の資料に目を通すのは、ここ数日で二度目だ。

一度目は、ニックの事件だった。

今回はニックのものよりはるかに薄いファイルだ。そして、ニックの事件とは関係がない。

まだ朝が早いが、少し前にアーカイブからダウンロードしたその資料をすでに三度読んだ。薄々感じていた疑念を明らかにしてくれる情報を探しているが、ここには見つかりそうにない。

窓の外を眺めた。

資料に戻った。まるきり役立たずの資料に。

金塊は埋もれていない。救済はない。

やれやれ。

戸口に人影が現れた。

「メッセージを聞いて」ロナルド・プラスキーが言った。「大急ぎで来ました」

「ロナルド。おはよう」

プラスキーが入ってくる。「空っぽですね。別の部屋みたいだな」捜査本部を見回す。

証拠物件一覧表は隅に並んでいるが、ここにあるものは完全ではない。二つの事件——サックスとライムがそれぞれ追っていた事件——は実は一つの事件だと判明して、ここは未詳40号事件の捜査本部ではなくなったからだ。低い角度から射しこむ朝の光がまぶしい。

今朝のプラスキーはそわそわしていた。ふだんからときおり不安げな顔を見せることがある。頭を負傷したせいだ。その一件はプラスキーの自信を奪った。認知力もいくぶん損なわれた。しかし、根気とストリートで養った勘がそれを充分以上に補っていた。犯罪の解明自体は単純な事件のほうが多い。犯罪捜査とは、シャーロック・ホームズばりの推理よりも、地道な努力の積み重ねなのだ。しかし今日、プラスキーがそわそわしている理由は——？　サックスはその答えをすでに知っていた。

「座って、ロナルド」

「はい、アメリア」プラスキーの目は、サックスの前に開いて置かれた捜査資料の上で一瞬止まった。椅子に腰を下ろす。

サックスはファイルの向きを変えてプラスキーのほうに押しやった。

「これは？」金髪の青年巡査が聞き返す。

「読んでみて。その最後のパラグラフ」

プラスキーの目が文字をたどった。「あ」

サックスは言った。「グティエレス事件の捜査は半年前に終わってるの。エンリコ・グティエレスがドラッグの過量摂取で死亡したから。嘘をつくなら、せめて事実を確認してからにしなさいよ、ロナルド」


電話で目が覚めた。

ベルや着信音や音楽が鳴ったわけではない。バイブレーションのみが作動した。携帯電話はJCペニーのベッドサイドテーブルの上でかすかに震えているだけだが、夢のせいで眠りが浅かったのが幸いした。刑務所にいたころは刑務所の外にいる夢を見た。いざ外に出てみると、今度は刑務所の独房の夢を見る。夢というのは油断ならない。渦を巻きながら排水口に流れ落ちていく水のように忙しい。

「もしもし？　あー、もしもし？」

「やあ。ニックかな？」

「はい、そうですが」

「起こしてしまったようだね」

「どちらさま？」

「ヴィトだ。ヴィットーリオ・ジェラ。レストランの」

「ああ、はいはい」

ニックは体を起こし、足を床に下ろした。ごしごしと目をこする。

「起こしてしまったかな」ジェラがまた尋ねた。

「ええ。でも、気にしないでください。どのみち起きなくちゃいけない時間でしたから」

「ははは、正直だな、きみは。ふつうなら、もう起きていたと言うものだ。だが、どのみち声でわかる。いかにも寝ぼけた声だからね」

「俺の声、寝ぼけてます？」

「まあな。ところで、正直ということで言えば、私も正直に話すよ。レストランをきみに売るつもりはない」

「もっと出せる買い手が見つかったってことですか？　だったら俺も額を上げますよ。いくらです？」

「金が理由ではないんだ、ニック。きみには譲りたくないというだけのことだよ。あいにくだ」

「経歴のせいですか」

「え？」

「服役経験があるから？」

ジェラは溜め息をついた。「そう、きみの前科だ。無実だというきみの主張は聞いた。個人的には信じるよ。根っからの悪人には見えないからね。それでも、噂は広まるだろう。世の中はそういうものだ。根も葉もない噂であっても、真っ赤な嘘であっても、同じだ。きみも知っているだろう」

「ええ、知っています、ヴィト。わかりました。そういうことならしかたがない。でも、ヴィト、自分で電話してくれたんですね。自分の弁護士から俺の弁護士に電話させるんじゃなくて。いやな話は人を使ってすませる人も多いのに。敬服しました」

「きみはいい人間だ、ニック。このあとの人生はきっと上向きになるだろう。そういう気がするよ」

「ありがとう。ああ、そうだ、ヴィト？」

「何だ？」

「ということは、もうお嬢さんをデートに誘ってもかまいませんね？」

沈黙が返ってきた。

ニックは笑った。「冗談ですよ、ヴィト。そうだ、この前、テイクアウトした料理。友人に持っていったら、こんなにおいしいラザニアは初めてだと喜んでいました」

また沈黙があった。後ろめたさゆえの沈黙だろう。「きみはいい人間だ、ニック。きっと何もかもうまくいく。がんばれよ」

電話を終えた。

くそ。

ニックは溜め息をついて立ち上がると、強ばったままの脚でドレッサーに近づいた。そこに置いてあったスラックスを取って穿き、昨日のTシャツを脱いで新しいものに替え、髪を整えた――おざなりに。

アメリア・サックスは一時間ほど前に帰って行った。足音とドアが閉まる音で、ニックもその一瞬だけ目が覚めた。

リビングルームに行ってコーヒーを淹れ、カップに注いでキッチンテーブルにつき、コーヒーが冷めるのを待った。それまではアメリアのことばかり考えていたが、彼女からもらった捜査資料のファイルをぼんやりめくっていると、アメリアのイメージや、レストランを譲り受けることができなかった失望はしだいに遠ざかって、代わりに刑事だったころの記憶が蘇ってきた。

あのころ、捜査を始めようとすると、頭のなかで何かがかちりと音を立てるのを感じたものだ。いまも同じだ。スイッチが入るように、意識が別のモードに切り替わった。猜疑心《さいぎしん》が前に出る。すべてを疑念のふるいにかけ、信じてよさそうな情報だけを拾い、それ以外のものは落ちるにまかせる。ニック・カレッリにとって、その分別は難しい作業ではない。

それ以上に大切なのは、発想を飛躍させることだ。いま、彼の意識は不思議な跳躍を始めていた。犯罪者を攻め落とすのは、そういった思考の跳躍だ。

――サフォークまで車で行ったと話していたな。

――そうだよ、カレッツリ刑事。サフォークにいた。友達に会ってたんだよ。そいつが俺のアリバイを証言したはずだ。あいつに確認したんだろ？

――往復百八十キロあるな。

――だから？

――俺が停止を命じたときのおまえの車の燃料ゲージ。ほぼ満タンだった。

――だから何だよ？　前にも言ったよな、途中で燃料を入れたんだ。

――ターボつきのディーゼル車だろう。しかしな、おまえが通ったって主張してるルート上に、軽油を入れられるスタンドは一軒もない。

――え……？　そういうことなら、弁護士と話がしたいな。

全部のガソリンスタンドに電話をかけ、軽油を販売しているかどうか確かめる――ニック・カレッツリには、そういった跳躍の瞬間がごく自然に訪れる。

刑事は、一線を退いても一生、刑事なのだ。

Jから始まる名前のリストを引き寄せた。ヴォンによれば、全員がフラナガンの店に出入りしているという。このなかに、彼の人生を好転させることができる人物がいてくれることをニックは祈った。

ジャック・バターリャ、クイーンズ・ブールヴァード自動車修理工場

ジョー・ケリー、ハヴァシャム建設、マンハッタン

JJ・ステップトー

ジョン・ペローン、J&Kフィナンシャル・サービス、クイーンズ

エルトン・ジェンキンズ

ジャッキー・カーター、ユー・ストア・イット・セルフ倉庫、クイーンズ

マイク・ジョンソン、エマソン・コンサルティング、クイーンズ

ジェフリー・ドマー

ジャンニ・〝ジョニー〟・マネット、オールドカントリー・レストラン・サプライ、ロングアイランドシティ

カーター・ジェプセン・ジュニア、コカ・コーラ販売

覚えのある名前は一つもない。それでも、ジェフリー・ドマーという名を見て、こいつはきっと子供のころ苦労しただろうなと思い、ちょっと愉快になった。あの有名な連続殺人犯ジェフリー・ダーマーと名前がそっくりだ。子供は残酷だから、おそらくさんざんからかわれただろう。

刑事魂がニックのエンジンを全開で回し始めていたが、まだ足りない。一歩踏みこんだインプットやリサーチが必要だ。さっそく調べよう。ニックはネットに接続し、リストにある名前を一つずつ検索していった。グーグル、フェイスブック、リンクトイン。フレディから教えられた、ピープルファインダーというサイトでも検索を試みた。すごいな、これだけの情報が当たり前のように流通しているのか。市警にいたころ、同じ情報を手に入れようと思ったら、数時間どころか数週間はかかっていた。もう一つ、人々がここまでの個人情報をネットにさらしていることにも驚きを覚えた。リストにあるなかの一人、JJ・ステップトーは、マリファナを吸っている写真を自慢げにフェイスブックに載せている。カーター・ジェプセンを調べていてリンクをたどっていくと、カリ

ブ諸島で泥酔したジェプセンが誤ってプールに落ちる動画がＹｏｕＴｕｂｅに投稿されていた。這い上がってきたジェプセンは盛大に嘔吐した。

〝Ｊ〟の妻、ナンシーの情報はない。どの人物の妻を調べてみても、ナンシーという名前は見当たらなかった。

ミスター・Ｊは、ナンシーとすでに離婚しているということも考えられるし、そもそも妻ではなくガールフレンドという可能性もあるだろう。確かめる方法はおそらくあるはずだ。市警なら、婚姻関係や血縁関係にない人物同士を結びつけるソフトウェアを持っているかもしれない。〝Ｊ〟が服役経験のある人物なら、ナンシーの面会記録がどこかに残っているだろう。

しかし、いまのニックはそういったソフトを使う立場にない。かといって、アメリアに頼むつもりはなかった。すでに盛大に迷惑をかけてしまっている。

ダウンロードした情報を流し読みした。〝Ｊ〟が警察組織の人間であれば一番いいと思っていた。ニックが逮捕された当時の強奪グループについて何か知っている人物であればいい。しかしリストのなかに警察関係者はいない。次に望ましいのは――犯罪の世界につながりを持つ人物だ（そういう人物に接触するとなれば、用心に用心を重ねなくてはいけないことはわかっている）。しかし、それもどうやら当てはまらないようだ。ジェンキンズには逮捕歴があるが、何年も前、しかも軽犯罪法違反だ。ほかにも民事上の調査の対象となった人物は二人いる。一方は証券取引委員会、もう一人は国税庁の調査を受けているが、調査だけで終わっている。

ニックは椅子の背にもたれ、ぬるいコーヒーを飲んだ。時計を確かめる。三時間が過ぎていた。大量の情報は集まったが、結果は出ていない。

よし。もう一度よく考えてみよう。刑事の思考に切り替えて考えよう。このリストは空振りかもしれない。スタン・ヴォンは、パン粉をつけすぎたチキン・パルメザンを他人の金で食いたいがために、適当な名前を寄せ集めてリストにしただけのことかもしれない。しかし、いまあるのはこれだけ、このリスト一つだ。これを出発点にして考えるしかない。刑事だったころはどれほど見込み薄の情報であろうとあきらめずに追いかけた。このリストから次につなげるしかない。

リストに並んだ人物の仕事関係——経営する会社、勤務する会社——をもう少しよく調べてみようと思った。強奪事件や故買にひそかに結びついていそうな会社はないか。ヴォンのリストでは勤務先が空白になっている人物もいたが、ネット検索で判明した。強奪事件の中心は運送業と小売業だが、その二業種に関係している人物はいない（バターリャが経営しているのは、中古車の販売と修理の会社だ）。ジャッキー・カーターは個人向けトランクルーム会社を経営している。可能性はありそうだ。ジョン・ペローンのJ&Kフィナンシャル・サービスも目を引いた。いかがわしい取引に関与している連中に金を貸している可能性がありそうだ。ジョンソンのコンサルティング会社はどうだろう？　どんな分野のコンサルタントなのか。

ぬるいコーヒーをがぶりと大きくあおろうとした。その手が途中で止まった。カップをテーブルに下ろし、身を乗り出してリストを見つめた。それから笑った。まったく。どうしていままで気づかなかった？　こんな簡単なことに、どうして気づかなかったんだ？

ニックは文字を一つずつたどった。〈ジョン・ペローン、J&Kフィナンシャル・サービス、クイーンズ〉。

フィナンシャル——Fi NANCI al。

〝ナンシー〟は妻ではない。ガールフレンドでもない。経営する会社の名前の一部だ。刑事の手書きのメモの文字がところどころかすれていたせいで、誤読したのだ。

ニックはぞくぞくするような興奮を感じた。刑事だったころ、捜査に突破口を見つけたとき覚えたのと同じ興奮だった。

よし、ミスター・ペローン。あんたはいったいどこの誰だ？　この男の周辺から、犯罪の存在を臭わせる情報は見つからなかった。ペローンは正直で真面目な経営者のようだ。地域社会に多大な貢献をし、教会の活動にも積極的に参加している。それでも用心するに越したことはない。このペローンという男が実は裏世界とつながっているということもありうるのだ。その場合、自分の名とこの人物の名が結びつくような危険は冒せない。

力を貸してもらえそうな人物が見つかったとして、少しでもリスクがあれば——犯罪

に関わっている可能性がわずかでもあれば、友達か誰かにあいだに入ってもらうようにするよ……

ニックは携帯電話を取ってフレディ・カラザーズに連絡した。

40

ロナルド・プラスキーは、アメリア・サックスと自分の中間地点に鎮座したグティエレス事件のファイルを凝視していた。

椅子の上でもぞもぞと身動きをした。捜査本部のテーブルをはさんだ正面にアメリア・サックスが座っている。

やれやれ。グティエレスが存命の人物かどうかくらい、なぜ確かめなかった？　その答えは簡単だった——何より、そんなことは誰も知らないと思ったし、プラスキーがどこで何をしていようが誰も気にしないと思ったからだ。

甘かったな、え？

やれやれ。

「ロナルド。ちゃんと説明して。どういうことなの？」

「あの、もう内部監察部に話しちゃいました？」

「いいえ、まだ。当然でしょう」

だがプラスキーは知っている。彼が犯罪を犯したと知ったら、その瞬間、アメリア・サックスは内部監察部に連絡するだろう。アメリアはそういう人間だ。市警の規則なら臨機応変に曲げる。しかしニューヨーク州刑法という有刺鉄線つきの一線を越えたら、アメリアにとってそれは罪だ。許しがたい罪だ。

そこでプラスキーは椅子にもたれ、溜め息をついて、本当のことを打ち明けた。「リンカーンは辞めるべきじゃありません」

アメリアが目をしばたたいた。いきなりのことで、まるで話についてきていない。

無理もないとプラスキーは思った。「辞めるべきじゃありません。辞めるのは間違いです」

「そうね、私もそう思う。でも、それとこれとは関係ないでしょう？」

「いや、大ありです。ちゃんと説明します。リンカーンが辞めたきっかけはご存じでしょう。バクスター事件を深追いしすぎた」

「それは知ってる。でも――」

「いいから最後まで聞いてください。お願いします」

美とはおもしろいものだとプラスキーは思った。アメリア・サックスは昨日と変わらず美しい。しかしいまこの瞬間の美は、氷のそれだ。プラスキーは微妙に目をそらして窓の外を見た。アメリアの射るような視線を受け止めていられない。

「バクスター事件の捜査資料を調べました。数え切れないくらい何度も読みました。証言、鑑識報告書、刑事のメモ。隅から隅まで目を通しました。何度も。それで一つ、筋の通らない点を見つけたんです」プラスキーはテーブルに身を乗り出した。自分はいま、仮面を剝がされ、おとり捜査が絶体絶命の危機にあるというのに――アメリアには彼のミッションを即座に中止させる権限がある――狩りをするハンターの興奮はまだ消えていない。「バクスターは罪を犯しました。それは事実です。でも、ほかの金持ちをだまして金を巻き上げた金持ちにすぎない。なんだかんだ言って、害のない人物でした。銃は父親の形見だし、弾も込めてありませんでした。射撃残渣《しやげきざんさ》だってどこから来たものかわかりません」

「事件の詳細は知ってるわ、ロナルド」

「でも、オーデンのことは知らないでしょう？」

「誰？」

「オーデンです。どんな人物か、僕にもまだわからない。黒人なのか、白人なのか。年齢もわかりません。イーストニューヨークのギャングと何らかの関わりがある人物だということしかわからないんです。バクスター事件を担当した刑事の一人が書いたメモに、このオーデンという人物が出てきます。バクスターとオーデンは親しかった。メモを書いた刑事に確認したら、オーデンのことはそれ以上調べなかったそうです。バクスターが死んで、不起訴になったから。組織犯罪捜査課も麻薬取締課も、オーデンという名前は把握していませんでした。謎の男なんです。でも、街で聞いて回ったら、オーデンという名を聞いたことがあるという人物が少なくとも二人いました。まったく新しいドラッグに関わっている。キャッチという名前のドラッグです。聞いたことあります？」

アメリアは首を振った。

「カナダかメキシコから密輸入していたのかもしれない。そのための資金を提供していたのかもしれない。ひょっとしたら、製造に関わっていたのかもしれません。バクスターが殺された理由はそれなんじゃないかと思います。ただ刑務所で喧嘩に巻きこまれたわけじゃない。そのドラッグのことを知り過ぎたせいで、雇われた誰かに殺された。僕はずっと潜入捜査をしていました……許可は取っていません。一人で勝手に動いているだけです。オーデンが作っているドラッグを買いたいと、いろんな相手に言って回りました。頭の傷が痛くて我慢できないからということにして」自分の頰が赤くなるのがわかった。「そんな嘘をついたら罰《ばち》が当たりそうですけど、でも、傷があるのは事実なので」

「で？」

「僕の目的は、バクスターは無害な男ではなかったとリンカーンに証明してみせることでした。オーデンの仲間だったし、キャッチの製造か密輸に資金を提供していた。バクスターは、実は銃を使ったのかもしれない。バクスターが関わったドラッグのせいで大勢が命を落としている」プラスキーは首を振った。「それが証明できれば、どのみち結果は一緒だったろうと思って――リンカーンは辞めるのをやめてくれるかなと」

「でもどうして――」

「誰にも相談しなかったのか、ありもしない捜査をでっち上げたのか、ですか？　だって、もしあなたに話したら、何て言います？　やめろって言うでしょう？　正式に許可されてない潜入捜査です。自分の金を使ってドラッグを買ったり――」

「え、何をした？」

「一度だけです。オキシコンチンを買いました。五分後には下水に投げこみましたけど。でも買うしかなかったんです。まずはストリートで信用を得なくちゃなりませんから。ある人物が銃を違法に携帯しているところを押さえたんですが、僕の身元を保証してもらうのと引き換えに不問に付しました。けっこう危ない橋を渡ってるんですよ、アメリア」

プラスキーはグティエレス事件のファイルを見つめた。間抜けだな。どうして確認しなかった？

「もう少しなんです。本当にあと一歩のところまで来ています。二千ドル払って、オーデンにつながる情報を手に入れました。今度こそ当たりですよ。そういう予感がします」

「予感とか直観とか、リンカーンは相手にしないわよ」

「リンカーンは何か言ってます？　いまは未詳40号事件の捜査、ニューヨーク市警の捜査を手伝っているわけでしょう」

「何も言ってない。考えが変わったわけじゃないと言ってたわ」アメリアは顔をしかめた。「リンカーンが協力してるのは、サンディ・フロマーの民事訴訟を成功させるためよ」

プラスキーは表情を変えなかった。「見つからずにすめばよかったんですけど、アメリア。もうばれちゃいましたね。でも、いまやめるつもりはありません。それは先に話しておきます。最後までやらなくちゃいけない。リンカーンが戦いもせずにあきらめるのを黙って見ているなんてできませんから」

「イーストニューヨーク。オーデンの縄張りはそこなのね？」

「それと、ブラウンズヴィルからベッド＝スタイあたり」

「市内で一番治安の悪い地域」

「閑静なグラマシー・パークだって、そこで撃たれた人にとっては一番治安の悪い場所です」

アメリアは微笑んだ。「やめろって言っても無駄ってことね」

「はい」

「わかった。だったら、この件は忘れることにする。ただし一つだけ約束して。その条件をのめないなら、あなたを内部監察部に突き出すから。そうなると一月の停職ね」

「その条件というのは？」

「一人でやろうとしないでほしいの。オーデンに会いに行くなら、誰か一緒に来てもらうこと。頼めそうな相手はいる？」

プラスキーは一瞬考えてから答えた。「はい。一人だけ」

リンカーン・ライムはサックスの携帯電話にかけてみた。

応答はない。電話するのは朝からもう二度目だ。最初は朝早く――午前六時にかけた。そのときもやはりサックスは出なかった。

ライムの居間にはほかにジュリエット・アーチャーとメル・クーパーがいる。時刻はまだ早いが、三人はすでに証拠物件一覧表の前に集まり、思いついたことを互いに投げてみている。まるで試合中のサッカー選手のようだ。そう考えたところで、〝選手〟のうち二人は座ったきり動かないことを思い出して、ライムはにやりとした。

クーパーが言った。「新しい情報だ」

ライムは車椅子を走らせてクーパーのところに行った。アーチャーの車椅子とあやうく衝突するところだった。

「前の現場でアメリアが採取したニス。ＦＢＩのデータベースに一致する情報があったそうだ」

〈メーカー：ブレイデン工業　商品名：リッチ・コート〉。

「ずいぶん時間がかかったな」

クーパーが続けた。「高級家具の仕上げに使われる。床や安価な木工製品には使わない。高いんだ」

「扱っている販売店の数は？」アーチャーが尋ねた。

適切な質問だ。

「そこが困った点でね」クーパーが答える。「流通してるなかで一番ありふれたニスだよ。ニューヨーク周辺で、どうかな、百二十軒くらい販売店がありそうだ。それ以外に、家具メーカーにバルク売りしてる。大きなメーカーにも、中小にも。それに――なおも悪いことに、オンラインストアで取り扱ってる小売店が六社ある」

「一覧表に書いておいてもらえないか」リンカーン・ライムは落胆した声でアーチャーに言った。

その瞬間、居間からすべての物音が消えた。

「私は、その」とアーチャー。

「おっと、そうだった」ライムは言った。「悪かった。忘れていたよ。メル、書いてくれ」

クーパーがいつもの流麗な文字で商品名とメーカーをホワイトボードに書きこんだ。

アーチャーが言った。「販売店が多くても、とにかくひととおり問い合わせてみます。誰かが未詳を覚えていないともかぎりませんから」

ライムは言った。「もう一つ可能性があるぞ。未詳は——」

アーチャーが先回りして続けた。「——販売員なのかもしれない。それは考えていました。まず予備調査をしたほうがよさそうですね。従業員の写真を掲載していないか、各店舗を確かめます。公式サイト、フェイスブック、ツイッター。会社のソフトボールチーム、慈善活動、チャリティイベント」

「頼む」ライムは車椅子で一覧表の前に戻って文字を目で追った。焦燥感に後ろからつつかれているような気分だった。民衆の守護者、未詳40号が連続犯であることはわかっている。またすぐに次の事件を起こすという前提で動くべきだろう。それが連続犯に共通する傾向だ。性的快楽、政治思想の表明——動機が何であれ、欲望は、新たな事件を起こすまでの間隔をどんどんせばめていく。

ではまた明日……

そのとき、鍵が回る音が聞こえた。玄関のドアが開く音、続いて足音も聞こえた。

来たのはサックスとプラスキーだった。プラスキーは制服でいることもあれば、私服のこともある。今日はカジュアルな服装だった。ジーンズにTシャツだ。サックスは疲れた顔をしていた。目が充血し、肩を丸めている。

「遅くなってごめんなさい」

「電話したんだぞ」

「ゆうべは忙しくて」サックスはホワイトボードの前に立って一覧表を眺めた。「何か新しいことは？」

ライムはニスの分析結果やアーチャーがいましていること——ニスを購入した客を探して販売店をしらみつぶしに当たっていることを話した。サックスが聞いた。「ナプキンの件、あれから何か連絡はあった？」

「本部からは何もないよ」メル・クーパーが答えた。

サックスの表情が険しくなる。「まだ見つからないってことね」

ライムも一覧表を眺めていた。

答えはかならずそこにある……

しかし、そこに答えはなかった。「何か見逃していることがあるはずだ」ライムは吐き捨てるように言った。

それに応じるように、玄関ホールから男のだみ声が轟《とどろ》いた。「もちろん何かあるに決まってるさ、リンカーン。マクロな視点を持てっていつも言ってるだろう？　毎度毎度、俺がおまえのその手を握っててやらなくちゃ、何もできないのか？」

次の瞬間、ニューヨーク市警のしわくちゃな刑事ロン・セリットーが、粋なステッキの助けを借りてゆっくりと居間に入ってきた。

41

ニック・カレッリは、迎えの車を待ちながら、自宅アパートのソファに敷いたシーツを見つめて笑みを作った。頭のなかでにやりとしたということではなく、本当に満面の笑みを浮かべた。

ゆうべ、アメリアが泊まっていったが、彼は紳士の態度を貫いた。ダイニングテーブルは〝俺の無実を証明するぞ作戦〟の書類に埋もれていたため、ソファに並んで座ってチキンのカレー煮を食べた。アメリアが来ると知って買っておいた、そこそこの値段のワインも最後の一滴まできれいに飲み干した。

彼女と身を寄せ合うようにして座りはしたが、最後まで紳士であり続けた。少し酔った様子のアメリアが、車を運転するのは危ないからタクシーを呼ぶと言い出したとき、ニックはこう言った。「ソファがいい？　それともベッド？　その場合は俺がソファで寝るよ。心配するな、襲おうなんて気はないから。ただ、これ以上は一秒でも起きていられないって顔してるだろう」

「いいの？」

「きっちりベッドメークもしてやるよ」

「じゃ、ソファで」

「もちろん」

〝きっちり〟とはいかなかった。しかしアメリアは、形ばかり整えられたソファにいやな顔をすることもなく、五分後には寝息を立てていた。ニックは彼女の美しい顔を二分か三分だけ見つめていた。もう少し長い時間だったかもしれない。自分でもわからない。

ニックはシーツをはがし、寝室に持っていって洗濯かごに放りこんだ。一緒に持ってきた枕カバーに顔をうずめて香りを吸いこんだ。彼女のシャンプーの香りがして、みぞおちが締めつけられた。枕カバーも洗うつもりでいたが、気が変わって、ドレッサーの上に置いた。

携帯電話が着信音を鳴らし、ショートメールが届いたことを知らせた。フレディ・カラザーズが来たようだ。ニックは立ち上がり、ジャケットを着て部屋を出た。建物の前でフレディのSUVに飛び乗った。キャデラック・エスカレードだ。年式は古いが、手入れと整備は行き届いている。フレディにクイーンズの通りと番地を告げた。フレディはうなずいて車を出した。車は複雑なルートをたどった。十回くらい、右や左に曲がった。フレディはナビの道案内を使わなかった。このあたりの地図はすっかり頭に入っているらしい。大型SUVの運転席に座ったフレディは子供のように小さく見えたが、今朝はなぜかそれほどカエルには似ていなかった。

ニックは表面がひび割れたレザーシートにゆったりと体を沈め、東に向かう車の窓から都会の風景をぼんやりと見つめた。小さな食料品店やエレベーターのないアパートばかりだったが、しだいにセブン-イレブンや平家建ての小さな家屋が増え、やがて芝生や庭に囲まれた一軒家ばかりが並ぶ住宅街になった。クイーンズでは、少し車で走っただけで景色はがらりと変わる。

フレディがファイルを差し出した。「ジョン・ペローン本人と会社について、集められるだけの情報を集めた。知り合いや取引先も調べた。あっぱれな男だな」

ニックは書類に目を通しながらいくつかメモを取った。フレディの情報と、自分で集めた情報を比較する。心臓が高鳴った。これだ。この男こそ、自分が探していた相手だ。救いの手。また顔に笑みが浮かんだ。

書類をジャケットの内ポケットにしまった。そのあとはフレディと世間話をした。フレディは今週末、姉の子供たちを連れて野球を見に行く約束をしているらしい。

「メッツの試合だ。十二と十五だよ」

「メッツが？」

「よせよ。子供たちの年齢だよ。反抗期真っ盛りだが、俺にはさほど生意気な態度は取らない。聞き分けのいい十五歳なんて、かえってうさんくさいよな」

「体育館でビールを飲んでたら、ピーターソンに見つかったことがあったな。覚えてるか」

フレディは笑った。「おまえ、先生に何て言い返したんだっけ？　たしか……だめだ、思い出せない。かえって先生を怒らせたことだけは覚えてる」

ニックは言った。「酒なんか飲んで、いったいどういうつもりだって言われた。体に悪いのを知らないのかって。だから俺はこう言い返した――じゃあ、なんで先生の奥さんはいつも俺に酒を勧めるんだろうな」

「そうだ、それだよ！　よくもまあ、そんなことを言ったよな。おまえ、殴られたんじゃなかったか？」

「突き飛ばされただけだ……いや、一週間の停学も食らったか」

しばらくどちらも黙っていた。ニックは高校時代のことをあれこれ思い出していた。やがてフレディが言った。「アメリアとはどうなんだよ？　いまはあの何とかいう男とくっついてるんだっけ？」

ニックは肩をすくめた。「そうだ。あいつとつきあってる」

「ちょっと変わってるよな。だって、相手は不具だろ？　おっといけね、不具ってのは差別語か？」

「そうだよ、使っちゃいけない言葉だ」

「ともかく体が不自由なんだよな」

「身体障害者、な。調べたんだ。〝身体障害者〟はセーフ。〝ハンディキャップのある人〟はいやがられる」

「言葉ってやつはわからん」フレディは言った。「うちの親父なんか、黒人を〝カラード〟って呼んでた。それも差別表現だったよな。ところがいまじゃ、〝パーソンズ・オブ・カラー〟って言わなくちゃいけないんだろ。〝カラード〟とどこが違うんだよ？　しかしわからないもんだよ。似合いのカップルだったのに。おまえとアメリア」

そのとおり、似合いのカップルだった。

ニックは何気なくサイドミラーをちらりと見て、ぎくりとした。「くそ」

「どうした？」フレディが聞く。

「後ろの車。見えるか？」

「どれだ――？」

「あれは何色だ、緑色かな。ビュイックだ。いや違うな、シェヴィだ」

「ああ、あれか。あれがどうした？」

「いくつ角を曲がっても、かならずついてくる」

「マジか。誰だろうな。俺は心当たりがない」

ニックはもう一度ミラーをのぞいた。それから首を振った。「あいつか」

「誰だ？」

「コールだよ」

「誰だって？」

「ヴィニー・コール。ほら、ベイビュー・カフェでヴォンと会ったとき、からんできた刑事」

「おまえの家を張ってたんだな。しつこいやつだ。銃は処分したよ。まず見つからないだろう。それに、おまえは何も違反してないよな。ヴォンが銃を持ってるなんて知らなかったと言い張れる。たとえその話が出たとしても。それに、ヴォンは偽名を使った。それにしても、何が目当てなんだろうな」

「いやな野郎なんだ。それだけのことだよ。俺にいやがらせしたいだけだろう。くそ、ぶち壊しにされたらたまらないな。せっかくペローンを見つけたのに。正念場なんだ。俺の無実を証明する唯一の手段なんだよ」

ニックは周囲に目を走らせた。「なあ、フレディ。おまえはあいつに目をつけられてない。偽の通報をしたのはおまえだってことも知られてない。頼みを聞いてくれないか」

「もちろんだろう、ニック。言ってみろよ」

またあたりを見回す。「あの駐車場に入ってくれ」少し先の入口を指さした。

「これか？」

「そうだ」

フレディは急ハンドルを切った。タイヤが鳴く。大型ショッピングセンターに隣接する四階建ての駐車場だった。

「俺はここで降りる。しばらくここに車を駐めて待っててくれ。三十分か四十分」

「おまえはどうする？」

「ショッピングセンターを抜けて外に出て、タクシーでペローンに会いに行く。終わったらまたここに戻る。悪いな」

「いいんだよ。ついでに朝飯でも食ってるから」

フレディはショッピングセンターの入口近くで車を停めた。ニックは聞いた。「ベイビュー・カフェであいつを見たんだよな？　コールを見たよな？」

「ああ、顔は覚えてる」

「もしあいつが来て、俺はどこに行ったかと聞かれたら――」

「――あんたとは話せないと言うよ。ここであんたの奥さんを待ってるところだからって」フレディはそう言うと、いたずらっぽくウィンクをした。

ニックはにやりと笑い、フレディの肩をぽんと叩いた。それからSUVを降り、ショッピングセンターに入った。

J&Kフィナンシャル・サービスにセキュリティはなかった。少なくとも人間の形をしたセキュリティはなく、一般家庭に備えつけてあるようなインターフォンがあるきりだった。ニックはボタンを押して自分の名前を告げた。

沈黙があった。

「お約束はございますか」女性の声が聞いた。

「いや。しかし、ミスター・ペローンとぜひお話ししたい。アルゴンクイン運送のことで」

また沈黙があった。さっきより長かった。

やがて不快なほど大きな音でブザーが鳴って、ドアロックが解除された。

ニックは小型エレベーターに乗り、三階で降りた。街の雰囲気や建物の入口のみすぼらしさとは裏腹に、こぎれいなオフィスだった。ジョン・ペローンの会社は景気がいいらしい。受付カウンターには濃いモカ色の肌をした美しい女が座っていた。

その後ろに二つ並んだオフィスのドアは開きっぱなしで、奥の様子が見えた。どちらにも男がいた。茶色っぽい髪を短く刈りこんだ大柄な男だ。分厚い胸板は、きちんとプレスされたドレスシャツで覆われている。一人は電話で話しこんでいた。手前のオフィスにいるもう一人が顔をこちらに向けて、ニックを見た。二人のうち、より大柄なほうだった。淡い緑色のシャツに黄色いサスペンダーをしている。その目は冷たい光を放っていた。

受付係が内線電話の受話器を置いた。「ミスター・ペローンがお目にかかります」

ニックは礼を言い、大きいほうのオフィスに入った。書籍や数字がびっしり書きこまれた書類やビジネス文書があふれていた。記念品や写真も並んでいる。写真は数百枚ありそうだった。壁、デスク、コーヒーテーブルも写真だらけだ。大部分は家族写真と見えた。

ジョン・ペローンが立ち上がった。背はさほど高くないが、体つきはがっしりしている。まるで円柱のようだ。灰色のスーツ、白いシャツ。ネクタイは、ギリシャの海の色をしていた。黒い髪をぺたりとなでつけてある。髭剃りをしていて頰を切ったらしい。折り畳み式の剃刀を使っているのだろうか。そういうこだわりのありそうな人物と見えた。右手首にゴールドのブレスレットをしていた。

「ミスター・カレッツリ」

「ニックと呼んでください」

「私はジョンだ。どうぞかけてくれ」

二人はそれぞれしなやかな革張りの椅子に腰を下ろした。ペローンは用心深い目でニックを観察した。

「アルゴンクイン運送のお話とうかがいましたが」

「ええ。ご存じですか」

「もう廃業したかと思いますが、たしか企業専属の運送会社でしたね」

「そうです。大手メーカーと契約して、医薬品や煙草を無地のセミトレーラーで運んでいました。無地なのは、もちろん、フィリップモリスやファイザーのロゴを入れていたら、貨物専門の強盗に目をつけられやすいから」

「その手の強盗の話は聞いたことがありますよ。しかし、私にどのような関係が？」

「十五年前、二百万ドル相当の処方薬を積んでいたアルゴンクインのセミトレーラーが、ゴワーヌス運河にかかる橋の近くで強盗に襲撃されました」

「へえ？」

「その事件はあなたもご存じのはずですよ。強盗は奪った貨物をクイーンズの倉庫に隠しましたが、戻ってきてバイヤーに引き渡す前に、逮捕されました。ブルックリンの組織の誰かが事件を嗅ぎつけて、倉庫から貨物をそっくり盗みました。ずいぶん時間がかかりましたが、盗んでいった連中はあなたの指示で動いていたことを俺は突き止めました」

「私はいっさい知りませんね、そんな話は」

「知らない？　絶対に間違いのない話なんですがね」

ペローンはしばし無言でニックを見つめていた。それから言った。「どうしてそこまで断言できるんです？」

「なぜなら、俺が強奪犯だからですよ」ニックはここでわざと間を置いた。「さてと。俺の実入りは七十万ドルのはずだった。だが、それをごっそりあんたに盗まれた。この十五年間の物価上昇分と金利を乗せて——百万ドル渡してくれれば、過去は水に流してもいい」

42

「これはこれは」メル・クーパーは微笑み、額の面積に押されぎみの髪を片方の手でかき上げた。

ゆっくりとした足取りで居間に入ってきたロン・セリットーは、一人ひとりに軽くうなずいた。セリットーは、ライムがニューヨーク市警に在籍していた当時、長くパートナーを組んでいた刑事だ。事故後は主としてセリットーがライムに捜査顧問の仕事を依頼し、科学捜査の側面から重大犯罪捜査課が抱える事件捜査に助言を仰いできた。

「ロン！」プラスキーは立ち上がってセリットーの手を握ると、さかんに上下に振った。

「もういい、もういい。老人をそう乱暴に扱うな」実際にはロン・セリットーはまだ中年まっさかりの年齢だ。

セリットーを招き入れたトムが聞いた。「何をお持ちしましょうか、ロン？」

「そうだな、いつものあれがあれば、ぜひ食いたいな」

トムが微笑んだ。「みなさんは？」

ほかの全員が遠慮した。

セリットーは、ある殺人者に毒を盛られてしばらく戦線を離脱していたおかげで、以前の半分ほどしかかさがないように見えた。生死の境をさまよったあとには長期の治療とつらいリハビリが待っていた。この一年でおそらく二十キロほど体重が減っている。薄くなりかけた髪は灰色になり始めていた。瘦せたせいで、しわくちゃな印象がさらに強まっていた。服はだぶつき、贅肉の落ちた皮膚までだぶついている。

セリットーは居間のなかほどまで来て、ジュリエット・アーチャーを見つめた。「ここはあれかな……」そう言いかけたところで口をつぐんだ。

ライムは——アーチャーも——笑った。「かまわん、言えよ」

「いや……」

アーチャーが首をかしげた。「ここは車椅子のショールームか、ですか」

セリットーが顔を赤らめるのをライムは初めて見た。セリットーが言った。「ここは車椅子大会の会場かと言おうとした。だが、きみのジョークのほうが笑える」

ライムは二人を引き合わせた。

アーチャーが言った。「見習いです」

セリットーはライムをちらりと見やった。「おまえに？　おまえに弟子入り？　おいおい、ジュリエット、きみは妙な勇気の持ち主らしいな」

サックスはセリットーを軽く抱擁した。サックスとライムは、セリットーや恋人のレイチェルと定期的に顔を合わせているが、ライムが刑事事件の捜査顧問を辞め、セリットーは傷病休暇を取っていたこともあって、長いこと一緒に仕事をしていない。

「おお、これだこれだ」トムがデニッシュを並べたトレーを持ってきたのに気づいて、セリットーは目を輝かせ、さっそく一つ取って頬張った。トムがコーヒーを手渡す。

「ありがとう」

「砂糖は入れないんでしたね？」

「いや、入れる。二つ」ダイエットに励んでいたころ、セリットーはドーナツやデニッシュを食べるとき、コーヒーはブラックにして帳尻を合わせていた。すっかりスリムになったいまは、甘いものを食べたいだけ食べている。

セリットーは冷ややかな目で居間を見回した。機器の半分はビニールシートで覆われ、十数枚あるホワイトボードは表を壁に向けて並んでいた。「おいおい。俺がちょっと休んだだけでこれか」それから微笑んだ。「それに、アメリア、聞いたぞ。大物を味方につけたそうじゃないか。ブルックリンのショッピングセンターのエスカレーター事件で」

「ねえ、具体的にはどう聞いてる？　発砲・銃撃報告書は期限内に委員会に提出したけど」

「いい噂しか聞いてないな」セリットーは答えた。「クリエイティブな銃の使い道だって褒めそやされてる。まだあるぞ。マディーノの株まで上がって本部に栄転だ。つまりホームランバッターがおまえさんの応援団についてるってことになる」

ライムは渋い顔をして言った。「逆ではないか、ロン？　ファンが打者に声援を送るならわかるが」

「あいかわらずだな。おまえ、学校のいじめられっ子だったんじゃないか。いつも真っ先に手を挙げて正解を答えるいけ好かない秀才だったんだろう」

「些末な問題を話し合うのはまた次の機会にしよう。ロン、マクロ的な視点がどうとか言っていたね」

「おまえが送りつけてきたものを読んだ」

ライムが未詳40号事件の捜査資料を送った専門家とは、セリットーだった。ライムはセリットーの簡潔すぎる返答を思い起こし、心のなかで苦笑した。

おう。明日な、明日……

「第一に、この未詳40号はいかれてる」

正しい指摘だが、事件の本質はそれではない。ライムは短気を押し隠して言った。

「ロン」

「そうあわてるなって。いまわかってることは、と。未詳は消費者向け製品に執着を持っている。買って家で使ってると、その製品がいきなり襲ってくるわけだ。俺はこう解釈するね。やつがミッション化していることは二つある」

「いま何と言った？　〝ミッション化〟？」ライムは反射的に指摘しようとした。

「はは、おまえの反応が見たくて言ってみただけだよ、リンカーン。誘惑に逆らえなかった。ここ何カ月か、おまえの文法講座につきあわされて金玉が破裂しそうになったことがないだろう、ちょっと懐かしくなってな。おっと失礼、レディの前で金玉とか言っちゃいけないな」最後の一言はアーチャーに向けられていた。

アーチャーが微笑む。

セリットーは続けた。「まあいい。この未詳が目下、取り組んでいるプロジェクトは二つ。スマートコントローラーとかいうものを利用して自分の主張に世間の注目を集めようとしているのが一つ。あるいは、高価な製品を使う富裕層を攻撃している、か。やつの気に入りの武器がそれってわけだ。いかれてるが、まあ、そういうことだ。第二の目的は、自衛だ。追っ手の足を止めなくてはならない。追っ手というのは、俺たちのことだな。正確には、おまえさんたちか。犯人はわざわざ現場に来てパスワードか何かを入力したわけだろう？　スマートコントローラーに細工するのに」

「そうです」アーチャーが答えた。「クラウドサーバーに侵入するだけなら、世界中どこにいてもできるはずです。なのに、この未詳はかならず現場に来るみたい。倫理的な要因があるのかもしれません。子供を死なせたくないとか、高いお金を出して贅沢な家電を買ったりしない人たち、裕福ではない人たちが巻きこまれないように、現場で確認したいとか」

「または」サックスが言った。「見て興奮するたちなのかも」

「いずれにせよ、現場周辺にとどまって、駆けつけてきた捜査官の顔を確かめたかもしれない。現場鑑識チーム、きみたち――アメリアやロナルド」

「私も現場の一つにいた」ライムは言った。「コントローラーにハッキングする方法を教えたブロガーの事務所に未詳が放火したとき」ライムは顔をしかめた。「そうか、あのとき、エヴァーズ・ホイットモアも見られている」

「市警の人間か？」セリットーが聞く。

「いや、弁護士だ。私はホイットモアの依頼を受けて調べていた――民事訴訟に備えて。エスカレーター事故の。それもやはり未詳40号の犯行だと判明する前に」

セリットーはコーヒーを一口飲み、砂糖をもう一つ入れた。「そのホイットモアとやらの身元をしらべようと思えば簡単だろう。それにおまえは、リンカーン、有名人だ。おまえ自身はもちろん、周囲にいる人間の身元もすぐにわかる。俺なら、全員に警護をつけるね。なんなら俺が手配してもいいぞ」

ライムはパソコンを使ってホイットモアの住所や電話番号を印刷した。セリットーは、クーパーとサックスの情報は持っている、自宅にも警護を手配しておくと言った。アーアーチャーは、自分が狙われる恐れはまずないだろうと言ったが、ライムは念のためと言って譲らなかった。「少なくともきみのお兄さんの家に誰か張りつけておきたい。何もないとは思うが、油断はできない。いまこの瞬間から、私たち全員が未詳のターゲットにされているつもりで行動したほうがいい」

本日の予定——民衆の守護者にはまだいくつかいたずらの計画がある。

しかも今日はいたずらにぴったりの気持ちのいい天気だ。

アリシアとしばらく一緒にいてやって慰めた。いまは仕事に出かけている（アリシアは帳簿係、会計士みたいなものらしいが、どこで働いているのか、どんな仕事なのか、具体的には知らない。アリシアは自分の仕事が好きじゃないみたいだし、僕も楽しくない仕事の話を聞きたいとは思わない。僕らはふつうのカップルとは違う。僕らの人生観は、言うまでもなく、完全には一致しない）。僕はチェルシーの自宅アパートの窓際で、まず一つ、次に二つ目の朝食用サンドイッチを味わっている。うまい。塩がたっぷり入っている。僕の血圧はおそろしく低いから、健康診断で血圧を測った医者に、まだ生きてるかと冗談で聞かれたことがあるくらいだ。僕は笑みを返しておいたが、よりによって医者がそんな冗談を言うかと腹が立った。脳天をかち割ってやりたくなったが、こらえた。

二つめのサンドイッチをあっという間に平らげて、出かける支度をした。

ただ、民衆の守護者の本気の攻撃にかかる用意はまだできていない。その前にすませたい雑用がある。

今日は新しい服を着ている。珍しく帽子はかぶらない。ブロンドのクルーカットが丸見えのままだ。ランニングウェアの上下は紺色で、パンツのサイド部分にストライプが入っている。靴は、いつものでいくしかない。超特大サイズだからね。僕の足は細長い。

手の指や、痩せた体が細長いのと一緒だ。マルファン症候群なんだ。

よう、ヴァーノン、ガリガリ野郎……

よう、豆の木《ビーン・ボーイ》くん……

いちいち説明してもわかってもらえない。いちいちこう言うのだって無駄だ。好きでこうなったわけじゃないって。神様がしくじったんだって。これは神様のジョークなんだって。エイブラハム・リンカーンも同じ病気だったと言ってみたところで、何も変わらない。大したことじゃないだろうって言ったところで、他人の見る目が変わるわけじゃない。

だから聞き流す。何を言われようと、殴られようと、学校のロッカーに写真を入れられようと、我慢する。

でもいつか、聞き流せなくなるときが来る。レッドのパートナー、リンカーン・ライムとかいうやつは、肉体に裏切られてもうまく対処している。地域社会に貢献するメンバーだ。がんばってるよな。だが、僕は別の道を行く。

バックパックを肩にかけて、僕は表通りに出る。まぶしいほど晴れ渡った春の日だ。心が浮き立った。使命を帯びてどこかへ赴くとき、おもしろいことに、世界は美しさで満ちあふれて見える。

というわけで。僕は川がある西に向けて歩いた。灰色のハドソン川が近づくにつれて、まるで時間を巻き戻すみたいに街並みが古びていく。僕が住んでいる近く、チェルシーの東部や中部は、アパートやブティックが多く、『ニューヨーク・タイムズ』で取り上げられた話題のレストランもたくさんあって垢抜けている。しかし西側は工業地域だ。たぶん、一八〇〇年代から変わらずこんな感じなんだろう。目当ての建物が見えてきた。いったん足を止めてコットンの手袋をはめ、プリペイド携帯を使って電話をかける。

「エヴェレスト・グラフィックスです」相手が出た。

「もしもし、エドウィン・ボイルをお願いします。緊急の用件です」

「はい、ちょっとお待ちください」

三分、まるまる三分、僕は待つ。緊急の用件じゃなかったら、いったい何分待たされるんだろうな。まあ、今回だって実際はちっとも緊急じゃないけどね。

「もしもし？　エドウィン・ボイルです。どちらさま？」

「ニューヨーク市警のピーター・フォーク刑事です」テレビはあまり見ない。でも『刑事コロンボ』はおもしろかった。

「警察の人？　何かあったんですか」

「ご自宅のアパートが空き巣被害に遭いまして」

「え！　何があったんですか？　ひょっとして、ドラッグをやってる連中？　前の通りにいつもたむろってる若い連中ですか？」

「まだ捜査中です。恐れ入りますが、室内を点検して、なくなっているものがあれば教えていただけないでしょうか。どのくらいでいらっしゃれますか」

らされていました」


「十分。職場はすぐ近くだ……あれ、よく勤務先がわかりましたね」

答えはちゃんと用意してあった。「床に名刺が落ちていましたので。室内はひどく荒らされていました」

いい表現だ。

「わかりました。急いで行きます。すぐに出ますから」

電話を切って、通りの様子を観察した。ほかの会社や商店はほとんど空き家になっている。みすぼらしい広告代理店が一つだけ残って、クールなふりをしていた。ほとんど誰も通らない。僕は使われていない倉庫の搬入口に身を隠した。三分とたたないうち、人影が急ぎ足で通り過ぎた。六十がらみのエドウィン・ボイル。心配そうな顔でまっすぐ前を見つめていた。

僕はすばやく歩道に出て、エドウィンの襟をつかむと、暗い搬入口に引きこんだ。

「おい、よせ……」エドウィンが目を丸くして、振り返る。「あんた！　同じ階の！　どういうことだ？」

そう、ご近所さんだ。僕は隣の隣の部屋に住んでいる。隣の隣の隣だったかもしれないが、話をしたことはほとんどない。会えば会釈する程度の間柄だ。

いまは何も言わない。話をして何になる？　冗談は言わない。最後の言葉も言わせない。命の危険が迫ると、人は悪知恵を働かせるものだ。だからその隙を与えず、エドウィンのこめかみを狙って丸頭ハンマーを振り下ろす。トッド・ウィリアムズのときと同じだ——賢《スマート》すぎて有害なスマート製品から世界を守る共同プロジェクト成立の成功を祈って飲みに行く途中で、トッドの頭にハンマーを振り下ろしたときと同じだ。

びしり、びしり。

骨が割れる。血があふれる。

エドウィンは地面に倒れてもがいている。日の焦点は合っていない。ハンマーを引き抜いて——これには力が要る——また振り下ろす。もう一度。

身もだえがとまった。

通りの様子をうかがった。通行人はいない。車が何台か通り過ぎたが、僕らは深い影の奥にいる。

使われていない倉庫の使われていない物入れまでエドウィンを引きずっていき、反り返った合板の扉を開けた。そこにエドウィンを押しこむ。しゃがんでエドウィンの携帯電話を探した。パスコード保護がかかっているが、かまわない。ゆうべ見たのと同じ電話だ。アリシアと僕は、水槽の隣のソファの上で愛を交わしていた。ふと顔を上げた瞬間に防犯カメラのモニターが目に入った。エドウィンが映っていた。いつもみたいに酔っ払って帰宅する途中、僕の部屋の前で立ち止まって僕らの声を録音していた。アリシアにそのことは話さなかった。不安にさせるだけだから。何もないときだっていつも不安げなのに。

エドウィンの骨を砕くしかないと思った。迷わずそう決めていた。僕に結びつく証拠になりかねないからじゃない。あんなことをするのは――僕らの声を録音するのは、心ない行為だからだ。ショッパーのすることだからだ。

その行為一つで、死に値する。侵害受容性の痛みをもっともっと与えてやりたいところだが、欲張ってはいけない。

携帯電話の骨も砕いた。このモデルはバッテリーを抜くのが難しい。電話はあとで処分しよう。

好奇心旺盛なネズミの姿がいくつか見えた。警戒しながらも、鼻をひくつかせている。ちょうどよく証拠を隠滅してくれそうだと思いついた。腹を空かせた齧歯類《げっし》に、死体に残った微細証拠を消化させる。

歩道に出て、大きく息を吸いこんだ。このあたりの空気はいやな臭いがする。それでも心が洗われるようだった。

いい日だ……

まもなくもっといい日になるだろう。メインイベントに取りかかる時間だ。


「立て」ジョン・ペローンはそう言うと、漆黒の髪をなでつけた。あの色は染めているのか？　おそらくそうだろう。

何を求められているかはわかっている。ニックはシャツの裾を持ち上げ、その場でゆっくりと一回転した。次にスラックスを下ろした。下着もだ。ペローンの視線が下に動く。あの表情は驚きか？　それとも困惑？　たいがいの男は脱帽する。

　ニックはボタンとジッパーとシャツの裾を整えた。

「電話の電源を切れ。電池を抜け」

　ニックは素直に従い、電話と電池をペローンのデスクに置いた。

　オフィスの入口を振り返る。サスペンダーの男が立っていた。いつからそこにいたのだろう。

「心配ないよ、ラルフ。盗聴器はない」

　ニックはラルフの目に視線をねじこんだ。まもなくラルフは向きを変えて出て行った。

　ニックはペローンに向き直った。「不思議に思ってるだろうから、教えてやるよ、ジョン。俺の友達があんたの友達を見つけたんだ。ノーマン・リングだ。いまはヒルサイドの州刑務所で五年から八年のお務め中だそうだな。それだけの実刑を食らうことになったのは、あんたをチクれば助かったのに、あんたを守ってだんまりを押し通したからだ。それでも、あんたとリングを結びつけるだけの情報は手に入った」

「くそ。ちくしょうめ」おそらく週末のゴルフや旅行で日焼けして赤らんでいたペローンの顔が、ペンキで塗ったような髪の下でさらに赤くなるのがわかった。

「経緯は手紙に書いて、俺の弁護士に預けてある。俺に何かあったら開封しろという指示をつけてな。ま、あとのことはあんたが一番よく知ってるだろう？　だから、怒るなよな。大声でわめき立てるのもなしだ。銃もしまっとけ。ビジネスの話に集中しよう。自分が盗んだブツはいったいどこから来たのか考えたことはなかったのか」

「アルゴンクイン？」ペローンはいくらか落ち着いた様子で言った。「いつか誰か名乗り出るだろうと思って待った。だが、待てど暮らせど誰も名乗り出ない。ほかにどうしろって？　広告でも打つか？　落とし主さん、連絡をくださいとでも？　二百万ドル分のオキシコンチンとパーコセットとプロポフォルを預かっています、以下の番号に電話をください？」

「ま、ブツをさばいてもらって俺の手間が省けたと思えばいいがな。しかし、金は返してもらう」

「ほかにも連絡のしようはあっただろう。何もゴッドファーザーばりに乗りこんでこなくても」

ニックは額に皺を寄せて言った。「お言葉だがね、ジョン。俺がブツを保管した倉庫の所有者はどうなったんだった？　スタン・レッドマンはどうなった？」

ペローンはためらった。「あれは事故だ。建設現場の事故だよ」

「へえ、あいつがブツを自分で動かそうとして、生き埋めにされたって話を聞いてるんだがな」

「そうだったか？　覚えていないね」

ニックは皮肉をこめた視線をペローンに向けた。「さっさと金を渡せよ。俺が稼いだ金だ。あの金が要る」

「六十万なら出す」

「いいか、これは交渉じゃないんだ、ジョン。ニューヨークで一番しぶちんな故買屋に持ちこんでも、五十五パーセントで引き取ってもらえる。つまり、あんたの懐に百万ドル以上が入った計算になるな。しかしあんたがそんなところに持ちこむとは思えない。値引きに応じるタイプじゃないだろう。ブツは街でさばいたに決まってる。おそらく三百万ドル以上になっただろうな。純利益で」

ペローンは肩をすくめた。〝まあ、そんなところだ〟と認めたも同然だ。

「条件はこうだ。現金で百万。それに加えて、百万を貸したという融資契約書を作ってくれ。あんたや前科のある人間と絶対に結びつかない会社の名義で。ただし、それとは別に合意書を作る。返済は免除するって内容の合意書だ。税務署から何か言われたら、俺が対処する」

ペローンは顔をしかめたが、苦々しくてというより、不本意ながら感心しているように見えた。「条件はそれだけか、ニック?」

「いや、実を言うともう一つ。アルゴンクインの強奪事件、ゴワーヌスで起きた事件のことだ。やったのは俺じゃないって話をストリートに広めてくれ。やったのは弟だ。ドニー」

「弟? 弟に押しつけるのか」

「もう死んでる。本人は気にしないさ」

「ストリートにどんな噂が流れようと、有罪判決が覆《くつがえ》ることはないぞ」

「わかってるよ。重要人物の耳に入ればそれでいい」

ペローンは言った。「あのブツのせいでいつか何かあるという予感がしていたよ。話は終わりか？」

「もう一つ」

「まだあるのか」

「ヴィットーリオ・ジェラって男がいる。ブルックリンのレストランの経営者だ。店の名前も同じ――ヴィットーリオの店だ」

「で？」

「そのジェラのところに誰かやって、俺に店を売れと説得してほしい。いまの提示額の半額で」

「断られたら？」

「その〝誰か〟に、女房と娘たちに圧力をかけさせろ。おそらく孫もいるだろう。公園か何かで写真を撮って、ヴィットーリオに送りつければいい。それで話はつくだろう。だめなら、一番下の娘のところに誰か行かせろ。ハンナだ。売春婦みたいな女がそうだ。その辺のドライブに連れ出してやれ」

「きみはなかなかやるな、ニック」

「あんたは俺の金を盗んだ。あんたから褒められてもうれしくないね」

「わかった。契約書はさっそく作らせよう」そこでペローンは眉をひそめた。「しかし、どうして私のことがわかったんだ、ニック？　簡単なことではなかったはずだ。私は用心深いほうだからね。昔からそうだった。その友達というのは、どこの誰だ？」

「名前はフレディ・カラザーズ」

「そのフレディとやらは、私とアルゴンクイン強奪事件のブツを結びつけられるというわけだな。きみと私も結びつけられる」

ニックは言った。「というわけで、もう一つ頼みたい」

ペローンはゆっくりとうなずいた。目はニックの背後の何かをじっと見つめていた。コートラックにかかった帽子か、壁についたグリスの染みか。それともメドウブルックのゴルフ場でプレー中の自分の写真か。

もしかしたら、その目は何も見ていないのかもしれない。

「今日ここに来るのに、フレディに途中まで送ってもらった。刑事が俺を尾行してるみたいだと言って、すぐそこのショッピングセンター、グランド・セントラル・センターの駐車場に車を入れさせた。そこからはタクシーで来た」

「刑事？」

「いや、作り話だよ。フレディを待たせておく口実だ」このような展開になるだろうとあらかじめ予想していた。

ペローンは低い声で言った。「それについてはこちらで引き受けよう」どこかへ電話をかけた。まもなく、分厚い胸板に派手なサスペンダーを着け、氷のような目をしたラルフがまた現れた。

「こちらはニック・カレッリ。こちらはラルフ・セヴィル」

一瞬、鋭い視線がぶつかり合った。すぐに握手が交わされた。

「一つ仕事を頼みたい」ペローンが言った。

「何なりと、サー」

ニックは携帯電話を取り、電池を入れ直して起動した。それからフレディにショートメールを送った。声を聞きたくなかった。

いまから戻る。コールは来たか？

もちろん、来るわけがない。

いや。

ニックは文字を入力して送信した。

いまどこだ？

返事は――

紫色の階。フォーエヴァー21の入口のそば。

ニックの次のメッセージ――

十五分で行く。

フレディからの返事。

どうだった？

ニックはためらったあと、こう返した。

計画どおり。

ニックはラルフにフレディの居場所を伝えた。「黒のエスカレードだ」それからペローンに視線を向けた。「生き埋めはやめてくれ。短時間で、苦しまないように」

「わかった。死体で誰かに何かを伝えるわけではないからね。問題の芽を摘むだけのことだ」

「俺だとわからないようにしてほしい」

ラルフは顔をしかめた。「できるだけのことはする。約束はできない」

「努力してくれればそれでいい。携帯電話に俺が送ったメッセージが残ってる。SUVには指紋もついてる」

「万事まかせてくれ」ラルフがうなずき、オフィスを出て行った。ウェストバンドにニッケル仕上げの大型自動拳銃がはさんであるのが見えた。あれにこめられている弾が、三十分後には旧友の脳味噌にめりこんでいるのだなと思った。

ニックは立ち上がり、ペローンと握手を交わした。「帰りはタクシーを使うよ」

「ニック？」

ニックは振り返った。

「私と何か仕事をしないか？」

「自分の店を持って、落ち着いて、結婚したい。それだけだ。しかし、そうだな、考えておくよ」ニックはペローンのオフィスを出て、携帯電話に番号を入力した。

43

アメリア・サックスの電話が鳴り出したとき、ライムはたまたまサックスのほうを見ていた。

サックスはライムの視線から逃れるように目をそらし、居間の奥まった一角に行って電話に出た。こちらに背中を向けている。母親からだろうかとライムは思った。サックスは肩を丸めていた。何かあったのだろうか。母と娘のあいだに長く確執があったことはライムも知っている。しかし歳月が二人の関係を少しずつ改善した。ローズの性格は丸くなった。サックスも、母親に対しては態度を軟化させた。時の経過は刃を鈍くする。どれほど鋭いものもいつか衰えるのだ。それにいま、ローズは重い病気を患っている。健康状態の変化によって、すべてが一変することもある。

会話の断片から推測しようにも、電話の声はほとんど聞こえない。聞こえたのは三つだけ――〝レストラン〟〝うまくいった〟〝おめでとう〟。サックスの声は弾んでいた。そのあとしばらく黙って相手の声に耳を傾けていたあと、こう言った。「あなたを信じてるから」

ローズではなさそうだ。では、いったい誰だ？

ライムは証拠物件一覧表に向き直り、車椅子を近づけた。思索は、しかし、ロン・セリットーの声にさえぎられた。「NCICに似た事件は登録されていないのか」

「ない」ライムは答えた。全米犯罪情報センター（NCIC）にある人物データベース十四種と物品ファイル七種には、現在逮捕状が出ている人物、逮捕状は出ていないが何らかの容疑がかけられている人物、盗難物品の情報が納められている。犯罪の概要やパターンで検索し、似た手口を使ったことのある人物を絞りこむことは可能だろうが、FBIの検索システムはそのような設計になっていない。

ジュリエット・アーチャーが言った。「マスコミや研究機関のサイトを検索すると、スマートコントローラー・システムのハッキング事例を取り上げた記事や報告書はいくらでも見つかります。でも、そういった事例のほとんどは、ハッキング自体を目的としています。息子によると、ハッキングはハッキングを成功させるのが楽しいんですって。難題をクリアするのが喜びということでしょうね。スマート家電を意図的に武器として使った事例は一つもありません。車や交通信号を乗っ取ったハッカーも一部にはいるようですが」

「信号か。おっかねえな」セリットーが言った。

アーチャーが続けた。「ワイヤレスシステムを組みこんでおくほうが安上がりですから――いちいち道路を掘り返してケーブルを敷設《ふせつ》するより」

セリットーが言った。「予習は万全のようだな。いい警察官になれそうだ」

「体力測定で落とされそうですけど」

セリットーが言う。「そこのリンカーンは朝から晩まで座ったきりだ。きみもコンサルタントならできるだろう。競争があったほうがいい。こいつもしゃっきりするだろうからな」しわくちゃな刑事はまた一覧表に目を走らせた。「未詳のプロファイルはわけがわからないね。爆発物を作ってるかもしれないが、爆発事件はしばらく一つも起きていない。毒物もありそうだが、毒殺された被害者はいない。高級家具の職人か。何を作るんだろうな。飾り棚とか書棚か？　ガラスのことを考えると、そんな類いのものだろう」

「どうかな」ライムは言った。「ガラスの破片は古いものだよ。それにパテ材も見つかっている。家具のガラスをはめこむのに、パテは使わないのではないかと思う。住宅では使うだろうがね。それに、ゴムも検出された。アンモニアと一緒だった。思うに、未詳は割れたガラスを新しいものに入れ替え、ゴムのブレードがついたスキージーとペーパータオルできれいにしたのではないか」ライムはそこでふと間を置いて一覧表を見つめた。「窓……か」

プラスキーが言った。「サイコキラーでも、家の手入れはするでしょう。ひょっとしたら事件とは関係ないのかもしれません」

ライムは考えをめぐらせながら言った。「しかし、ガラスを入れ替えたのはつい最近だ。微細証拠は新しいものだからね。しかもほかの証拠物件と同時に見つかっている。これはあくまでも推測だが、誰かの家やオフィスに侵入するとしたら――」

「ガラスの修理業者に化けるのも一つの手だな」セリットーが言った。

サックスが言った。「カバーオールを着て、新品のガラスを持って行く。窓ガラスを割って建物に侵入して細工を済ませたあと、新しいガラスを入れ、きれいに磨いて立ち去る。目撃者がいても、その建物の管理人か、修理を依頼された業者だと思うでしょうね」

アーチャーが付け加える。「それに、未詳は以前にも作業員の変装をしていますよね――劇場街で」

セリットーが言った。「どこかに侵入して、データ何とかいうスマートコントローラーを内蔵したデバイスがあるかどうか、確かめたのかもしれないな」

「でも、その必要はありませんよね」アーチャーが指摘した。「最初のガイ者、トッド・ウィリアムズから、スマートコントローラー内蔵製品のリストと、それを購入した個人や企業のリストをもらっていますから」

おい、いまアーチャーは〝ガイ者〟と言ったか？　ライムは愉快に思った。

「そうだった、そうだった」セリットーが降参したように言った。「そのとおりだな」

ライムは言った。「見つかった破片が曇りガラスのものだったなら話はまだわかる。殺しの現場がよく見えるよう、透明なガラスと入れ替えるだろうからな。しかし、破片は透明だった。古いか、安物だが、透明だ。もう一歩踏みこんでみようか。ガラスの修理業者を装ったという仮説が正しく、しかも――ここは大胆にいこう――未詳は次の犯行計画を実行するためにそうしたと仮定すると、いま狙っている現場にはスマートコントローラー内蔵製品が一つもないということになる」

サックスが早口に言った。「その場合、次の被害者はリストに載っていない人物ということになるわね。特定の誰か。購入者のなかからランダムに選ぶのではなく」

「そういうことになるな」ライムは言った。「その線で考えてみよう」

「でも、なぜ？」アーチャーが言った。

ライムは一瞬、目を閉じた。すぐにぱっと開いた。「未詳の安全を脅かしている人物。ついさっきロンが指摘したとおりのことだ。第二のミッションだよ。未詳を追っている者、安全を脅かしている者の足を止めようとしている。私たち。目撃証人。未詳を知っていて、疑念を抱き始めている人物。そこの一覧表に並んでいる項目のいずれかが、スマート製品と関係ない被害者、声明で宣言した消費主義に挑んだ戦いとは関係ない被害者を指し示しているということか」

ライムはホワイトボードを一つずつ見ていった。由来を特定できていない項目（〝クイーンズ？？〟）はいくつかあるものの、ほとんどは正体がわかっていた――たった一つをのぞいて。

「メル。植物の件はいったいどうなっている？　園芸協会に問い合わせたのはもう何年も前だろう」

「昨日だよ」

「おそろしく時間がかかっているという意味だ」ライムはぴしゃりと言い返した。「電話してくれ。確認しろ」

クーパーは番号を調べ直したあと、電話をかけた。「アニストン教授？　ニューヨーク市警のクーパー刑事です。犯行現場で採取された植物の破片をお送りしたんですが、何かわかりましたか。あまり時間がなくて……ええ」クーパーはほかの全員のほうを振り返った。「いま調べてくれてる」

「つまり、そもそも大して手間のかかる調査ではなかったということだな」ライムはつぶやいた——必要以上に大きな声で。

相手が電話口に戻って来たのだろう、クーパーのボディランゲージが変化した。傍らのメモパッドに何か書きつけている。「わかりました。ありがとうございます、教授」電話を切る。「珍しい植物だ。どこにでもあるものじゃない」

「珍しいという語は、どこにでもあるものではないという意味だよ、メル。で、何だった？」

「ハイビスカスの葉のかけら。珍しいのは、青い花をつけるからだ。生産者が限られて——」

「たいへん！」サックスが携帯電話を取り出してスピードダイヤルのボタンを押した。

「バッジナンバー五八八五、サックス刑事です。ブルックリンのマーティン・ストリート四二一八番地にパトロールカーを派遣してください。傷害事件が発生しているかもしれません。容疑者は白人の男性、身長百八十五センチから百九十センチ、体重七十キロ。武装している可能性があります……私も急行します」

電話を切るなりジャケットを取った。「母の家。誕生日のプレゼントに青いハイビスカスを贈ったのよ。母は裏庭に植えた。地下室の窓のすぐそば。未詳は母の家に何か細工したんだわ」

サックスは出口へと走りながら、また電話をかけ始めた。

電気のブレーカーが落ちた。

ローズ・サックスはいま、ブルックリンの自宅タウンハウスの湿っぽい地下室にいる。かびの臭いが染みついていた。ゆっくり足を運んでブレーカーを目指す。ゆっくりなのは、心臓が悪いせいもあるが、床が散らかっているせいもあった。

無数の箱や棚、ビニールカバーをかけた服が下がったラック。

こんなことをしていても――〝こんなこと〟というのは、複雑な模様を描くクモの巣をよけることだ――気分はよかった。

落ち着く。

たまに自分の家に帰ると、ほっとする。

娘のことは愛している。あれやこれやと世話を焼いてくれるのもありがたい。しかしあの子は——もう〝子〟という年齢ではないが——手術のこととなると、過保護な母親のようにやかましい。私の家に泊まってよ、お母さん。遠慮しないで。だめよ、私が車で送っていくから。いいの、夕飯なら帰りがけに何か買うから。

気遣いはありがたかった。しかし、手術を数日後に控えたローズ本人は、さして不安を感じていない。ところがアメリアは違った。外科医が心臓の一部を切除し、体のさほど重要でない部位から持ってきた血管で置き換えるあいだに、深い眠りから二度と目を覚まさなくなるのではないかと本気で心配している。

娘は、母親とできるかぎり多くの時間を過ごしておきたいと望んでいる。体のAという部分がBという部分とうまく共存できない場合に備えて。ちなみに、神はそもそもの二つを共存させる計画は持っていなかっただろう。

上の階で携帯電話が鳴っている。

急ぎの用があるならメッセージを残してくれるはずだ。

アメリアがこだわるのは——しつこいほどあれこれ世話を焼きたがるのは、もしかしたら、妥協を許せない性格のせいかもしれない。

ローズはそう考えたところで一人微笑んだ。それについてはローズに責任がある。娘との嵐のような日々を思い返す。あのころあれほど気分に波があったのは、どうしてだったのか。あれほどの不安や疑念はどこから来たのか。父娘がローズを捨てて二人で家を出ようと企んでいると思いこんだのはなぜだったのか。

しかし、それは被害妄想ではなかった。あの二人は、事実、出て行こうと考え始めていたのだ。

二人を責めることはできない。ローズは不満の塊みたいないやな女だったのだから。理由なんか誰にもわからない……きっと医者に相談すれば治療薬はあっただろう。セラピストに話を聞いてもらうこともできただろう。しかし、それは弱点になる。

ローズ・サックスは、自分の弱さを認めることが昔から苦手だった。

そうやって過去を振り返っていると、ふいに誇らしい気持ちが湧き上がった。自分のそんな性格にも、利点が一つあった。娘は強い人間に成長した。夫のハーマンは、あの子に心とユーモアを与えた。ローズは鋼《スティール》を与えた。

妥協しない性格……

地下室の電灯はつく――明かりが消えてしまったのは二階だけだ。なぜブレーカーが落ちたのだろう。アイロンやドライヤーなどのスイッチを入れたタイミングではなかった。読書をしていたら、ふっと明かりが消えてしまった。しかし、古い家だ。ブレーカーのどれかの調子が悪いのかもしれない。

今度は家の固定電話が鳴っている。昔ながらのじりりん、じりりんというベルの音だ。ローズは足を止めた。まあいい、固定電話にも留守番機能はある。セールスの電話だろう。最近ではもう、固定電話はほとんど使わず、大方の用事は携帯電話で済ませていた。

二十一世紀へようこそ。いまも生きていたら、ハーマンはどう思うだろう。

ブレーカーまでの道筋を邪魔している箱をいくつかどけた。ニック・カレッリのことがふと頭に浮かんだ。

彼の言い分、弟の罪を引き受けたというのはきっと事実なのだろう。よい行い、気高い行いと思える。しかし、娘にも話したように、本気でアメリアを愛していたのなら、もっとやりようがあったのではないか。警察官は、法律だけは決して犯してはいけない。夫のハーマンは生まれながらの警察官だった。一介のパトロール警官として、死ぬまで街を――主にタイムズスクウェア周辺を巡回した。静かな決意を持って任務に当たった。いつも穏やかな態度で、人の怒りを煽《あお》り立てることなくもめ事を収めた。ハーマンが他人の罪をかぶるなど、想像さえできない。たとえそれが善意の行動であろうと、嘘であることに変わりはないからだ。

唇を引き結ぶ。もう一つ気がかりがある。娘は間違っている。ニックと接点など絶対に持ってはいけなかった。ローズは彼の目を見た。よりを戻したがっているのは火を見るより明らかだ。リンカーンはこのことを知っているのだろうか。ローズからアメリアにアドバイスをするなら、ニックとはいますぐ縁を切りなさい、だ。たとえニューヨーク市長自らが〝ごめんよ、きみは無実だったんだね〟と書いた青い大きなリボンをニックに渡したとしてもだ。

しかし、子供とはそういうものだろう。産み、全力で育て、社会に送り出す――親のよいところも悪いところもすべて詰めこんだ包みのようなものだ。

アメリアは正しいことをするだろう。

そう祈るしかない。

ブレーカーに近づく。すぐ横の窓ガラスがきれいになっていた。珍しい。庭師が洗ってくれたのだろう。来週、忘れずにお礼を言わなくては。

〈アメリア、高校〉というラベルを貼った古い箱が積み上げられた横を通った。ローズは低く笑った。あのころは大忙しだった。アメリアは学校以外のすべての時間を、車いじりと、マンハッタンの一流モデル事務所から舞いこむ仕事をこなすことに費やした（一度、当時十七歳だった娘が、ファッション撮影の現場で黒い靴墨を塗られたことがあった。ゴス風の写真が求められたからではなく、爪の下に入りこんだゼネラルモーターズの黒いグリスがどうしても取れなかったからだ）。

上の階に戻るとき、箱をどれか持っていこう。なかのものを眺めるのはきっと楽しいに違いない。エイミーと一緒に見ようか。今夜、食事のあとにでも。

ローズはブレーカーに至る道筋をふさいでいる箱を脇によけ始めた。

44

オーバーオールを着て帽子をかぶり、民家の戸口に座っている僕は、休憩中の作業員だ。そろそろ仕事に戻らなくてはいけないのに、新聞とコーヒーを抱えてぐずぐずしている作業員。

そして、ブルックリンの美しい一角にあるミセス・ローズ・サックスのタウンハウスの地下室の窓の奥をちらちらのぞいている。ああ、来たぞ。ミセス・サックスが窓のすぐ奥に見える。

計画がうまくいった。この前、ここから六ブロックしか離れていないレッドのタウンハウスを偵察したとき、女刑事の家の玄関から年配の女性が出てきて鍵をかけるのを見た。顔が似ていた。おばさんか母親だろうとわかった。そこで後をつけた。そのあとグーグルの手を借りて……女刑事との関係がはっきりした。

初めまして、レッドのお母さん……

レッドを止めなくちゃいけない。教訓を与えなくちゃならない。母親を殺せば一発だろう。

ローズ。きれいな名前だ。

もうじき枯れて干からびたバラになるローズ。

頼りになるスマートコントローラーをまた活用したかったが、この前、念入りにスキャンしたものの、ネットワークに仲間入りさせてくれと懇願したり、データを天に向けて発信したりしているICチップは一つも見つからなかった。木のミニチュアを作り続けて学んだことの一つは、手もとにあるもので済ませるしかない場面も少なくないということだ。ブラジル産ローズウッドが供給不足？　だったらインド産で代用しよう。ブラジル産ほど色に深みがない。官能的な紫色を帯びてはいない。切り口が違う。手触りが違う。でも、それを使うしかない。

そうやって作ったベビーカーやドレッサー、ギンガムチェックのカバーを掛けたベッドが、思った以上にいい作品になることもある。

というわけで。僕の即興のプランが成功するかどうか、見てみよう。ごく単純な仕掛けだ。ガレージの自動扉に細工をして、ローズのリビングルームのランプがショートするようにしておいた。いまから数分前、自動扉のリモコンのボタンを押した瞬間、ブレーカーが落ちた。ローズはブレーカーをリセットしようと地下室に下りた。

光あれ……

ふつうなら、ブレーカーのスイッチを元の位置に戻すだけの簡単な作業だ。

だが、今回はそうはならない。なぜなら、外からの主線をブレーカーそのものに接続し直してあるからだ。ブレーカーの金属の扉は、事実上、電圧二百二十ボルトの生きた電線だ。人間の心臓を停められるだけの電気を流すことができる。ローズが賢明にも安全策をとって、ブレーカーをリセットする前に主電源を落とすことにしたとしても、どのみちブレーカーの扉は開けなくちゃならない。

そして――ばしっ。感電する。

いま、ローズはブレーカーの手前五十センチくらいのところまで来ていた。あいにく、そこで窓越しに姿を確認できなくなった。

しかし見えなくてもどこにいるかはわかる。いままさに扉の取っ手をつかもうとしているところだろう……

よし！

期待したような派手な火花は散らなかった。でも、申し分なく成功したのはわかる。ローズが取っ手をつかんだ瞬間、回路が閉じ、主線がショートして、家中の電力供給が途絶えた。一階、二階、地下室、玄関の明かりが消えた。

じじじじとくすぶる音が聞こえているような気がしたが、おそらく錯覚だろう。ここまで聞こえるわけがない。

さよなら、ローズ。

立ち上がり、急ぎ足で歩き出す。

閑静な住宅街を一ブロックほど歩いたころ、サイレンの音が聞こえた。近づいてくる。

早いな。ここに向かっているのか？　僕を捕まえに来たのか？

レッドに何か見抜かれたか。エジソンの怒りの稲妻をお母さんに落とそうとしていることに感づかれたのだろうか。

いやいや、ありえない。サイレンは単なる偶然だろう。

みごと成功したんだ、喜ばないなんて無理だ。教訓を学んだかい、レッド刑事？　僕をいじめるとそういうことになるんだよ。


疲れた。今日は本当に忙しかった。

一刻も早く家に帰りたい。

ドクター・ネイサン・イーガンは、大型セダン車を運転してブルックリンを走っている。ブルックリンハイツのヘンリー・ストリート沿いだ。渋滞はさほどひどくない。一安心だ。伸びをすると、どこかの関節がぱきんと鳴った。五十七歳の外科医は疲れ切っている。今日は六時間も手術室にこもりきりだった。胆嚢炎《たんのうえん》が二件、虫垂炎《ちゅうすいえん》が一件。ほかにも二つ三つ手術をこなした。本来なら彼の仕事ではない。しかし、メスを握った新米医師の様子を見ていたら、手を出さずにはいられなかった。医学には、診断と紹介というビジネスの側面がある。一方で、人体を切り開く側面もある。

あの若い研修医は、後者に向かない。

ネイサン・イーガンは向いている。

疲れた。だが、それなりの充実感があった。気分がいい。清められた気分だ。医師ほど徹底的にこすり洗いをする人間はいないだろう。とくに外科医はそうだ。シフトが終わると――〝シフト〟だ、組立ラインの労働者がシフトで働くのと変わらない――温度を限界まで高くしたシャワーを浴び、収斂《しゅうれん》作用が高い石鹸で体を洗う。体中がひりひりする。もうもうと立ちこめる蒸気はあまりにも熱くて、耳の奥でぶうんと低い音が鳴る。胆汁と血液の記憶はきれいに洗い流され、いまは夫であり親である男の心持ちに切り替わっている。愛する街の美しい一角のドライブを楽しんでいる。もうすぐ妻の顔が見られる。夜には、娘が初孫を連れて遊びに来る。ジャスパーという名の男の子だ。

ふむ。ジャスパーか。

娘から聞かされたとき、とっさに自分なら選ばない名前だと思った。「ジャスパー？　へえ？　いいんじゃないか」

しかし、いざ丸ぽちゃでしわくちゃの赤ん坊を前にし、小さな小さな指や爪先に触れ、新生児特有の困惑したような愛らしい笑顔を見てしまうと、どんな名前だってすばらしいじゃないかと思えた。バルサザール、フェデリコ、アスラン。スー。どんな名前だってすばらしい。天にも昇る喜びを感じた。そして孫と目と目が合ったその瞬間、医師を志した理由を思い出した。命はかけがえのないものだからだ。命は驚きに満ちあふれているからだ。命は、自らの命を差し出してでも救う価値がある。

イーガンは衛星ラジオのスイッチを入れ、お気に入りのチャンネルが登録されたボタンを押した。NPRのチャンネルの一つだ。テリー・グロスが司会を務めるすてきな番組が流れ始めた。

「いまお聴きの番組は『フレッシュ・エア』……」

そのときだ。車が暴走を始めたのは。

いきなりエンジンから甲高《かんだか》い音が聞こえた。まるでアクセルペダルをいっぱいまで踏みこんだかのようだった。クルーズコントロールのランプがひとりでに点滅を始めた――手をスイッチのそばにやってもいないのに！　クルーズコントロールのシステムが、エンジンに時速百六十キロまで加速しろと命じているらしい。

「おい、やめろ！」

タコメーターの針がレッドゾーンに飛びこみ、車は猛烈な勢いで加速した。タイヤから煙が上がった。車はドラッグレーサーのように尻を振り始めた。

イーガンはパニックに駆られて悲鳴を上げた。ハンドルを切って対向車線にはみ出す。幸い対向車は一台も来ていなかった。時速八十キロ、九十キロ――ヘッドレストに頭が押しつけられた。視界はぼやけている。ブレーキペダルを力いっぱい踏みつけたが、エンジンはかまわず回転を上げ続け、スピードはほとんど落ちなかった。

「やめろ！」もはや恐怖しか感じなかった。ブレーキペダルからいったん足を放し、もう一度踏みつけた。何度も。何度も。中足骨《ちゅうそくこつ》が折れるぱきんという衝撃が伝わってきた。速度は九十キロを突破し、まだまだ上がり続けている。車は横滑りし、蛇行した。進路にいたほかの車があわててよけていく。あちこちからクラクションの音が聞こえた。イーガンはエンジンの〈スタート／ストップ〉ボタンを押した。しかし凶暴な獣のような咆哮《ほうこう》は止まらない。

考えろ！

シフトレバー！ それだ！ ニュートラルに入れよう。レバーを力いっぱい押して〈N〉ポジションに動かした。ああ、よかった。これで止まりそうだ。エンジンはまだうなりを上げているが、動力の伝達は切り離された。車が減速し、今度は体が前に投げ出された。時速百キロ、九十キロ。

よし、ブレーキだ。

ところが、ブレーキはまったくきかなかった。

「どうして！ どうして！」

恐怖で凍りついたまま、ただ前方を見つめることしかできない。車は赤信号の交差点に向けて疾走していく。交差する通りの車が見えた。停止している車、這うような速度で動いている車。自家用車、ごみの収集車、スクールバス。あのいずれかに突っこむことになるだろう——時速八十キロ近いスピードで。

そこに理性の声が思考に割りこんだ。おまえは死ぬ。しかし、救える命は救え。突っこむなら、バスではなくてトラックだ！ 右に進路を変えろ。ほんのわずかに右だ。しかし彼の両手は思考ほど冷静ではなく、ほんの少しだけハンドルを切ったつもりが、車は大きく向きを変え、トヨタのセダン車に向かって一直線に突っ走った。その小さな車のドライバーのパニックを起こした顔が、みるみるうちに迫ってくる。トヨタ車の運転席に座った高齢男性は、ネイサン・イーガンと同じように凍りついていた。ハンドルをもう少しだけ右に切った。イーガンの車はトヨタ車の運転席側の後ろのドアに衝突した。ドライバーのすぐ後ろ、数十センチのところだった。

次に思い出せるのは、意識が戻ったことだ。開いたエアバッグにぶつかって失神していたらしい。ぐしゃぐしゃにつぶれた車の鋼鉄の骨にがっちりとはさまれて身動きができない。そこから逃れることができなかった。しかし、少なくとも生きている。驚いたな、死なずにすんだぞ。

外を見る。大勢が駆け寄ってこようとしていた。たくさんの携帯電話が事故を撮影している。くそったれども……一人くらい、九一一に通報するやつはいないのか。

そのとき、ああ、よかった、サイレンの音が聞こえた。自分が勤務する病院に担ぎこまれることになるだろうか。皮肉な話だ。ついさっきまで自分が手を貸していた新米医師の治療を受けることになるかもしれないのだから……

待てよ。やけに寒い。なぜだ？

体が麻痺したのか？

だがすぐに思い直した。大丈夫だ、感覚は失われていない。冷たいのは、イーガンの車がほとんど真っ二つにしてしまったトヨタ車のひしゃげた後部から液体が流れ、彼の体を伝い落ちているからだ。

ガソリンだ。ガソリンが、彼の腰から下をぐっしょりと濡らしていた。

45

アメリア・サックスは、F・D・ルーズヴェルト・ドライブを時速百三十キロで疾走していた。

簡単なことではない。さかんに浴びせられるクラクションの音、突きつけられる卑猥《ひわい》なしぐさ。サックスは周囲の抗議を無視し、車と車のあいだに隙間を探すことだけに集中した。急ブレーキを踏み、せわしなく車線を変更する。エンジンの回転数を高く、高く、高く保つ。ギアは一番上げても五速。四速——〝根性のギア〟とサックスは呼んでいる——のほうがいい。だが、基本は三速だ。

動いてさえいれば振り切れる。

そして当然の帰結として、動いてさえいれば、獲物に逃げられることはない。

「いいえ」サックスはハンズフリーモードにした電話に向かって言った。通話の相手は、母のタウンハウス近くの分署のパトロール警官だ。「どこか近くにいるはず。それがいつもの手口なの。未詳は……あっ」

「え、何ですか、サックス刑事？」パトロール警官が聞き返した。

すぐ前の車を追い越そうとして横滑りを始めた車の姿勢をどうにか立て直す。前の車は急ブレーキをかけながら、いまの瞬間まで当のドライバーにも下りる予定がなかったであろう出口のランプを下っていった。サックスのフォード・トリノと、遠い親戚関係にあるフォード・トーラスの二台は、死のキスまであと五センチの距離に迫りながら辛くも回避した。

サックスは話の先を続けた。「犯行のあいだ、未詳はいつもすぐ近くにいるの。事故を装う細工を終えたら現場を離れればいいのに、かならずその場に残るのよ。スイッチを入れたあと、被害者が」――声が詰まった――「私の母が罠にかかったかどうか、その場で確かめたはずよ。まだ十分しかたってないし、未詳はおそらく車を持ってない。よく白タクを使ってる」

「周辺に網を張って捜していますよ、サックス刑事。ただ――」

「人を増やして。捜索の人員を増やして。まだ近くにいるはずだから！」

「了解、サックス刑事」

パトロール警官は続けて何か言ったかもしれないが、サックスの耳には届かなかった。前方に迫った二台の車の隙間を強引にすり抜けることに全神経を集中していた。車体が接触していたとしても、その音はトリノのエンジンの轟音にかき消されて、どのみちサックスには聞こえなかっただろう。クラクションの合唱が鳴り渡る。訴えたいならどうぞ。ニューヨーク市を訴えるといいわ。ブレーキをかけて数秒を無駄にしたことを呪わしく思いながら、瞬時にシフトダウンして加速した。タコメーターの針がぴょんと跳ね上がり、レッドゾーンをうかがった。

「もっと人員を増やして」パトロール警官に向けてそう繰り返したあと、サックスは電話を切った。それから携帯電話に音声コマンドを発した。「ライムに電話」

ライムは即座に応答した。「サックス。いまどこだ？」

「ブルックリン・ブリッジに乗るところ……ちょっと待って」

リカンベントとかいう、頭上に目印の旗をひらひらさせながら仰向けに寝そべるような姿勢で乗る自転車を追い越した。横滑りはほとんどせずにすんだ。橋の滑りにくい舗装がサックスのタイヤをしっかりグリップしてくれたからだ。サックスの車は斜めの角度で橋に乗った。トリノが姿勢を立て直す。前方が開けた。サックスはふたたび速度を上げた。

「電力会社にはロンから連絡した。まだ情報はない。地下鉄にも問い合わせ中だ」

「そう。あとは……ちょっと、やめてよ！」

クラッチペダルを踏む。フルブレーキをかける。次の加速に備えてギアを二速に落とす。ハンドブレーキを引く。車体を横滑りさせて速度を落とす……

「サックス！」

トリノは四十五度斜めを向き、車線を一つ完全にふさぐようにして止まった。いや、一車線と半分をふさいでいる。すぐ前のタクシーまでの距離は五十センチしかなかった。その先には見たこともないような大渋滞が続いている。

「渋滞で動けなくなったわ、ライム。信じられない。まったく動かない。しかも橋のちょうど真ん中にいるの。橋を下りたあとのルートをメルかロナルドに調べてもらってくれる？　渋滞していない道を探して」

「ちょっと待て」ライムが大声で言うのが聞こえた。「ロン、ブルックリン・ブリッジの東出口からアメリアのお母さんの家までのルートを検索してもらえないか。渋滞のないルートを探してくれ」

サックスは車を降り、首を伸ばして先の様子を見た。車の海がどこまでも続いている。微動だにしない。

「どうしてこんなときに」思わずつぶやいた。「どうしてこんなタイミングで」

電話が震えた。発信元は見覚えのある番号だった。ついさっき話をしたパトロール警官だ。サックスはライムの回線を保留にして新しい着信に応答した。「巡査。何かわかった？」

「すみません、サックス刑事。パトロールカーが十台ほど現場に向かっています。ESUも一チーム派遣しました。ただ、妙なんですよ。道が混んでまったく動かないんです。すみません。一ミリも動かない。ブルックリンハイツ、キャロルガーデンズ、コブルヒル。どこも大渋滞です」

サックスは溜め息をついた。「何かあったらまた連絡して」ライムの回線に戻った。

「……おい、サックス？　聞こえるか――？」

「聞こえてるわ、ライム。そっちはどう？」

「しばらくそこから動けそうにないぞ。ほぼ同時刻に五カ所で事故が起きたようだ。きみのお母さんの家の近くで」

「やられた」サックスは吐き捨てるように言った。「きっとあいつよ。未詳40号。ロドニーが話してたじゃない？　スマートコントローラーを使えば車にも不具合を起こせるって。きっとそれよ。車はここに置いて電車で行く。ロンに頼んで、私の車を誰かに取りに来てもらって。キーは後ろのフロアマットの下」

「わかった」

そのまま車道を走って橋を東側へ渡った。電車を一度乗り換え、かなりの距離を自分の脚で走って――三十分かかった――ようやく母のタウンハウスに着き、先に来ていた警察官や救急隊員に軽くうなずきながらリビングルームに駆けこんだ。そこで立ち止まった。

「お母さん」

「アメリア」

二人は抱き合った。腕の中の母の体は細く弱々しくて、サックスの心はかき乱れた。

だが、とにかく無事だったのだ。

サックスは一歩後ろに下がり、母の顔をじっと見つめた。ローズ・サックスの顔には血の気がない。しかしそれはおそらく恐怖を味わったせいだろう。未詳40号の被害には遭ったが身体的な傷は受けていない。救急隊を要請したのは、心臓を心配してのことだった。用心するに越したことはない。

とはいえ、きわどいところだったのは確かだ。ライムから聞いている説明によれば、次に狙われるのはローズかもしれないと判明したあと、ライムはじめ捜査チームは未詳40号はおそらくローズの家のどこかに電気的な罠を仕掛けたのだろうと推測した。電線から剝がされた絶縁体が見つかっていたからだ。

しかし、どう対処すべきか、そこで行き詰まってしまった。ローズに避難しろと伝える以外にできることはない。だが何度電話をかけてもローズは出なかった。サックスが連絡を試みた隣の家は留守だった。そこで、具体的にはどこに細工がされているのか、見当をつけようとした。やがてジュリエット・アーチャーが言った。「劇場街でアメアがしたのと同じことをするしかなさそうですね。電気を遮断するしかない。送電を止めてもらいましょう。周辺一帯の電力供給を停止するしかありません」

ライムはロン・セリットーに指示して電力を止めさせた。

ぎりぎり間に合った——危ないところだった。急行したパトロール警官の報告によれば、未詳はブレーカーに細工を施していた。送電が止まったとき、ローズはまさにそのブレーカーに手を触れようとしているところだった。一帯の電力はすでに回復しているが、パソコンのデータは消え、通信は遮断されただろう。どれだけの苦情が寄せられるかと思うと気が遠くなる。しかし、母の命の代償だと思って対応するしかない。

「迷惑かけちゃってごめんね、お母さん」

「その犯人はどうして私を狙ったの？」

「私に打撃を与えるためよ。チェスのゲームみたい。片方が攻めれば、もう一方も攻める。まさかお母さんが狙われるとは、私たちもさすがに予想してないだろうと考えたんだと思う。このあと、パトロールの誰かが私の家まで送って、そのまま付き添っててくれるから。私は現場検証をしなくちゃならない。犯人が侵入した地下室を調べるの。家のほかのところにも入ったかもしれない。しばらく私がいなくても大丈夫？」

ローズは娘の手を取った。母の手はまったく震えていなかった。「もちろんよ、心配いらないわ。さあ、行きなさい。そのクソ野郎をかならず捕まえてちょうだいね」

ローズの言葉遣いを聞いて、サックスは苦笑した。居合わせたパトロール警官も口もとをゆるませた。サックスは母をしっかりと抱き締め、一緒に外に出てパトロールカーに乗せると、鑑識課のバンの到着を待った。

トイ・ルームに戻っている。ここで安心したいから。弟のために作っているウォーレン・スキップの作業を続けた。

材料はチーク材だ。扱いの難しい木の一つだ。だから、職人魂をくすぐられる。だから、完成したときの達成感は大きくなるはずだ。

テレビはニュースをやっている。おかげさまで、僕はレッドのお母さんを灰にしそこねたらしいとわかった。わかったのはお母さんのことが報じられたからではなく、ブルックリンのあの地域で短時間の停電が起きたというニュースが取り上げられたからだ。レッド・ザ・ショッパーがやったに決まっている。レッドか、ニューヨーク市警の同僚が、僕の計画を見抜いてプラグを抜いたんだ。

抜け目ない。連中はどこまでも利口だ。

別のニュース、死者の可能性のあるニュースは（僕はテレビのニュースを〝ハンプティ・ダンプティ〟と呼んでいる。速報《ブレイキング・ニュース》ばかり出すから。塀から落ちて割《ブレイク》れるハンプティ・ダンプティみたいに）、同時多発した自動車事故だ。といっても、同時に起きたのは単なる偶然——弟なら〝真っ赤な偶然〟って言うだろう——で、停電とは関係ない。どの事故も信号が消えたせいで起きたわけじゃないからね。大惨事を起こした犯人はこの僕《モワ》とすてきなデータワイズ５０００だ。

いま話題のスマートコントローラーを持ち出す頭の切れるレポーターが一人もいないのは驚きだ。

一か八かの逃走プランだった。自動車のハッキングはまだ一度も試していなかった。トッドからやりかたは聞いていたが、その時点での僕のミッションには生かせそうになかった。自動車のクラウドシステムは診断目的でだけ使われてるものだと思っていた。あとは、キーを紛失して、キーなしでエンジンをかけたいとき、自動車会社のフリーダイヤル番号にかけて、秘密のコードを伝えるとか。そのコードがあると、メーカーが遠隔操作でエンジンをかけて、ハンドルロックを解除する。だけど、それは思いこみだった。自動車のスマートコントローラーを使うと、いろいろ楽しいことができる。クルーズコントロール、ブレーキ。

問題は、ブルックリンを走っている車のどれとどれがデータワイズ５０００を内蔵しているか、確かめる方法がないことだった。たくさんあるのかもしれないし、ほとんどないのかもしれない。

実際にやってみると、内蔵している車は少数だった。ローズのタウンハウスから足早に立ち去るとき、たくさんのサイレンの音を聞いて、僕を捕まえに来たようだと思った。そこで自動車向けコントローラーソフトを走らせた。でも、何も起きない。いつまで待っても何も起きなかった。

あきらめかけたころ――一ブロックくらい先で、自動車のエンジンの回転が一気に上がる轟音が聞こえた。その十秒後、大きな衝突音がした。

たちまち大渋滞が始まった。

気分がよかった。いま思い出しただけでも顔がにやけてしまう。

何ブロックか歩いたころ、またヒットした音が聞こえた――〝ヒット〟だよ、まさしく！　みごとな追突事故だった。僕のソフトが、信号と信号の中間地点で車を急停止させたんだ。日本車一台と、セメントトラック一台の対決。さてさて、どっちが勝ったと思う？

五百メートルくらい東で、次の事故が起きた。

それから数分間は何も起きなかったが、ブルックリン・クイーンズ・エクスプレスウェイでまた一つ事故が起きた。あとでニュースを見てわかったが、ストレッチリムジンだった。

というわけで。僕は新しいおもちゃを手に入れた。レッドの車が骨董品《こっとうひん》みたいな車種なのが残念だ。自動車事故で骨が砕けるのがお似合いなのに。まあ、レッドにはまた何か別の死にかたを考えてやるとしよう。

ルーペ越しに手もとのウォーレン・スキッフの出来映えを確かめた。完成だ。丁寧に包んで脇に置いた。日記の録音を文字に起こす作業に移った。

卒業パーティ。フランクとサム、それに僕。

四十人くらい来てた。運動部のやつらだ。ほとんどはいいやつだ。〝なんであいつが来てんの？〟みたいに僕を見たのはほんの一部で、ほかはじろじろ見たり、ひそひそ話をしたりしなかった。

僕は音楽をかけた。どの曲をかけるか、みんなどんな曲が好きそうか、ずいぶん時間をかけて考えた。しばらくするとサムが来て、一緒に来いよと言われた。家族の居間か書斎らしき部屋に行くと、カレン・デウィットがいて、僕に微笑んだ。カレンなら見かけたことがある。二年生で、まあまあ美人だ。痩せてるけど、僕みたいな痩せかたじゃない。鼻がでかいけど、僕に他人のことを言えた義理はないよな。部屋は暗くて、カレンが僕の肩や腕をべたべた触ってきた。どういうつもりだよ、と思った。でも、もちろん、どういうことなのかわかってた。そんなことが起きるなんて思ったこともなかった。少なくともまだ何年も先のことだと思ってた。クラスの男子の半数くらいはもう経験済みだったけどね。

カレンが僕のジッパーを下ろして、口でやり始めた。そのうちほかの連中が部屋に入ってきた。カレンはほかの部屋に行こうって言った。すぐそこが寝室だからって。カレンは、先におしっこしてくるね、ちょっと待ってて、続きをしようって言った。そこで僕は待った。すぐに寝室からカレンに呼ばれた。寝室は真っ暗だった。カレンは裸でベッドに前かがみになってた。僕はやり始めた。カレンのなかに入った。

そのときだ。なんだよなんなんだよ——部屋の明かりがついた。サムとフランクとカレンがいた。ベッドにうつぶせになってるのはカレンじゃなかった。シンディ・ハンソンだった。あのモデルみたいにきれいなシンディだ。失神してた。よだれを垂らしてて、口のあたりのシーツがぐっしょり濡れてた。

サムがポラロイドカメラで僕とシンディの写真を撮っていた。いろんな角度から撮った。薬で気絶してるシンディの顔、僕のがりがりに痩せた体、それに――あの部分も。三人以外のやつらも集まってた。笑ってた。大ウケだ。

僕は服をかき集めて大急ぎで着た。「どういうことだよ、どういうことだよ、どういうことだよ？」そう叫んだ。

フランクとサムは写真を見ながら腹を抱えて笑ってた。それからどっちかが言った。「がりがり野郎、おまえって生まれながらのポルノスターだな！」

フランクはあいかわらず大笑いしながらシンディの髪をつかんで頭を持ち上げた。「やってみたら意外とよかっただろ、ビッチ？」

それでようやくわかった。一月前、秘密のルートで下校して初めてしゃべったあの日、フランクとサムはシンディの家から出てきたところだった。シンディに追い払われたんだな。セックスなんかしないわよ、フェラチオもしない、だから帰って。そんなことを言われたんだろう。

あのとき思いついたんだ。僕を見て、シンディ・ハンソンに仕返しする方法を思いついたんだよ。

〝おまえ、やるじゃん〟なんて嘘だった。エイリアン・クエストを一緒にプレイしたのだって嘘だ。パーティで音楽係をやれよなんて、それも嘘だ。

何もかも嘘だったんだ。

46

居間に入ってきたアメリア・サックスは、母親のタウンハウスで集めた証拠物件を入れた箱を下ろすなり、ジュリエット・アーチャーに歩み寄った。ふいに抱擁されたアーチャーは驚き、ストーム・アローのアームレストに手首を固定しているストラップが危うくはずれかけた。

「あの――」アーチャーが口を開きかけた。

「ありがとう。あなたは母の命の恩人よ」

「いえ、みんなでしたことですから」

「いやいや」ライムは言った。「近隣を停電させるという対抗策を思いついたのは彼女だ」

「どんなにお礼を言っても足りないわ」

アーチャーは肩をすくめた。ライムにもできるしぐさと似た動きだった。

サックスはアーチャーとライムを見比べるようにしながら言った。「あなたたち二人、すごくいいコンビになりそうね」

感傷的な話、あるいは無意味な話に長時間つきあっていられない性分のライムは、メル・クーパーのほうを向いた。「何か新しいことは？」クーパーは交通課とのやりとりを終えて電話を切ろうとしているところだった。

クーパーの報告によると、一連の交通事故で死者は出ていない。もっとも危うかったのは、トヨタ車の後部に衝突したセダン車を運転していた医師だ。トヨタ車のガソリンタンクが破裂し、医師とトヨタ車のドライバーの二人はガソリンを浴びてしまったが、二台が炎に包まれる前に、通りがかりの歩行者によって車から救出されて無事だった（加えて、医師は大通りの真ん中で裸になり、ガソリンが染みた服を思い切り遠くに放ったという）。

死者はいないが、重傷者は六名に上った。

ライムはロドニー・サーネックに電話をかけ、事故について尋ねた。「シグナルを逆探知するような手段はあるか」

サーネックは基地局や公共Ｗｉ－Ｆｉ、ＶＰＮに関する長い説明を始めようとした。

「頼むよ、ロドニー」

「あっと、すみません。質問の答えはノーです」

ライムは電話を切った。「恐ろしい武器よね」サックスがライムとアーチャーに言った。

ダウンタウンの市警本部に戻っていたセリットーから電話がかかってきた。捜査チームの全メンバーとその家族の警護の手配が完了したという。「ＵＡＣ限定配備だ」

ライムはニューヨーク市警の略語を把握しておこうという努力をとっくの昔に放棄していた。「つまり？」

「クソ野郎逮捕まで《Until the Asshole is Caught》」セリットーが答えた。

アーチャーが笑った。

サックスとクーパーは、ローズの家でサックスが集めた証拠物件の整理を始めた――庭、ローズの家のもの。真向かいの家の玄関前の階段で採取したものもある。作業員風の痩せた男がそこで新聞を読み、コーヒーを飲みながら休憩していたという目撃証言があったからだ。

ライムは居間を見回した。「ルーキーはどうした？」うなるように言った。「また例の別事件の捜査か？」

「そうよ」サックスはそう言ってうなずいただけで、それ以上の説明をしなかった。

「誰かそのグティエレスとやらを見つけろ。ついでに撃ち殺せ」

それを聞いたサックスが、どういうわけか愉快そうに口もとをゆるめたが、ライムは笑う気になれなかった。

サックスは証拠を箇条書きにした。「すごく少ないの。電線、ブレーカーのパネルに貼ってあったダクトテープ。電気スタンドにこれを取り付けてあった」そう言って小さな電子回路が入ったポリ袋を持ち上げた。「未詳が外から操作すると、スタンドのなかの電線二つが交差してブレーカーが落ちる。母を地下室にあるブレーカーに誘導するための仕掛けね。あとは、周囲で採取した微細証拠。指紋や毛髪は、言うまでもなく、私や母の分しか見つかっていない。繊維もいくつか。未詳は肌と同じ色のコットンの手袋をはめてたようよ」

「ほかの現場で絶縁体の細片が見つかっていたな。今度は電線そのものがある」クーパーが言った。

太さはAWG8——およそ三ミリ——の電線だ。

ライムは言った。「許容電流はかなり高そうだな。どのくらいだ、メル？　四十アンペアくらいか」

「摂氏六十度でそのくらいかな」

黒い絶縁体に文字が印刷されている。

文字に目を凝らしていたクーパーが顔を上げた。「ヘンドリックス・ケーブル。大手のメーカーだよ。どこでも売ってる」

ライムは鼻を鳴らした。「犯罪者はなぜ、一点ものしか扱わないような店で買い物をしてくれないんだ？……絶縁体を剝がすのに、今回もレーザーナイフを使ったか」

「当たり」

「ダクトテープは？」

「質のよさそうなものだね」クーパーはプローブの針のような先端でテープにそっと触

れながら言った。「粘着力が強い。安物のテープは粘着面が不均一だ。それに薄い」

「ごく少量をGC／MSにかけてみよう。メーカーや商品名が判明するかもしれない」

ガスクロマトグラフが魔法の検査を終えて吐き出した結果をひととおり眺めたあと、クーパーは全員が見られるディスプレイに同じものを表示させた。

アーチャーが言った。「一般的なもののようですね。どんなダクトテープにも見られる成分ばかりでしょう？」

「量だ」ライムは言った。「含有量がすべてだ」

クーパーが説明を加えた。「各成分の含有量をもとにデータベースで検索する。マイクログラム単位の差が決め手だ。もうじき答えが見つかる……おお、来た来た。このうちのどれかだ」

ディスプレイに候補が三つ表示された。

ラドラム接着材料
コノコ工業
ハマースミス接着剤

「よし、いいぞ」ライムはつぶやいた。

サックスはさっき持ち上げてみせた証拠物件を調べていた。ローズの家の電気スタンドをショートさせた、リモートリレーだ。クーパーが小さな回路を低倍率顕微鏡のステージにセットした。全員がディスプレイを見つめた。「これがアンテナ」クーパーが指さす。「信号をキャッチすると、ここにあるこのスイッチが閉じる。既製品じゃないな。何かに入っていたものを流用してる。これ。基板のこの部分。ここに割ったみたいな痕跡がある。コード番号もある」クーパーはそう言ったが、ライムには見えなかった。

クーパーはディスプレイに目を注いだまま、次々とビー玉が転がり落ちるようなリズムでキーボードを叩いた。まもなく全員がクーパーの前のディスプレイに注目した。

「ホームセーフ・プロダクトのアトラス。ガレージの自動扉の部品だ。リモコンの受信範囲を広げたモデルだそうだよ。五十メートル離れていても操作できる。スイッチだけを取って、残りは捨てたんだろうな」

それ以外に、ウォールナット材のやすりかす、ローズのタウンハウスの窓ガラスの破片、ほかの現場でも見つかったものと同様の接着剤などの微細証拠があったが、それだけだ。

「すべて一覧表に書いてくれ」

現場：ブルックリン　マーティン・ストリート４２１８番地

・容疑：傷害未遂
・容疑者：未詳40号
・被害者：ローズ・サックス　無事
・手口：ブレーカーボックスに細工、感電
・証拠物件：
　・指紋およびＤＮＡなし
　・ヘンドリックス・ケーブルの電線
　・ほかの現場で採取されたのと同様の接着剤
　・ウォールナット材のおがくず
　・ほかの現場で採取されたのと同様のガラス片（この現場のもの）
　・未詳40号は肌色のコットンの手袋を着用
　・ダクトテープは以下のいずれかのメーカーの製品
　　・ラドラム接着材料
　　・コノコ工業
　　・ハマースミス接着剤
　・ホームセーフのアトラスガレージ扉オープナー

「いずれも普及品か、メル？」ライムは尋ねた。

「そうだ。ニューヨーク周辺だけでも百以上の小売店で販売されてる。参考にならない」

ライムは言った。「しかし、きみのお母さんの家の計画は急遽《きゅうきょ》決めたはずだな、サックス」同時に、アーチャーが言っていた。「でも、あなたのお母さんを襲う計画は前から持っていたものではないわけですよね、アメリア」

またも思考が重なったことに、ライムは笑った。それからサックスに言った。「ほかの被害者に関しては、事前に念入りに準備している。しかし、きみのお母さんの件は直前に決めたはずだ。きみが予想以上に食い下がってくるのを見て、排除しなくては自分が危険だと考えたわけだろう。つまり、テープや電線、ガラス、パテ材、ガレージ扉の自動開閉装置をおそらく同時期に購入している。一部を、あるいは全部を同じ店舗で調達したのではないか。せめて別々の日に、できれば別の週に分けて購入したほうが安全だが、時間的な余裕がなかった。急いできみの足を止めなくてはならなかった」

アーチャーが一覧表を眺めた。「ダウンタウンで使ったガソリン爆弾のパーツも一緒に買った可能性がありそうですね――トッド・ウィリアムズの事務所を破壊するのに使った爆弾」

「その可能性は高いね」ライムは言った。「ガレージ扉の開閉装置を出発点にするのが効率的だろう。サックス？」その言葉はサックスに向けられていた。

「え、何？」サックスは携帯電話でショートメールをチェックしていて、ライムの話を聞いていなかったようだ。

「ガレージの扉の開閉装置。取扱店のリストを作ろう。それから、販売店に問い合わせて、ほかの品物も同時に買った客がいないか確認する」ライムは付け加えた。「クイーンズから始めよう。そこから範囲を広げる」

サックスは重大犯罪捜査課に連絡し、聞き込みチームを編成して開閉装置を買った人物を捜すよう依頼し、未詳40号が購入したと思われる品物のリストをメールで送信した。

サックスは窓の外を少し見つめたあと、ライムのところに来た。

「ライム、いまちょっといい？」

無意味な表現の代表例の一つだ。〝話したいことがあるの。ほかの人がいないところに行きましょう〟とストレートに言えばいいのに、〝いまちょっといい？〟と聞く。だが、ライムはよけいなことを言わずにうなずいた。「かまわないよ」

車椅子の向きを変え、サックスとともに廊下の真向かいの部屋に入った。サックスはすぐには話を切り出さなかった。ライムはサックスを知り抜いている。恋人であり、仕事のパートナーでもある相手だ。考えていることはおおよそわかる。サックスは何もドラマチックな効果を狙って間《ま》を置いているわけではない。ライムに話す内容を慎重に検討しているだけのことだ。容疑を固めるために、逮捕時に押収した違法薬物の量を正確に測ろうとするのに似ていた。サックスには衝動的な面もある。しかし重要な物事については慎重すぎるくらい慎重に検討してから行動する。

やがてサックスは溜め息をつき、ライムのほうを向いた。それから椅子に腰を下ろした。「どうしても話しておきたいことがあるの」

「聞くよ。話してくれ」

「二、三日前に話そうと思えば話せたことだった。でも話さなかった。どうしてなのか、自分でもわからない。ニックが出所したの」

「ニック・カレッリ？　きみの友人の」

「友人。そうね。仮釈放で刑務所を出た。私に連絡してきた」

「元気なのかね」

「ええ、元気よ。身体的な意味では。でも刑務所のなかの世界を経験すると、人間って変わるんだと思うの」サックスは肩をすくめた。「この話は本当はしたくないのだろう。

「あなたに話そうかどうしようかすごく迷ったけど、話さずにいた。でも、もう隠しておけない」

「頼むよ、サックス。もったいぶらずに早く話してくれないか」

日曜日

Ⅵ ……チェックメイト

47

午前十一時三十分、ローズ・サックスの殺害を狙い、未詳が即席の武器を作るために購入した品物について聞き込みをしていたチームが当たりを引いた。

なかなか結果が出ないことをライムはもどかしく思い始めていたものの、ガレージ扉の開閉装置をはじめとする品物の詳細が判明したのが前日の夜、ほとんどのホームセンターが店を閉めたあとの時間帯だったことを思えば、しかたがない。しかも今日、日曜の朝一番から開いている店のほうが少なかった。

「ブルー・ローめ」苛立ったライムはそう吐き捨てた。

グティエレス事件捜査から一時的に解放されているらしいロナルド・プラスキーが言った。「安息日のホームセンターの開店時刻が遅いのは、清教徒の法律《ブルー・ロー》のせいじゃないと思いますよ、リンカーン。それより、販売員が週に一度くらいは寝坊したいというだけのことでしょう」

「寝坊するのはかまわないが、私が彼らに用のないときにしてもらいたいね」

ちょうどそのとき、サックスに宛てて聞き込みチームの一人から電話がかかってきた。「ちょっと待って」サックスが耳を傾けながら、サックスがすっと背筋を伸ばしたのがわかった。「ちょっと待って。スピーカーモードに切り替えるから」

かちり。「あ、もしもし？　ジム・キャヴァナーです。重大犯罪捜査課の」

「巡査」ライムは言った。「リンカーン・ライムだ」

「サックス刑事から聞きました。この事件の捜査に参加してくださってるそうですね。光栄です、ライム警部」

「そりゃどうも。で？」

「スタテン島の店でした」

ふむ。クイーンズではなかったか。アーチャーがライムに意味ありげな笑みを向けた。

クエスチヨンマーク二つ……

「店主の話では、未詳と人相特徴が一致する男が二日前に来て、三十五メートル離れていても操作できるガレージ扉の開閉装置を購入したそうです。ほかに板ガラス、パテ材、ダクトテープ、電線も。リストにあった品物とすべて一致します」

祈るような気持ちでライムは聞いた。「支払いはカードか」

「現金です」

やっぱりか。

「店主はその男のことを何か知っていたか。名前、住所」

「いいえ。ただ、話した内容を覚えていました、警部」

「リンカーンでけっこう。続けてくれ」

「その店が販売している工具を見て、あれこれ質問したそうです。特殊な工具だとか。ホビー用途の」

サックスが尋ねた。「ホビー？　たとえばどんな？」

「模型です。飛行機の模型とか。レーザーナイフ、レーザーソー、超小型の研磨機。未詳は小型模型用のクランプをいくつか買っていったという話です。前から探していたとかで。ふだん買い物をする店では扱っていないから」

「いいね。〝ふだん買い物をする店〟か。どこかの店の常連だということになる。その店の名前は？」

「話していなかったそうです。クイーンズの店だとしか」

ライムは大声で言った。「誰かクイーンズのホビー用品店のリストを作れ！　急げ！」

「ありがとう、巡査」サックスは礼を言って電話を切った。

まもなく一番大きなディスプレイに地図が表示された。クイーンズ区内に十六軒あるホビー用品店の位置が表示されている。

「どれだ？」ライムはつぶやいた。

サックスが車椅子の背に手を置いて身を乗り出し、一つを指さした。「あれね」

「なぜわかる？」

「未詳が買い物のあとにいつも寄るクイーンズのホワイト・キャッスルに一番近い地下鉄の駅から、駅で三つしか離れていないから」

クラフト4《フォー》エヴリワンは、店名と裏腹に、万人向けの店ではない。たとえば毛糸、フラワーアレンジメント用の吸水スポンジ、フィンガーペイントといったものは何一つ置いていなかった。

しかし、船舶や宇宙船、ドールハウスの家具などの小型模型を作りたいなら、ここに来れば必要なものは何でもそろう。

塗料や木材や洗浄剤の匂いが満ちた店の主役は、材料や工具が隙間なく並べられた陳列棚だ。これだけ大量のドレメルの小型電動工具やバルサ材が一つの場所に集まっている光景はサックスも初めて見た。『スター・ウォーズ』の人物やクリーチャーや乗り物が勢ぞろいしている。『スタートレック』のものも。

サックスはカウンターにいた若い男性店員にニューヨーク市警の身分証を提示した。オタク用品店の販売員というより、スポーツ選手のような、容姿端麗な男性だった。

「はい?」声は、しかし、甲高くてかすれていた。

サックスは複数の事件に関与したと思われる人物を捜していることを説明した。未詳の風貌を伝え、マホガニーやウォールナットなどの木材、ボンド・ストロングの接着剤、ブレイデン工業のリッチ・コートというニスを買った人物はいなかったかと尋ねた。ほかにホビー用途の工具も購入している。

「おそらく知的な人物。正確な言葉遣い」消費主義を攻撃する声明で、未詳は知的レベルをごまかそうとしていたことを思い出し、サックスはそう付け加えた。

「えっと」販売員はごくりと喉を鳴らして続けた。「一人、心当たりが。でも、物静かで礼儀正しい人ですよ。そんなことをするように見えません」

「名前は？」

「知ってるのはファーストネームだけです。ヴァーノン」

「特徴は一致するんですね？」

「背が高くて痩せてる。ちょっと不気味な感じ」

「クレジットカードの控えはありますか」

「いつも現金で支払います」

サックスは聞いた。「どこに住んでるか、ご存じありませんか」

「マンハッタン。チェルシーかな。一度ちらっと言ってたことが」

「ここにはよく来るのかしら」

「二週間か三週間に一度くらい」

「何か取り寄せたりして、電話番号を控えたことは？」

「ありません……でもそうやって聞かれると、やけに用心深い感じだった。個人情報を極力話さないようにしてるっていうか」

サックスは名刺を渡し、そのヴァーノンという客がまた来たら連絡してほしいと頼んだ。今回は九一一に通報してくれとは言わなかった。サックスは陳列された〝きみだけのジェダイを作ろう〟キットを食い入るように見ている父子連れの脇を通って店を出た。この店まで乗ってきた無印の車両の助手席に乗りこむ。この地域を管轄する分署に所属する、魅力的なラテン系の女性刑事が尋ねた。「収穫あり?」

「ありともなしとも言えるかも。未詳のファーストネームはヴァーノン。ラストネームや別名はわからない。未詳がこの店にまた来るかもしれないから、ここで見張りをお願いできる? 販売員はものすごく緊張しちゃってるの。ヴァーノンが来たとしても、あの販売員の顔を見ただけで、何かおかしいと気づくと思うわ」

「了解、アメリア」

チェルシー地区はかなり面積がある。どうやって未詳の住居を絞りこもうか。サックスは少し考えたあと、女性刑事のパソコンを借りて不動産データベースにログインした。チェルシーの不動産所有者のなかにヴァーノンというファーストネームの人物はいなかった。ミドルネームやラストネームがヴァーノンの人物は二人いるが、いずれも未詳よりずっと年齢が高く、いずれも既婚者だ。このタイプの犯罪者に配偶者がいる可能性はきわめて低い。ホビー用品店の販売員の言うとおり、ヴァーノンという名前なのだとすれば、現在の住居は賃貸しているのだろう。

そのとき、一つ考えが浮かんだ。チェルシーで発生した最近の事件一覧を呼び出す。

興味深い事実が判明した。つい昨日、西二十二丁目で殺人事件が起きていた。被害者は印刷会社に勤務するエドウィン・ボイルという男性で、発見時、遺体は空き倉庫の物入れに押しこまれていた。財布や現金は持ち去られていなかった。なくなっていたのは携帯電話だけだ。死因は〝鈍器損傷〟と記入されている。

検死局に電話をかけて監察医につないでもらった。

「こんにちは、サックス刑事」女性監察医が言った。「何か?」

「殺人事件のことで。ボイル。昨日、チェルシーで遺体で発見された男性です。鈍器損傷に関して、ほかに何かわかっていることがあれば。たとえば凶器の種類とか」

「ちょっと待って。確認します」まもなく電話口に戻ってきた。「報告書があったわ。検死解剖を担当したのは別の監察医なのよ」

「不思議ね、少し前に検案した遺体の状況と酷似している。ちょっと珍しい事例ね」

サックスは言った。「凶器は丸頭ハンマー?」

監察医は笑った。「シャーロック・ホームズみたい。どうしてわかったの?」

「わかりません、サックス刑事。寝室の窓は日よけでさえぎられています。金属製なんでしょう。それが邪魔をしてスキャンできません」

目当ての建物から少し離れて駐めたＥＳＵのバンのそばに控えたアメリア・サックスは、スティック型のマイクに向かって言った。「室内から光は漏れてる?」

ＥＳＵ偵察チームの隊員は向かいの建物の屋上にいて、西二十二丁目に面したアパートの二階にある2ＬＤＫの部屋の窓に最新鋭の機器を向けている。「いいえ、サックス刑事。熱感知装置は反応しませんが、日よけが邪魔をしていますからね。実は室内でキャンドルをともしてカード大会を開いていて、大勢が葉巻を吸っていたとしても、検知できません。どうぞ」

「了解」

未詳は、身元未詳の容疑者ではなくなっていた。身元が特定された容疑者だ。ヴァーノン・グリフィス、三十五歳。ニューヨーク在住。ロングアイランドの家を相続していたが、少し前に売却し、一年ほど前からチェルシーのこのアパートを借りて住んでいる。学校で喧嘩をするなど補導歴はあるが、成人後の逮捕歴はなかった。そして、興味深いことに、反社会活動の履歴は一つもない――数日前、民衆の守護者を名乗り、消費者製品を悪用してニューヨークの善良な市民の殺害を始めるまでは。

エドウィン・ボイルは、ヴァーノン・グリフィスと同じアパートの住人だった。しかし、動機は不明だが、グリフィスはアパートから数ブロック先の現場でボイルを殺した。トッド・ウィリアムズを殺害したときと似た、荒っぽい犯行だった。

「交通を遮断する。このブロック全体だ」

ニューヨーク市警のＳＷＡＴである緊急出動隊（ＥＳＵ）の隊長ボー・ハウマンが言った。筋肉質で引き締まった体つき、彫りの深い顔立ちにごま塩頭のハウマンとサックスは、ハウマンのノートパソコンで目的のアパートの間取り図を確認していた。間取り図は市の建築局から入手した。十年前の古い資料だが、ニューヨーク市のアパートは内装のリノベーションをほとんど行わない。賃貸アパートの経営者はその出費を嫌うのだ。生活協同組合組織に変更するとか、分譲アパートに転換するといったうまい話がどこかから湧いてこないかぎり、小切手帳を取り出して大規模改装を発注したりはしない。

「選択肢はないに等しいな」ハウマンは言った。グリフィス逮捕のための突入作戦は、基本的に一つしか考えられない。建物の出入口は、二十二丁目に面したエントランス一カ所と、裏手の路地に面したドア一つ。グリフィスの部屋の入口も一つで、玄関を入るとすぐリビングルームになっている。その奥に、玄関と向かい合うように二つ寝室が並んでおり、その手前の右手が小さなキッチンだ。

ハウマンは六名の隊員を呼び寄せた。サックスもそうだが、六人は戦闘用の装備をしていた。ヘルメット、グローブ、ケブラー製の防弾ベスト。

ハウマンはパソコンのディスプレイを指先で叩きながら言った。「三名は裏からステルス・エントリーで、四名《フォー・マン》は部屋の玄関からダイナミック・エントリーで」

「玄関チームに私も入れて」サックスは言った。

「玄関は四名《フォー・パーソン》だ」ハウマンはそう言い直した。一同はにやりとした。「一名がドアを破壊、ほかの三名が順番に入る。一人は右、一人が左、一人は真ん中で援護」

隊員が装備している火器は、オサマ・ビン・ラーディン殺害に使用されたのと同じアサルトライフルH&KのHK416だ。今回のモデルはD14・5RS。数字は銃身の長さをインチで示したものだ。

全員、淡々とした様子でハウマンの指示にうなずいた。オフィスで上司から次のコーヒーブレークは誰々が何時からという指示をもらっているかのような落ち着きぶりだ。彼らにとってはこれが日常なのだ。しかしサックスはわくわくしていた。この瞬間に完全に順応している。有能な鑑識員であるサックスは、一筋縄ではいかない証拠物件を相手にする頭脳戦にももちろんやり甲斐を感じる。しかし、ドアを破って突入するダイナミック・エントリーの興奮に優るものはなかった。これ以上のハイはほかに経験したことがない。

「さっそく行きましょう」サックスは言った。

ハウマンは同意のしるしにうなずき、隊員は整列した。

五分後、通行人に避難するよう身振りで伝えながら、彼らは歩道を疾走した。ドライバーを使ってエントランスのロックを解除し、サックスとほかの三人は静かに建物内に入った。ロビーを抜け、廊下伝いにグリフィスの部屋に向かう。

部屋の手前で、サックスは〝止まれ〟のハンドシグナルを出した。部屋のドアの上に取り付けられたカメラを指さす。四人はカメラの目の届かない位置まで退却した。

無線から裏に回ったチームの報告が聞こえた。「Bチーム、路地側の配置につきました。無人です」

「了解」Aチームのリーダーが答えた。贅肉のないたくましい体と濃い肌の色をしたヘラーという男性だ。ヘラーはサックスのすぐ隣にいた。「玄関上にカメラがある。突入に時間をかけられない」チーム間のやりとりは、最新のヘッドセットを使ってささやくような声で行われた。

通常なら、ゴム底のブーツで足音を立てずに接近し、一人がケーブルつきの小型カメラをドアの下の隙間から室内に挿入するのを待って、破壊槌を持った別の一人がドアを破る。しかし今回は——カメラを使って容疑者がこちらをうかがっている可能性のあるこの場面では——ドアまで全力疾走し、短時間で突入するしかない。

ヘラーがサックスを指さし、次に右を指さした。また別の一人を指さし、親指を左の方向に立てる。最後に自分を指さすと、聖職者の祝福に似たしぐさで手を上下に動かした。自分は真ん中を行くという意味だ。

サックスは深呼吸をしてからうなずいた。

四人目が破壊槌——長さ一メートル超の鉄の塊——をキャンバス地のバッグから取り出した。ヘラーに一つうなずく。四人はグリフィスの部屋の玄関へと走った。破壊槌がノブと錠前のプレートに叩きつけられ、ドアが内側に向けて弾けるように開いた。いったん後退して破壊槌を下ろし、H&Kのアサルトライフルを構える。

ほかの三人は室内になだれこんだ。サックスは右へ、もう一人が左に動き、家具らしい家具のない部屋をすみずみまで銃口で舐めるようにしながら安全を確認する。

「キッチン、クリア！」

「リビングルーム、クリア！」

左側の寝室のドアは少し開いていた。ヘラーともう一人がそちらに向かいサックスは後方で援護した。二人が小さな部屋に入る。ヘラーが大きな声で言った。「左の寝室もクリア」

二人がリビングルームに戻り、表通り側の寝室のドアに近づいた。暗証番号式のロックと本締り錠の二つで守られている。

ヘラーが言った。「監視チームへ。表側の寝室は鍵がかかっている。いまから入るところだ。なかに人の気配は？　どうぞ」

「まだわかりません、サー。金属の日よけが探知を妨害しています」

「了解」

ヘラーは暗証番号式のロックを見つめた。あれだけ盛大に物音を立てて入ってきたのだ。警察の突入に驚いて闇雲に発砲してくるようなことはいまさら考えにくい。ヘラーはドアをこぶしで叩いて言った。「ニューヨーク市警だ。誰かいるか？」

応答はない。

もう一度同じ手順を繰り返した。

やはり応答がないと見ると、ヘラーは超小型カメラを持った一人に合図した。その隊員がドアの下からカメラを押しこもうとしたが、隙間が小さすぎて入らなかった。

このドアはほかに比べて幅がせまく、一度に一人しか通れない。ヘラーは自分を指さし、人差し指を立てた。サックスには二本指。もう一人は三本だ。それから破壊槌を持ってくるよう四人目に合図した。筋骨隆々とした隊員が破壊槌を持って戻り、チームは突入作戦の最終局面に備えて銃を構え直した。

48

偶然とは不思議だ。僕はちょうど日記にこう書いたところだった。

〝最悪の日だ〟。

いままでで最悪だったのは、あの日だ。でもこうなると、今日も同じくらい悪い日だな。

まあ、〝最悪〟ではないか。逮捕されてはいないから。レッドやショッパーたちに撃ち殺されてもいない。

しかし最悪に近いことは確かだ。民衆の守護者を永遠に続けられるとは思っていなかったよ。でも、匿名のままこっそりニューヨークから消えるつもりでいた。日常を再開するつもりでいた。なのに、名前を知られてしまった。

スーツケースを二個引きずって歩いている。肩にかけたバックパックには宝物だけを詰めこんできた。ミニチュアをいくつか。日記。写真。衣類（僕のサイズのものはなかなか見つからない）。ハンマーに、お気に入りの日本製のレーザーソー。そのほかにも二つ三つ。

ついていた。運がよかった。

三十分くらい前のことだ。チェルシーの家で、次に訪問する予定のショッパーのことを考えていた。熱湯でやけどさせてやる計画だった。そこに、意外な人物から電話がかかってきた。

「ヴァーノン？」クラフト4エヴリワンの甲高い声の若造だ。

「何かあったの？」僕は聞いた。何もなければ電話なんかかかってこない。

「まずいよ。たったいま警察が来たんだ」

「警察？」

「あんたが買ったもののことを聞かれた。あんたの名前を書いたメモを見られた。僕はチクってない」

嘘だ。僕の名前を書いたメモなんかあるわけがないんだから。こいつが僕を売ったんだ。

「だけど、連中はあんたのラストネームまでは知らない」

〝だけど〟か。

「ありがとう」僕は電話を切って荷造りを始めた。急がないと。ホビー用品店のあの小僧は、苦しみながら死ぬことになるだろう。結局、あいつもショッパーだったわけさ。友達だと思ってたのに。でもあいつの心配をしている暇はなかった。

荷造りを終え、もうじきやってくるレッドとショッパー仲間のために小さなサプライズを用意した。

いまはこうして顔を伏せ、肩を丸めて背の高さや痩せた体つきを隠し、たったいまバスでニューヨーク市内に着いて、ホステルの部屋を探し回っているフィンランド人観光客って風情で、大きなスーツケースを二つ引きながらダウンタウン方向に歩いている。まもなく僕はちょうどいい宿を見つけた。ホステルじゃなくて安ホテルだ。なかに入る。料金を聞いたあと、フロント係がいなくなった隙に、ベルキャプテンに近づき、宿泊客のふりをして、夜の飛行機を予約していて時間が余っていると言って荷物を預けた。ベルキャプテンは僕の説明よりチップの五ドルに関心があるらしかった。僕はバックパック一つを持ってホテルを出た。

二十分後、目的地に着いた。僕のアパートに似ていなくもないアパートだ。そう考えたらちょっと悲しくなった。チェルシーの僕の子宮。僕の金魚、僕のトイ・ルーム。みんななくなっちまった。何もかもだいなしにされた。僕の人生そのものが……もちろん、レッドのせいだ。僕は怒りに震えた。トイ・ルームに入ったやつは愉快なサプライズに見舞われると思うと、少しだけ慰められた。最初に入るのがレッドならいいと思った。

薄汚れた白い建物を見上げた。それから通りの左右を確かめた。誰かに見られる心配はない。僕はインターフォンのボタンを押した。

管理人は、地下にある自分の部屋にいた。珍しく自分のトイレの問題解決に当たっていると、すぐ上の部屋からどすんと大きな音が聞こえた。

何かを引っ掻くような音が続いた。

何かを引っ掻くような音というのが、実際にどんな音なのか、サルにはわからない。ホラー映画の巨大カニが動き回るような音だろうか。それとも、誰かが両手両膝をついてクモから逃げ回る音か。誰に答えられる？　だが、その音を聞いたとき、ぱっと頭に浮かんだ表現がそれだった。水洗タンクの不具合の修理に戻った。フロートバルブのチェーンを所定の場所に取り付け直した。ちょうどそのとき、またどすんという音が聞こえた。いろんなものが一斉に落ちるやかましい音、人の声が続いた。大きな声だった。

サルは立ち上がり、濡れた両手を拭うと、開いたままの裏窓に近づいた。声はすぐ上の部屋から聞こえている。何を言っているか、だいたい聞き取れた。

「嘘よ……嘘よね……本当にやったの？　本当にそんなことしたの、ヴァーノン？」

「ほかにどうしようもなかったんだ。お願いだ。すぐに逃げないと」

「でも……ヴァーノン！　そんなこと信じられるわけないでしょう！」

1Dのアリシア・モーガンだ。泣いている。アリシアは好ましい店子の一人だ。静かで、家賃も期日にきちんと納める。内気な女だった。手を触れただけで壊れてしまいそうな印象がある。もう一人はボーイフレンドか？　アリシアが誰か連れてきたところは一度も見たことがない。何が原因で喧嘩になったのだろう。他人と言い争うようなタイプには見えない。

壊れてしまいそうな……

男のほう——ヴァーノンというらしい——が震え声で言った。「きみにはいろんなことを話してきただろう！　ほかの人には話せないことまで全部話した！　そんなこと初めてなのに！」

「でも、今回の話は初耳よ。そんなことしたなんて。人を傷つけたなんて！」

「いけないのか？」男の声は、アリシアの声に比べてさほど低くない。奇妙な声だった。しかしその声から怒りが聞き取れた。「正当な理由があってのことだ」

「ヴァーノン、どうして……いけないことに決まってるでしょう。だって——」

「きみならわかってくれると思ったのに」歌うような調子に変わっていた。それがかえって異常さを際立たせた。「似たもの同士だと思ったのに。僕らは共通点が多い。それとも、きみがそういう風に装ってただけなのか」

「知り合ってまだ一月《ひとつき》じゃないの、ヴァーノン。たった一月よ。あなたの家に泊まったのだってたった一度だけ！」

「僕はそれだけの存在だってことか？」また大きな物音がした。「やつらと同じだな」

男がわめく。「おまえはショッパーなんだ。やつらとどこも変わらない！」

ショッパー？　サルは首をかしげた。いったい何を言い争っているのかよくわからないが、口論が過熱していく様子に不安が募った。

アリシアは泣きじゃくっていた。「でも、人を殺したなんて。なのに、一緒に逃げてくれなんて」

何だって？　人を殺した？　サルは携帯電話をつかんだ。

しかし九一一に通報しようとしたところで、アリシアが叫んだ——その悲鳴は途中でうめき声に変わった。またしてもどすんという音がした。アリシアか、アリシアの死体が床に倒れた音だろう。「やめて」まもなくアリシアの声が聞こえた。「やめて。ヴァーノン、お願いよ、やめて！　殺さないで！」

そしてまた悲鳴が聞こえた。

サルは動いた。アルミの野球バットを握り、部屋のドアを勢いよく開けると、階段を駆け上がってアリシアの部屋のドアに突進した。マスターキーを使ってなかに入った。あまりの勢いにドアノブが壁にぶつかり、石膏ボードに大きなクレーターができた。

階段を駆け上がったせいで息を弾ませながら、サルは目を見開いた。「おい」

アリシア・モーガンは床に倒れていた。大きな男がそのすぐそばに立って見下ろしている。身長百九十センチ近くありそうだ。ひどく痩せて、病的な顔色をしていた。アリシアの顔を殴ったらしい。大きく腫れ上がった頬から血が流れている。大粒の涙をぼろぼろとこぼしながら、身を守ろうとして両手を持ち上げた。だが、無駄だ。だって、男の手には――丸頭ハンマーが握られていた。男はそれを高く振り上げ、いままさにアリシアの頭をかち割ろうとしていた。

男がさっと振り返り、血走って狂気を帯びた目でサルを見つめた。「誰だ？　ここで何してる？」

「この野郎、そいつを下ろせ」サルはハンマーに顎をしゃくり、バットをこれ見よがしに振りかぶった。身長は十五センチ負けているが、体重では十五キロ勝っている。

男は目を細め、サルからアリシアに目を移し、またサルを見つめた。次の瞬間、喉から息を絞り出すような音を漏らしながらハンマーを振り上げ、サルめがけて投げつけた。サルは床に膝をついてそれをよけた。痩せた男はバックパックをつかむと、開いたままだった裏窓に飛びつき、バックパックを先に投げておいて、自分も飛び出していった。

隊員は重量のある破壊槌をしっかりと持った。ヘラーはふたたびほかの二人を指さし、暗証番号式のロックで守られた表通り側の寝室に突入する順序を指示した。全員がうなずく。サックスはH&Kのアサルトライフルを床に下ろし、代わりに拳銃を抜いた。どの火器を使うかの判断は各隊員にまかされている。ここはせまい。サックスは拳銃のほうが扱いやすいだろうと考えた。

いざ破壊槌が打ちつけられようとした瞬間、サックスは片方の手を上げた。「待って」

ヘラーが振り向いた。

「何か細工がされてるんじゃないかと思うの。罠が。それが未詳のやり口なのよ。そっちを使って」破壊槌を持った隊員のキャンバス地のバッグを指さす。ヘラーが下を見る。それからうなずいた。破壊槌の隊員がバッグから小型のチェーンソーを取り出した。

サックスはポケットからスタン手榴弾を出した。うなずく。

チェーンソーのスイッチが入り、うなりを上げた。ドアに縦一メートル、幅六十センチほどの切り込みを入れておいて板を蹴る。サックスは開いた穴から閃光手榴弾を投げこんだ。爆発音のあと――音と光が方向感覚を失わせるが、殺傷力はない――ヘラーとサックスはドアの外で腰を落とし、銃口と懐中電灯の光を室内に向けた。

隅々まで確かめる。

人間はいない。

しかし、ブービートラップはあった。

「これか」ヘラーが室内側のドアノブに結びつけられた細いワイヤを指さした。破壊槌でドアを破っていたら、ぴんと張られていたワイヤがゆるみ、上半分を切り取られた四リットル入りミルクボトルが傾いて、なかに入っているガソリンとおぼしき液体がこぼれていただろう。それが分厚い日よけで密閉された窓際のワークベンチの上で煙を立てているホットプレートに落ちていただろう。

四人はなかに入って仕掛けを取り外した。それから室内の安全を確認した――続き部屋になったバスルームも含めて。

ヘラーがハウマンに無線で報告した。「こちらAチーム。安全を確認しました。無人です。Bチーム、そちらはどうだ？」

「Bチームリーダーから Aチームリーダーへ。こちらも異常なし。これよりほかの部屋の安全を確認します。通信終了」

「了解」

「サックス」イヤーピースからふいに声が聞こえた。ライムの声だ。サックスはびくりとした。ESU用の周波数に電話を転送していたとは知らなかった。

「ライム？　グリフィスはいなかった。逃走したみたい。クラフト4エヴリワンの販売員を、保護を兼ねて確保しておいたほうがいいわ。あの販売員がグリフィスに知らせたのよ、きっと」

「それが民主主義というものだよ、サックス。縛り上げて猿ぐつわを嚙ませるべき人間を端からそうするわけにはいかない」

「救いは」サックスは言った。「汚染のない現場を見つけたことかしら。ほとんど何も持たずに逃走してるの。これならきっと何か見つかる。今度こそ捕まえられるわ」

「さっそくグリッド捜索にかかれ、サックス。急いで戻ってきてくれ」

49

一時間後、アメリア・サックスはヴァーノン・グリフィスの部屋の入口に立っていた。タイベックのボディスーツのなかは汗みずくだ。

ノートを見ながら、書いてあることを読み上げる。

問題は社会だ。人は消費して消費して消費したがるが、自分の行動の意味はまるで理解していない。品物を集めることとモノを集めることに気を取られている。言い換えれば、夕飯は人が中心であるべきだ。夕食は、一日の終わりに家族全員が食卓を囲んで会話をする場であるべきだ。一番いいオーブンや一番いいフードプロセッサー、一番いいブレンダー、一番いいコーヒーメーカーを所有することではない。人は友人ではなくものに気を取られている。家族ではなく。

「聞いてる、ライム?」

「まあな。聞いてもしかたがない内容だ。これまでの声明と同じ戯《ざ》れ言《ごと》だよ。民衆の守護者」

「これが完全な声明みたいね。タイトルは〈スティール・キス〉」

詩的なタイトルじゃない？

サックスはノートを証拠袋に入れ直した。「大量の微細証拠が集まった。書類も。ロンがいま素性を洗ってる。マナセットの実家は売却済みだし、これまでの調査では、ほかに住居はないようね。ロンが不動産の登記情報を調べてくれるわ」

「本人以外の指紋は？」

「一人分だけ。女性のものだと思う。それか小柄な男性。でもたぶん女性ね。肩くらいまでの長さの金髪が何本か残ってた。もとはおそらく灰色の髪をブロンドに染めてる。ALSの結果が興味深いわ。かなり頻繁に性交渉があったみたい。お忙しかったようよ」

波長可変型光源装置（ALS）を使うと、肉眼では確認できない体液が浮かび上がる。

「ガールフレンドがいるわけか」

「ただし、そのガールフレンドが寝泊まりしてた形跡はない。女性ものの衣類や化粧品、洗面用具は一切ないのよ」

「やつはいまそこにいるかもしれない」ライムはつぶやくように言った。「ガールフレンドはどこにいるのだろうな。サックス、大至急戻ってきてくれ。指紋をIAFISの照会にかけよう。時間を無駄にできないぞ」

「三十分で戻る」

ライムとの通話を終えるなり、また電話が鳴り出した。ニューヨーク市警通信指令本部の番号が表示されていた。「サックス刑事です」

「アメリア？ ジェン・コッターです。お知らせしたほうがいいだろうと思って。傷害事件発生の緊急通報がありました。現場はミッドタウン・ウェスト。被害者は負傷していますが、命に別状はありません。現場に急行したパトロールが被害女性から犯人の氏名を聞きました。ヴァーノン・グリフィスです」

おや。「被害者は？」

「アリシア・モーガン、四十一歳。容疑者との関係はわかりませんが、知り合いであることは確かなようです」

「被害者はまだ現場に？ それとも病院？」

「聞いているかぎりでは、まだ現場にいます。事件は発生したばかりです」

「容疑者は？」

「逃走しました」

「番地を教えて」

「西三十九丁目四三二番地」

「現場に到着してるパトロールに、いまから向かうと伝えてください。被害者から事情を聴きたいの。わたしが行く前に病院に搬送する場合は、病院名を知らせてと」

「了解しました」

サックスは新たな展開があったことをライムに伝え、車に飛び乗った。十五分後、サックスとハウマン率いる戦術チームは八番街と三十九丁目の交差点近くにある五階建てのアパートの前に車を駐めた。

グリフィスが周辺にいる可能性は低いだろうが、精神が破綻しているとまではいかなくても、不安定になっていることは確かかと思われた。アリシア・モーガンを襲撃したあとも現場近くにとどまっているおそれはないとは言い切れない。ハウマンのチームが同行しているのはそれを考えてのことだった。

ストレッチャーに四十代はじめの華奢な体つきをした女性が横たわり、救急隊員二名、刑事一名に制服警官一名がそれを囲んでいた。絆創膏が貼られた女性の顔は血だらけだ。泣いていたせいで目が赤い。悲しみと狼狽が入り交じっているとしか言いようのない表情を浮かべていた。

「アリシア・モーガン？」サックスは尋ねた。

被害者はうなずいた。その動きで痛みが走ったのか、顔をしかめた。

「サックス刑事です。ご気分はいかがですか」

アリシアはサックスをぼんやりと見つめ返した。「えっと……？」

サックスは市警のバッジを見せた。「ご気分はいかがですか」

アリシアがささやくような声で答えた。「痛い。とても痛いの。ふらふらします」

サックスは救急隊員の一人にちらりと目を向けた。体格のいいアフリカ系アメリカ人だった。「こぶしで殴ったようです。少なくとも一度。かなりの力で。骨にひびが入っているかもしれません。あとは脳震盪《のうしんとう》ですね。X線検査が必要です。そろそろ病院に搬送しますよ」

救急車に向かうストレッチャーについて歩きながら、サックスは女性に尋ねた。「ヴァーノンとはどういった知り合いでしたか」

「何度か出かけたりしました。人を殺したというのは本当ですか」

「ええ、本当です」

アリシアは声を立てずに泣いた。「私も殺されかけました」

「その理由はご存じですか?」

アリシアは首を振ろうとしかけたが、痛いのだろう、びくりとしてやめた。「いきなり来て、一緒に逃げてくれって。ニュースでやっている事件の犯人は自分だと言いました。エスカレーターで亡くなった男の人、ガス爆発で焼死した男の人を殺したのは自分だって! はじめは冗談だろうと思いました。でも、違ったの。本当のことを話していたんです。殺人犯だってわかっても、私は気にしないだろうって思いこんでるみたいだった」アリシアは目を閉じて顔を歪《ゆが》めた。それから慎重に涙を拭った。

サックスは、アリシアの首筋の傷痕に目を留めた。腕の形もわずかながら損なわれている。ひどい骨折をしたかのようだ。過去の傷害事件の名残かもしれない。ドメスティックバイオレンスだろうか。

「ヴァーノンは車を所有していますか。あるいは誰かの車を借りたりしていますか」

ニューヨーク州にグリフィス名義の車両は登録されていない。

「いいえ。だいたいいつもタクシーを使っています」また涙を拭う。

「立ち寄り先に心当たりはありませんか」

アリシアの大きな目がサックスを見つめた。「私にはとてもよくしてくれたのに。すごく優しくて」また涙があふれた。「なのに――」

「アリシア、お気持ちお察しします」サックスは質問を繰り返した。「でも、ご存じのことがあれば教えていただきたいんです。ヴァーノンが行きそうな場所や別宅などはありませんか」

「ロングアイランドに家を持っていました。マナセットだったかしら。でも、売却したと聞いています。ほかに家があるという話は一度も。いまどこにいるか、私には見当もつかない」

ストレッチャーは救急車の後部まで来た。「刑事さん、もういいでしょうか。搬送しますので」

「行き先の病院は？」

「ベルヴュー病院」

サックスは名刺を取り出し、自分の電話番号を丸で囲み、裏にライムの番号と住所を書き添えてアリシアに渡した。「都合のいいときにもう少しお話を聞かせてください」アリシアから話を聞けば、獲物を追うヒントが何かしら手に入るだろうとサックスは確信していた。

「わかりました」蚊の鳴くような声だった。アリシアは大きく息を吸いこんで言い直した。「はい。わかりました」

救急車の扉が閉まった。まもなく救急車は回転灯を忙しく閃かせながら遠ざかった。

サックスはボー・ハウマンのところに戻って、いま聞いた話を伝えた。といっても、ごくわずかな内容だったが。ハウマンのほうは、隊員に周辺の聞き込みをさせたが、グリフィスを目撃したという情報はないと言った。「向こうは十五分早くスタートしたわけだからな。十五分あれば、市内のどこまで行ける？」

「ものすごく遠くまで」サックスはぼそりと答えた。

次にサックスは建物の入口の階段にぽつんと座っている管理人《スーパーインテンデント》から話を聞くことにした。サルは整った容貌をしたイタリア系アメリカ人だ。豊かな黒い髪、たくましい筋肉。髭は生やしていない。集まった記者がカメラをかまえ、犯人を撃退した野球のバットを持ってポーズを取ってくれと頼んでいた。タブロイド紙の写真につくキャプションがいまから目に浮かぶようだった――〈スーパーヒーローならぬ〝ヒーロー・スーパー〟、自慢のバットで暴漢に完勝〉。

50

　アメリア・サックスが、ヴァーノン・グリフィスの自宅で集めた証拠物件を運んできた。アリシア・モーガンの自宅、グリフィスが隣人のボイルを殺害した倉庫の捜索はまだこれからだが、ライムはもっとも大きな収穫が期待できる現場、グリフィスの所在を指し示す証拠が見つかりそうな現場――チェルシーの自宅アパートの検証を先に開始するつもりでいる。

　サックスは分析テーブルの前に立ち、青い手袋をはめると、現場鑑識チームとともに集めてきた証拠物件の整理を始めた。

　ジュリエット・アーチャーはいるが、クーパーの姿はない。ライムは言った。「メルは二時間ほど留守にしている。ＦＢＩからテロ組織の捜査にメルを借りたいと言われてね。先に始めていよう。アリシア・モーガンはその後どうしている？」

「入院はせずにすぐ帰れるという話だった。頬骨にひび。歯が一本ぐらついてる。あとは脳震盪。ひどく怯えてるけど、捜査に協力したいと言ってくれてる」

　ボーイフレンドにハンマーで殴り殺されそうになったのだ。当然のことだろう。

ライムはグリフィスの自宅で集めた証拠物件をひととおり見渡した。これまでの現場のことを思えば宝の山だ。

「まず最初に文書類から見てみようか」ライムは言った。「不動産関連の書類、定期的にどこかへ行っていたことを示す飛行機や列車の切符などはないか」

サックスは、これまでのところそういった書類はいっさい見つかっていないと報告した。「銀行や金融関係の書類は調べておいた。ロングアイランドの家を売却した記録は見つかったけど、新たに不動産を購入した記録はない。銀行やクレジットカード、保険、税金――明細などの郵便物はすべてマンハッタンの私書箱宛てに送られてる。自分の会社を経営してた。ミニチュア家具やドールハウスの家具を販売する会社。どこかに別に事務所や工房を持っているわけではなくて、すべてアパートの部屋で完結してる」

アーチャーが透明なポリ袋に入った紙片に目を留めた。「新たなターゲットかもしれませんね。スカーズデール在住の人物」

スカーズデールは、ニューヨーク市の北に位置する高級住宅街だ。データワイズ5000スマートコントローラー内蔵の高級品と、それを所有する裕福な消費者、すなわちヴァーノン・グリフィスが軽蔑する人々の密集地帯と言えそうだ。

アーチャーが紙片の文字に目を凝らす。「ヘンダーソン・コンフォートゾーン・デラックス温水器」

ライムはデータワイズ5000内蔵製品のリストと照合した。あった。その温水器も載っている。

「狙われているのは誰？」

「このメモからはわからない。住所だけだ。身元が割れているわけだから、グリフィスがまた事件を起こすとは考えにくい。一方で、精神的にかなり追い詰められた状態にある。何をするか予想がつかないぞ」ライムは、ウェストチェスター郡警察に連絡して、該当の家の監視を依頼するよう指示した。

「誰が住んでいるのか調べてくれ、サックス」

サックスは公文書や陸運局のデータを探した。まもなく答えがわかった。ウィリアム・メイヤー。ヘッジファンド・マネージャーをしている人物で、州知事と親しく、政界進出を狙っているとほのめかす記事もいくつか見つかった。

アーチャーが言った。「温水器。グリフィスはどんな細工をするつもりなんでしょう？　温度を上げて、シャワー中に熱湯を浴びせて殺す？　トッド・ウィリアムズのブログにそんなようなことが書いてありましたね。もしかしたら、バルブを閉じて圧力を上げて、誰かが様子を見に下りたところで爆発させるとか。沸騰寸前の熱湯が何十リットルも飛び散ったら——考えたくもない」

アーチャーは車椅子をテーブルに近づけると、ポリ袋入りのミニチュアを一つずつ見ていった。家具、ベビーカー、時計、ヴィクトリア朝風の家。どれもみごとな出来映えだ。

ライムもミニチュアを観察した。「すばらしい才能だな。過去に講座などに参加したことがないか、調べてみようか」

サックスも同じことを考えていたらしい。「市警本部に頼んで、グリフィスの経歴を詳しく調べてもらってる。もしかしたら、グリフィスが通ってたワークショップか何かがわかるかも。最近、通った学校とか」サックスはふと眉をひそめた。小さなおもちゃを持ち上げる。「これ、どこかで見た気がする。何かしらね」

ライムもその玩具に目を凝らした。「弾薬車《ケーソン》かな。砲兵隊が大砲と一緒に引く二輪の台車だ。弾薬を載せる。軍歌にあるだろう――〝ケーソンは進んで行く〟」

サックスはケーソンをつぶさに観察している。ライムは何も言わずに待った。サックスの思考の流れを邪魔したくない。アーチャーも質問を控えて見守っていた。

ケーソンを見つめたまま、サックスがようやく口を開いた。「別の事件に関連してる。この二カ月くらいのあいだに発生した事件よ」

「だが、未詳40号とは無関係の事件か」

「そう」サックスは浮かびかけた考えを捕まえかけているような表情をしたが、逃げられたらしい。苛立ったように息をついた。「私が担当した事件かもしれないし、重大犯罪捜査課のほかの誰かが担当で、私は資料を見ただけかもしれない。確認してみる」手袋をはめた手で繊細な作品をポリ袋からそっと引き出し、検査シートの上に置いた。携帯電話で写真を撮ってメールで送信する。「クイーンズの本部の誰かに、過去数カ月分の証拠物件の記録を当たってもらう。何か出てくるかもしれないわ。ホワイト・キャッスルのナプキンを紛失したような失態がないことを祈りましょう」

サックスは玩具をポリ袋に戻した。「ここは二人にまかせるわね。私はアリシアの家の捜索に行く。その次にボイルが殺害された倉庫。グリッド捜索をする」そう言うが早いか、サックスは飛び出していった。次の瞬間にはフォード・トリノの野太いエンジン音が聞こえ、セントラルパーク・ウェストを遠ざかった。その音が居間の大きな窓ガラスを震わせたように思ったのは、気のせいだろうか。窓台の巣にいたハヤブサが首をもたげた。大きな音がひなたちを怯えさせたことに怒っているようだった。

ライムはいくつも並んだミニチュアをもう一度見た。これほどの才能に恵まれた人物、これほど美しいものを生み出せる人物、これほどの技能を持つ人物が、いったい何をきっかけに人を殺すようになったのか。

アーチャーもライムのすぐ隣に来て、ヴァーノン・グリフィスの作品を見ていた。

「すごい手間ですよね。細心の注意が必要な作業だわ」しばし二人は無言になった。アーチャーはあいかわらず作品を見ている。やがて小さな椅子にじっと視線を注ぎながら、ぼんやりとした口調でアーチャーが言った。「私も以前は編み物をしていました」

ライムはどう答えていいか迷った。一拍おいて答えた。「セーターとか、そういうものを作っていたのかね」

「ええ、そういうものも作りましたけど、もう少しアート寄りのものかしら。壁掛けとか。タペストリーのような」

ライムはグリフィスのアパートを写した写真に目をやった。「風景とか」

「いいえ、抽象画のイメージです」

アーチャーの表情筋がふっとゆるむのがわかった。切なげな、悲しげな表情。ライムはいまかけるべき言葉を懸命に探した。結局口にしたのは、こうだった。「写真はどうだろう。いまは何でもデジタルだ。ボタンを押すだけでいい。音声認識でも操作できる。世間の若者の半数は、朝から晩まで座りっぱなしで過ごすそうだ。私たちと同じようにね」

「写真。それもアイデアですね。いいかもしれません」

一瞬ののち、ライムは言った。「だが、きみはおそらくやらない」

「ええ」アーチャーは微笑んだ。「お酒が飲めないからといって、じゃあ偽物のワインやビールを飲もうと思わないのと同じです。お酒がだめなら、紅茶やクランベリージュースを飲みます。百か、ゼロか。ただし、手に入るなかで最高の紅茶やクランベリージュースを選びますけど」少し間があったあと、アーチャーは聞いた。「もどかしくなることはありませんか」

ライムは笑った。いかにも〝わかりきったことを聞くな〟と言いたげな、低いうなりにも似た笑い声だった。

アーチャーが続けた。「その感覚は……たとえばこんなことでしょうか。動かすことができないから、身体がストレスをためこんでいって、やがてそのストレスが精神にまでにじみ出てくる」

「そのとおりの感覚だね」

「そういうときはどうするの？」

「忙しくする。頭を使い続ける」ライムはアーチャーのほうに首をかしげた。「なぞなぞ。なぞなぞを解き続ければいい」

アーチャーは深く息を吸いこんだ。悲しげな顔だった。次の瞬間、深い恐怖がその顔に浮かんだ。「うまくやっていけるかどうか、自信がないんです。まったく自信がないの、リンカーン」喉から絞り出すような声だった。

泣き出すだろうかとライムは思った。泣きたくても泣けないたちと見える。しかし、アーチャーはいま過酷な未来に直面していた。心があらぬ方角へと暴走を始めたとしてもおかしくない。ライムはここまで何年もかけて、どんな局面でも心を支えられる強靭さを築いてきた。

新参者……

ライムは車椅子の向きを変えてアーチャーと正対した。「やれるさ。きみには無理だと思うなら、正直にそう言っているよ。私がどういう人間か、きみもすでにわかっているね。私は口当たりのよいことは言わない。私は嘘をつかない。きみならうまく対処できるさ」

アーチャーは目を閉じ、一度だけ大きく息を吸いこんだ。それから目を開いてライムを見た。美しい瞳が、それよりずっと濃い色をしたライムの目の奥をまっすぐにのぞきこむ。「その言葉を信じます」

「そうでなくては困る。きみは私の弟子なんだから。忘れたか？　私が口にすることはすべて黄金のように貴重なんだ。さあ、仕事に戻るとしよう」

対話の瞬間は過ぎ、二人はサックスがグリフィスのアパートで集めてきた証拠物件を分類する作業を始めた。毛髪、歯ブラシ（DNA採取用）、膨大な量の手書きのメモ類、書籍、衣類、セキュアネットワークの技術仕様や不正侵入についてのプリントアウト。水槽の金魚の写真まであった（サックスは水槽の底の砂をひっくり返し、証拠物件が埋まっていないか確認した。よくある隠し場所だが、何もなかった）。ミニチュア製作と販売に関するものも大量にあった。木や金属などの材料、小さな蝶番《ちょうつがい》、車輪、塗料、ニス、陶器。それに無数の工具。ホームデポやクラフト4エヴリワンの陳列棚に並んでいるのだったら、無害なものばかりだ。しかしここでは、同じ刃物やハンマーが邪悪な光を放っていた。

スティール・キス……

文書や記録にはグリフィスの所在を知る手がかりになるものは見つからなかった。ライムとアーチャーは微細証拠に全神経を集中した。

しかし三十分ほど〝塵をかき分ける仕事〟――アーチャーは、エドモン・ロカールに敬意を表し、茶目っ気たっぷりにそう呼んだ――を続けたあと、アーチャーは封筒や袋やスライドの前から離れ、グリフィスの声明が書きこまれたノートを見つめた。それから窓の外をぼんやりと眺めた。しばらくして、ライムに向き直った。「完全には信じられないという気がします、リンカーン」

「何を？」

「グリフィスの動機です。消費主義に反対していますよね。でも、グリフィスだって消費者です。仕事のためにここに並んだ工具や材料を買わなくてはならない。食べ物だって買うでしょう。足が並外れて大きいから、靴は特注です。自分だって、何かを買うことから利益を得ています。それに、ものを販売して生計を立てている。それも消費主義ですよね」車椅子をくるりと回してライムと向き合った。美しい瞳がきらめいている。

「一つ実験をしてみませんか」

ライムは証拠物件の入った袋を見やった。

「いえ、物理的な実験ではなく、理論上の実験です。この事件にはまったく物的証拠がないと仮定しましょう。ロカールの原則の例外です。物的証拠が一つもない事件。たとえばどんな事件？　月面で起きた殺人事件とか。地球にいる私たちには、証拠を分析する手段がない。でも、被害者が月面で殺害されたのは事実です。容疑者もいる。でもそれだけ。微細証拠や物的証拠は何一つない。どうしたらいいでしょう？　唯一のアプローチは、こう聞くことです。犯人はなぜ被害者を殺したのか」

ライムは口もとをゆるめた。アーチャーが設定した条件は現実離れしている。考えるだけ時間の無駄だ。ただ、彼女の熱意に釣りこまれた。「聞こうじゃないか」

「これが伝染病の調査だとします。未知の病原体が特定の人々の命を奪っているのに、まったく健康に影響がない人もいる。その場合、私たちはこう聞くはずです。なぜ？ 亡くなった人はみな同じ国に渡航していて、そこで感染したのか。身体的な条件の違いで、発症する人としない人がいるのか。特定の行為をしたことによって、病原体にさらされたのか。ヴァーノンの被害者を見てみましょう。裕福な消費者だから、高価なガスコンロや電子レンジを購入したから狙われたという仮説には違和感が残ります。それ以外に被害者に共通している要素は何？ ヴァーノン・グリフィスが彼らを殺した理由がわかれば、彼らを知っていた理由がわかり、どこで知ったかもわかる……そして、いまどこにいるかもわかるかもしれない。どうでしょう、実験してみませんか」

ライムのなかの犯罪学者は抵抗していた。しかし論理学者は興味深げに身を乗り出している。ライムは言った。「いいだろう。やってみよう」

51

ジュリエット・アーチャーが言った。「グリフィスの被害者は、どのような人物でしょう。アメリアのお母さんと、グリフィスが乗っ取った自動車を運転していた人たちは除外します。ドライバーは、グリフィスが逃げるために利用されただけだから。本来のターゲットに限定します。グレッグ・フロマー、エイブ・ベンコフ、ジョー・ヘッディ。もう一人、スカーズデールの被害者候補、ヘッジファンド・マネージャーのウィリアム・メイヤーも」

「で、彼らはどんな人物？」ライムは実験に協力するにやぶさかではなかったが、悪魔の代弁者としてシチューに毒をひとさじ加えずにはいられなかった。

「そうですね……」アーチャーは証拠物件一覧表を一度に見渡せる特等席に移動した。「フロマーはブルックリン在住の販売員で、ホームレスのシェルター施設などで慈善活動をしていた。ベンコフはニューヨーク市内の広告代理店で営業部門の役員を務めていた。ヘッディはブロードウェイの劇場の大道具係。メイヤーは金融関係です。互いを知っていた形跡はない。住所もばらばら」アーチャーは首を振った。「共通点はありません」

「まだまだ足りないな」ライムは低い声で言った。「もっと深く掘らなくては」

「深く掘るとは？」

「きみは表面を見ているね。いまきみが挙げた人々を微細証拠物件だと思って……いやいや」ライムはアーチャーが顔をしかめたのを見て、たしなめるように言った。「今度はきみがわたしにつきあう番だよ。彼らは人間ではなく、微細証拠だと仮定しよう。表面を見ると、一つは灰色の金属、一つは茶色の木、一つは布の繊維、一つは植物の葉のかけらだ。共通点は何だ？」

アーチャーはしばらく考えてから答えた。「共通点はありません」

「そのとおりだ。しかし、これが証拠物件なら、その結論に満足せず、もっと深く調べようとするはずだ。金属の種類は何か、木の種類は、繊維の種類は、植物の種類は。どこから来たのか、どんな関係があるのか。いま挙げた四つがつながると——こいつは驚いた！　ジャカランダの木陰に置かれたクッションつきのローンチェアだ。無関係と見えたものが、実は同じだったとわかるわけだ。

きみは被害者を分析したいと言ったね、アーチャー。いい着眼点だ。しかし、それには同じアプローチを取らなくてはならない。ディテールだよ！　被害者のディテールは？　きみはいま、死亡時の職業を挙げたね。では、過去にはどんな仕事をしていた？アメリアが集めてきた生《なま》のデータを確認してみろ。そこにある一覧表は要約にすぎない。住居、仕事、重要と思われる事実が箇条書きにされているだけだ」

アーチャーはサックスが書いたメモをディスプレイに呼び出して目を通した。

その横でライムは言った。「グレッグ・フロマーに関してわかっていることは一つある。以前はニュージャージー州のパターソン・システムズでマーケティング部長を務めていた」

「何の会社でしょう」

ライムは弁護士から聞いた話を記憶の底から引っ張り出した。「フュールインジェクター製造。最大手の一つ」

アーチャーが言った。「わかりました。それも考えに入れます。エイブ・ベンコフは？」

「アメリアはたしか——広告と言っていたな。クライアントは食品会社や航空会社。それくらいしか思い出せない」

アーチャーはサックスとプラスキーのメモを見つけて読み上げた。「年齢は五十八歳、広告会社の役員。かなり上級の役員だそうです。クライアントは、ユニヴァーサル・フーズ、USオート、ノースイースト航空、アグラゲート・コンピューター。ニューヨーク市在住。生まれたときからずっと住んでいる。マンハッタンです」

ライムは言った。「大道具係のヘッディは？」

アーチャーが読み上げる。「ミシガン州出身、デトロイトで組立工をしていました。それを退職して、子供や孫がいる東部に引っ越してきた。隠居生活が退屈で、労働組合に入って劇場の仕事についた」ディスプレイから顔を上げる。「メイヤーはヘッジファンド・マネージャーです。職場はコネティカット州。住所はスカーズデール。裕福。クライアントの情報はありません」

ライムは言った。「妻は？」

「え？」

「メイヤー本人がターゲットとは限らないだろう。結婚しているのか」

アーチャーは舌打ちをした。「たしかに。性差別主義はいけませんよね」文字を入力する。「ヴァレリー・メイヤー。ウォール街の法廷弁護士です」

「クライアントは？」

またタイプする。「名前まではわかりませんが、保険会社の代理人を務めているようですね」

ライムはディスプレイを凝視した。やがて笑みを浮かべた。「ヴァレリーについてはもう少しリサーチが要るな。とくにクライアントについて。しかしそれ以外の三人には共通点がある」

アーチャーは一覧表とメモを見比べた。「車」

「そう、それだよ！　ベンコフのクライアントはＵＳオート。ヘッディは組立工だったことしかわからないが、デトロイトといえば自動車の街だ。おそらくＵＳオートの工場で働いていたんだろう。ＵＳオートではパターソンのフューエルインジェクターを使っているのか？」

音声コマンドを使ってアーチャーが検索をかけた。グーグルがコマンドを忠実に実行して検索結果を表示した。パターソン・システムズはＵＳオートの最大のサプライヤーだった……ただし、いまから五年ほど前までのことだ。

ライムはささやくような声で言った。「グレッグ・フロマーが会社を辞めた時期と一致するな」

アーチャーが言った。「ヴァレリー・メイヤーは?」

ライムは顔のそばに来るようセットされたマイクに向かってコマンドを発した。「エヴァーズ・ホイットモアに電話」

電話機が即座に反応した。呼び出し音が二つ聞こえたあと、受付係が応答した。「エヴァーズ・ホイットモアをお願いしたい。至急。緊急の用件だ」

「ミスター・ホイットモアは――」

「リンカーン・ライムから電話だと伝えてくれ」

「いえ、それが――」

「リンカーンがファーストネーム。ライムがラストネームだ。急いでくれ、緊急の用件だ」

短い間があった。「お待ちください」

まもなくホイットモアの声が聞こえた。「ミスター・ライム。お元気ですか? 捜査は――?」

「時間がない。先日、ある訴訟の話をしていたね。不法死亡訴訟だ。自動車メーカーが被告だった。人命に関わる欠陥を修理するコストより、損害賠償金のほうが安くすむという社内メモが見つかったという訴訟だ。あれはUSオートだったか。記憶があやふやだ」

「ええ、おっしゃるとおりです。USオートですよ」

「ヴァレリー・メイヤー。ニューヨークの法廷弁護士。彼女はUSオートの弁護士だったかね」

「いいえ」

違ったか。いい推理だと思ったのだが。

しかしホイットモアが言った。「USオートが加入していた損害賠償訴訟保険を引き受けていた保険会社の代理人でした」

「パターソン・システムズもその訴訟に関わっていた――?」

「パターソン? ミスター・フロマーが勤務していた会社のことですか。さあ、私は知りません。少しお待ちください」

しばらく沈黙が続いた。やがてホイットモアが電話口に戻ってきた。「ええ、最大の被告はUSオートですが、パターソンも被告でした。USオートとパターソンはいずれも燃料系統に欠陥があることを知りながら、インジェクターやエンジンとの接続部品をより安全なものに交換するのを怠ったというのが原告側の主張でした」

「ミスター・ホイットモア、エヴァーズ、その訴訟に関する資料をすべて送ってもらえないだろうか」

一瞬の間があった。「それにはいくつか問題がありそうですよ、ミスター・ライム。

まず、私が直接担当した訴訟ではありませんので、原資料が手もとにない。それに、置き場所の問題もあります。すべて目を通す時間もないでしょう。その欠陥をめぐって提起された訴訟の数は数百に上りますし、そのいずれもが数年がかりで審理されました。文書は、ざっと見積もっても一千万ページくらいありそうです。いえ、もっとあるかもしれません。しかしなぜその訴訟に――」

「犯人が――データワイズのスマートコントローラーを凶器に悪用している犯人は、USオートの関係者を狙っているのではないかと思う」

「それはまた――ああ、なるほど。犯人はフューエルインジェクターの欠陥が原因で起きた事故で負傷したのではないかという推理ですね」

「犯人はおそらくいまも逃走中だ。私としては、その訴訟の資料のなかに犯人の所在を突き止める手がかりがあるのではと期待したのだが」

「そういうことであれば、こうしましょう、ミスター・ライム。法律誌から関連する記事を選んでうちのパラリーガルに送らせます。ほかに訴答手続や開示手続で提出された公開の文書も可能なかぎり集めましょう。新聞や雑誌の記事なども当たってみることをお勧めしますよ。この訴訟は、当然のことながら、ニュースでもさかんに取り上げられていましたから」

「できるだけ早く送ってもらえるとありがたいな」

「すぐに取りかかりますよ、ミスター・ライム」

52

ライムとアーチャーは二人ともネットに接続して、USオート訴訟に関連するデータを大急ぎで頭に叩きこんでいた。

ホイットモアが話していたとおりだった。グーグルで検索すると、千二百万件を超えるページがヒットした。

三十分後、ホイットモアからメールが届き始めた。ニュース記事にも目を通しつつ、訴答書面とそれ以外の文書を手分けして読むことにした。ホイットモアから聞いていたとおり、燃料系の欠陥が原因で発生した火災で負傷した被害者や遺族など、原告は膨大な数に上る。加えて、USオートと取引のあった製造会社や部品メーカーから、派生的に生じた損害についての賠償訴訟が百件ほど提起されていた。読むのがつらい文書も少なからずあった。人生が一変してしまった被害者についての記述だ。大衆メディアは悲劇をセンセーショナルに書き立てた。法廷文書は、その冷静沈着な書きぶりがかえって悲惨さを際立たせている。ライムは、燃料ホースが破れて発生した火災や衝突事故がもたらしたおぞましい苦しみを語る証言を読み、真っ黒に焼け焦げた遺体や無残につぶれた遺体の写真を見た。負傷した原告の写真も数十枚見た。病院で撮影された火傷や裂傷の写真もあれば、苦しみや悲しみを押し隠しながら法廷に出入りする姿を写したものもあった。ライムはすべてに丹念に目を通した。ヴァーノン・グリフィスは事故の被害者だったり被害者の家族であったりするかもしれないと考え、本人の名前やそれに似た名前がどこかにないかと検索した。

「グリフィスに言及したものはあったか」アーチャーに尋ねた。「私の分にはまだ出てこないが」

「ありません」アーチャーが言った。「でも、十万ページのうち、ようやく五十ページ読んだところです」

「グリフィスの名前でグローバル検索をかけてみたが、引っかからない」

アーチャーが言った。「いま開いている文書内はそれで探せますけど、開いていない分はどうやったら検索できるのかしら」

「ロドニーならソフトウェアを持っていそうだな」ライムは言った。しかしサーネックに電話で問い合わせようとしたところで、玄関の呼び鈴が鳴った。ライムはモニターを確かめた。皺だらけの地味な茶色のジャケットとジーンズという服装の女性が玄関前に立っている。顔に大きな絆創膏を貼っていた。

「はい」ライムは言った。

「こちらはミスター・リンカーン・ライムのお宅でしょうか。ニューヨーク市警の」

ライムは玄関に表札を出していない。敵に楽をさせてやることはないからだ。ライムは〝ニューヨーク市警の〟という女性の誤りをあえて正さなかった。「あなたは？」

「アリシア・モーガンです。警察の方、アメリア・サックス刑事から、こちらに来て事情聴取を受けるようにと言われました。ヴァーノン・グリフィスの件で」

ああ、ちょうどよかった。「どうぞ」

ライムは音声コマンドで玄関のロックを外した。まもなく足音が近づいてくるのが聞こえたが、廊下の途中で止まった。

「あの、すみません？」

「こっちだ。左側の部屋です」

アリシア・モーガンは居間に入ってくるなり、目を見開いた。複雑な車椅子に乗った人物が二人いる上に……大学の研究ラボに負けないくらいたくさんの科学捜査機器が並んでいることに驚いたのだろう。小柄な女性だった。魅力的な顔立ち、ブロンドのショートヘア。頰の青痣《あざ》は分厚い絆創膏から少しはみ出しているが、サングラスがそれを目立たなくしていた。アリシアがサングラスをはずす。ライムは痛々しいその顔に目を注いだ。

「リンカーン・ライムです。こちらはジュリエット・アーチャー」

「よろしく」

アーチャーが言った。「来てくださってありがとうございます」

ライムはパソコンのディスプレイに向き直った。USオートとフュールインジェクターのメーカーに対する訴訟に関する記事がいくつか表示されている。ライムは少し先までスクロールした。

「お怪我の具合は？」アーチャーはアリシアの傷を目でさっと確かめて聞いた。

「大したことはありません」アリシアは車椅子の二人をじっと見つめていた。「頬骨にひびが入ってるそうです。あとは脳震盪」

ライムはディスプレイに表示された文書のスクロールを止め、アリシアに向き直った。

「ヴァーノンとはデートをする間柄だったのかね」

アリシアはバッグを床に置いて籐椅子に腰を下ろした。痛みが走ったか、びくりとした。まだ衝撃から立ち直れていないといった表情だった。「ええ。あれをデートと呼べるなら。知り合ったのは一月《ひとつき》くらい前です。一緒にいて楽な相手でした。ほとんどしゃべらないし、ときどきちょっと態度がおかしくなることはありました。でも、とても優しくしてくれました。自分とつきあってくれる相手なんか現れないだろうと思っていたみたい。見た目がちょっと人と違いますから。でも、まさか危険な人だったなんて」アリシアは目を見開き、ささやくような声で続けた。「連続殺人事件を起こすなんて。サックス刑事から、あの人が何をしたか聞きました。信じられませんでした。だって、ミニチュア作りにあんなに才能があるのに。だから……」アリシアは肩をすくめた。それからライムに顔をしかめる。ポケットから錠剤の瓶を取り出し、二錠振り出した。また尋ねた。「あの……?」ぎこちない間があった。「助手の方か誰かいらっしゃいますか。お水をいただきたいんですけど」

ライムが答える前に、アーチャーが言った。「介護士なら外出中です。でも、そこのミネラルウォーターをどうぞ。まだ開けていませんから」そう言って近くの棚に顎をしゃくった。

「ありがとう」アリシアは立ち上がり、鎮痛剤らしき錠剤をのんだ。籐椅子のそばに戻ってきたものの座らず、バッグを取って薬の瓶をそこに入れた。

「アパートで何が起きたか話してもらえるかな」ライムは言った。「今日の午後、あなたのアパートで」

「彼が突然来ました。一緒に逃げてほしいと言って、自分のしたことを話しました」ささやき声で困惑したように続けた。「私なら理解できると思ったみたい。私なら力を貸すと思っていたんです」

ライムは言った。「たまたま近くに人がいて幸運だった。アパートの管理人だったかな。アメリアからたしかそう聞いた」

表向きは冷静そのものだが、リンカーン・ライムの頭はフル回転を続けていた。このあとの数分間に起きることを予想し、どうすれば自分とアーチャーが生き延びられるかを必死で考えていた。

いまライムが微笑みかけている相手、アリシア・モーガンの写真を、たったいま見たからだ――USオート訴訟を報じる記事の一つで。さっき該当箇所を探し、スクロールをそこで止めたページ。そこにその写真が載っていた。ライムはすばやく盗み見た。写真には、ロングアイランドの裁判所から出てくる黒いワンピースを着た女が写っている。玄関前に立っている姿をモニターで確認したときは気づかなかった。もし気づいていたら、招き入れなかっただろう。水がほしいが、誰かに頼めるかとアリシアから聞かれたとき、ライムは自分の介護士が警察官と一緒に奥の部屋にいると答えようとしたが、その計略はアーチャーにあっけなく打ち砕かれてしまった。

アリシア・モーガンはUSオートとパターソン・システムズを相手取り、夫の死と自らの人身傷害に対する損害賠償を求めて訴訟を起こした。夫が運転していた車の燃料系統から出火したことが原因で発生した事故によって夫は死亡し、アリシアも火傷と深い裂傷を負っていた。いま着ているハイネックのブラウスの首もとにその傷が見えている。

一連の事件のからくりがライムには見えた。アリシアはヴァーノン・グリフィスを雇い、欠陥車の製造、宣伝、販売に関係した人物と、彼らを法廷で守った弁護士ヴァレリー・メイヤーの殺害を依頼したのだ。もしかしたら、金で雇うのではなく、グリフィスを誘惑したのかもしれない。犯行現場を検証したサックスによれば、複数回の性交渉の痕跡が残っていたという。グリフィスとアリシアは、ライムの捜査チームがグリフィスの身元を特定したことに驚き、ゲーム終盤の戦略を変更した。急遽、アパートの管理人という目撃証人の前で〝傷害事件〟を演出した。

その目的は何か。

一つはアリシアから疑いの目をそらすことだろう。

では、なぜいまアリシアはここに来ているのか。

そうか。アリシアはまったく別の計画を持っているのだ。自分の関与を裏づける物的証拠を盗み、ライムと、ほかに居合わせた者がいればその人物も殺害し、現場を偽装して、ヴァーノン・グリフィスの仕業と見せかける。そのあとグリフィスと会い、彼も殺す。

そして、自動車メーカーに対する復讐を果たしたアリシア・モーガンは、達成感に酔いしれながら帰宅の途につく。

あのバッグには銃が入っているのだろう。しかし、被害者になる予定の二人がいずれも体が不自由である事実を知ったいまは、予定を変更して、グリフィスの工具を使おうとするのではないか。彼に罪を押しつけるにはそのほうが都合がいい。

メル・クーパーがタウンハウスに戻ってくるのはおそらく数時間後だ。アメリア・サックスも同じだろう。トムが外出から帰るまであと二時間ほどある。アリシアには、人を殺す時間がたっぷりある。

それでも、ただ殺されるわけにはいかない。ライムは時計を見上げた。「アメリア――サックス刑事がそろそろ帰ってくる。事情聴取は私より彼女のほうがはるかに巧みでね」

アリシアはほとんど反応を示さなかった。ああ、そうか。サックスと連絡を取り合ったばかりなのだろう。サックスがまだ何時間も帰らないことを知っているのだ。

ライムはアリシアの肩越しに、その向こうにいるジュリエット・アーチャーを見やった。「疲れた顔をしているな」

「え……私ですか？」

「奥の部屋に行きなさい。少し休むといい」またアリシアに視線を戻した。「ミズ・アーチャーの障害は、私よりずっと深刻なんだ。あまり無理をさせたくない」

アーチャーはかすかにうなずき、指先でタッチパッドを操作した。車椅子が向きを変えた。「じゃあ、お言葉に甘えて」

車椅子が戸口に向けて走り出した。

しかし、アリシアがすっと前に出て行く手に立ちふさがった。車椅子が急ブレーキをかけるようにして止まった。

「何を……待って、何のつもり？」アーチャーが言った。

アリシアは、うるさいハエを見るような目でアーチャーを見やると、襟首をつかんで車椅子から引きずり下ろし、床に投げ出した。アーチャーの頭が板張りの床に激突した。

「よせ！」ライムは叫んだ。

アーチャーが泣き叫ぶように言った。「まっすぐに座っていないと危険なの！　障害があって――」

アリシアは返事をする代わりに、アーチャーの頭を勢いよく蹴った。

床に血だまりが広がっていく。アーチャーは目を閉じたまま動かない。息をしているかどうかさえわからなかった。

アリシアはバッグを開き、青いラテックスの手袋をはめると、つと進み出てライムの車椅子からコントローラーをむしり取った。居間のポケットドアをすべて閉め、鍵をかけた。

それからバッグの底のほうからレーザーナイフを取り出した。もちろん、ヴァーノン・グリフィスのものだろう。プラスチックのチューブに入っていた。アリシアはキャップを開けてなかの工具を振り出した。そして、その鋭い刃をライムに向けると、近づいてきた。

53

「きみの素性はわかっているよ、アリシア。グリフィスが殺害した被害者はUSオート訴訟の関係者であることを私たちは突き止めた。訴訟を報じた記事にきみの写真を見つけた」

これを聞いてアリシアの目に迷いが浮かんだ。立ち止まり、首をかしげた。いまライムが言ったことを吟味している。

ライムは続けた。「きみのアパートで傷害事件が起きたと聞いて、すぐにぴんときた。グリフィスときみの偽装に違いないとね。言い争う声を聞いた管理人が駆けつけてきみを救ってくれるよう、タイミングを見計らったんだろう。さっき、玄関に来ているのがきみだとわかった瞬間、私はこういうときのために用意したプログラムを起動した。緊急時用のスピードダイヤルだ」

アリシアはライムの背後のパソコンに目をやった。キーボードを叩いて電話の発信履歴を呼び出す。この十分間の通話は一件もない。もっとも新しい発信先は、九一一でもニューヨーク市警通信指令本部でもなかった。ホイットモアの法律事務所だ。アリシアはその番号にリダイヤルした。スピーカーからビジネスライクな受付係の声が聞こえた。

「法律事務所です」アリシアは何も言わずに電話を切った。

張り詰めていた表情をゆるめたのがわかった。ライムがアリシアと事件の関係に気づいたのはほんの数分前で、そのことはライム以外の誰も知らないらしいと安心したのだろう。アリシアは室内に視線をめぐらせた。美しい年齢の重ねかたをしているなとライムは思った。淡い色をした目、そばかす。皺はほとんどない。灰色交じりのブロンドの髪は艶やかで豊かだ。傷痕が目立つとはいえ、彼女の魅力をそこなってはいない。グリフィスはおそらくこの女の言いなりだろう。

「ヴァーノンのアパートで集めた証拠はどこ？」

USオート訴訟関連の記事など、真の動機を暴く証拠、最終的にアリシアに結びつく証拠があったのではと恐れている。

「話せば、私たちを殺すんだろうに」

額に皺が寄った。「当然でしょう。でも、ほかの人たちは生かしておくと約束するわ。たとえばお友達のアメリア――ヴァーノンは彼女に夢中みたいね。ちょっと焼き餅を焼きそうになったくらいよ。アメリアには手を出さない。アメリアのお母さんにも。あなたのチームのほかの人たちにもね。でも、あなたは殺すわ。当然よね。あなたと、その人も」

「しかし、きみの望みを叶えるのはいささか難しい。証拠の一部はクイーンズにある。クイーンズの鑑識本部だ。それに――」

「このタウンハウスごと燃やしてもいいのよ。ただ、よけいな注目を集めてしまうし、燃えずに残るものだってあるかもしれない。どこにあるのか言って」

ライムは答えなかった。

アリシアは居間を見回した。ファイルキャビネット、文書の詰まった箱、ポリ袋、書棚、科学捜査機器。キャビネットの一つに歩み寄り、抽斗を一つ開けてなかをのぞく。その抽斗を閉める。また別の抽斗を開ける。次に大きな検査テーブルの上の箱をじっと見つめ、証拠物件が入ったポリ袋や紙袋をめくった。それから、検死局の遺体袋に似た深緑色のごみ袋を広げると、ノートや切り抜きをそこに放りこんだ。

自分やUSオートの訴訟に関係していそうな証拠をごみ袋に集めたあと、バッグから紙袋を出して、なかに入っていたものをあちこちに置いた。ライムが予想したとおり、毛髪だ。グリフィスのものだろう。紙片も出てきた。グリフィスの指紋が付着したものだろう。それから——これについては用意周到と感心するしかない——グリフィスの靴の片方を取り出した。置いて帰るわけではなかった。ライムの車椅子周辺の床に靴の跡をいくつかつけただけだ。

ライムは言った。「きみやご主人に起きたことは気の毒に思う。しかし、こんなことをしても、事故がなかったことになるわけではない」

するとアリシアはぴしゃりと言った。「費用便益分析。私にはね、〝誰を犠牲にするのが安上がりか〟分析だとしか思えないの」靴を床に押しつけようとして前かがみになった拍子にブラウスの襟ぐりが大きく開き、革のように固く変色した胸の傷がライムにも見えた。

「きみは訴訟に勝った。記事にはそう書いてある」

ライムは、冷静な科学者の視点から、アリシアがごみ袋に放りこんだ証拠袋のいくつかの口が開いてしまっていることに目を留めた。死に直面していてもなお、ライムは証拠物件が汚染されたことに怒りを覚えた。

「勝ってなんかいない。和解したのよ。費用便益分析の社内メモが明るみに出る前に。

夫は……マイケルは、事故の前にお酒を飲んでいた。それとフュールインジェクターのホースが破損したこととは関係がないわよね。でも裁判になれば、飲酒の事実は私たちに不利に働く。それに、夫が私の傷を増やした証拠もあった。夫は死ぬ前に、燃える車から私を引きずり出したのよ。そのとき腕が折れたの。弁護士から、彼らはその事実を突いてくるだろうし……飲酒の件も指摘するだろうと言われた。陪審は賠償を認めないかもしれないって。だから和解に応じた。

だけどね、そもそもお金の問題じゃないのよ。私の夫を殺し、私に一生消えない傷を負わせた二つの会社は、最後まで法の裁きを受けなかった。誰も起訴されなかった。原告に多額の損害賠償を支払うことにはなったけれど、役員たちはその夜、家族の待つ家にふだんどおり帰った。私の夫は帰らなかった。ほかの夫たち、妻たち、子供たちも」

「グレッグ・フロマーは辞職して慈善活動に励んだ」ライムは言った。「フュールインジェクターの欠陥が招いた悲劇に罪の意識を感じていた」

その言葉はライムの唇からむなしくこぼれ落ち、アリシアは〝だから？〟と言いたげな目でライムを一瞥した。

「民衆の守護者。あれは意味のない戯れ言だ。そうだね？」

アリシアはうなずいた。「ヴァーノンは世界一魅力的な男とはいえない。でも私が望むとおりのことをさせるのは簡単だった。マイケルを殺した人たちに、マイケルやほかの被害者が味わったのと同じ苦しみを味わわせたかった。工業製品のせいで死んでもらいたかった。物欲のせいで。ヴァーノンは賛成してくれた。二人で相談して、政治思想の問題に見せかけることにしたの。USオートの訴訟と結びつかないように。私と結びつかないように」

「〈スティール・キス〉なのはなぜだ？　彼の声明のタイトルの意味は？」

「あれはヴァーノンが考えたの。工具を指してるんだと思うわ。のこぎり、ナイフ、のみ」

「きみはどうやって彼を見つけた？」

「計画は何年も前から練ってたの。一番の難題は、罪をかぶせる相手を見つけることだった。だって私はUSオート訴訟の当事者の一人だもの。自分で手を下すわけにはいかないでしょう。ある晩、マンハッタンに食事に出かけたとき、ヴァーノンが別の男性と喧嘩しているところを見かけたの。ラテン系の男性だった。その人はヴァーノンを嘲《あざけ》るようなことを何か言った。彼が痩せてることについて。ヴァーノンは怒った。逆上した。ヴァーノンはいったんその場から逃げようとした。男性は追いかけた。でもそれはヴァーノンの計略だったの。いきなり振り向いて男性を殺したのよ。ナイフか剃刀を使って。あれほど怒り狂った人を見たのは初めてだった。まるでサメよ。ヴァーノンは白タクに飛び乗って消えてしまった。

自分が見たものが信じられなかった。目の前で人が殺されるなんて。それから何日もそのことが頭を離れなかった。しばらくして気がついた。あの人なら手伝ってくれるんじゃないかって。あの夜、ヴァーノンが食事をしたレストランに聞いてみたわ。名前は知らなかったけど、週に一度くらい来ると教えてくれた。その店に通って、ようやく彼を見つけた」

「そして誘惑した」

「そうよ。その翌朝、ラテン系の男性を殺すところを見たと話した。危険な賭けではあったけど、ヴァーノンはもう私に夢中だったから。私の言うなりになるだろうという自信があったの。あの人を殺した理由はわかると言ってあげたわ。いじめみたいなことをされたからよねって。私もある意味ではひどいいじめに遭ったのよと話した。自動車メーカーが夫を私から奪った。事故のせいで私の体には傷痕が残った。だから復讐してやりたいと話したの」

「データワイズのスマートコントローラーに侵入する方法を教えた人物、ヴァーノンが殺害したブロガーは、スマートコントローラー内蔵製品を購入した顧客のリストもヴァーノンに渡している。きみはそのリストから、USオートの関係者を探した。そうだね？」

アリシアはうなずいた。「USオートとパターソンの関係者を全員殺すことはできない。五人か六人殺せれば充分だと思った。フロマー、ベンコフ、ヘッディ……それにあの蛭《ひる》みたいな弁護士、ヴァレリー・メイヤー」

「で」ライムはさりげない調子で言った。「ヴァーノン・グリフィスをどうやって始末するつもりだね?」

ライムの推理に、アリシアは驚いていないようだった。「まだ決めてない。生きたまま焼くしかないかもしれないわね。罠を仕掛けようとしていて失敗したように見せかけるとか。ガソリンで。あんなに痩せてるのに、ものすごく力が強いのよ」

「とすると、彼の居場所を知っているということだね」

「いいえ。私のアパートを出たあとどこに行くか、まだ決めていないって言ってたわ。どこかの短期滞在型のホテルか何かかしらね。向こうから連絡するって約束したの。だからかならず連絡があるはずよ」

ライムは言った。「きみとご家族に起きたことは悲劇としか言いようがない。しかし、こんなことをして何になる?」

「正義。慰め」

「罪はかならず暴かれるものだ」

「そうは思わないけど」アリシアは腕時計を確かめ、ライムに近づいてレーザーソーを持ち上げた。頸動脈を狙っている。料理人や外科医のように、迷いのない手をしていた。

ライムは刃から目をそらし、顔を上げて言った。「いいね、それがよさそうだ。思い切ってやってくれよ。手加減は無用だ。チャンスは一度しかない」

アリシアはためらった。どういう意味かと眉をひそめている。

しかしライムが話しかけた相手はアリシアではなかった。彼の目はジュリエット・アーチャーを見ていた——ふらつきながら立ち上がってアリシアの背後に近づいてこようとしているアーチャーを。アーチャーの手には、重量のある鉄の台座がついた検査用電気スタンドが握られていた。アーチャーはライムの指示を了解したというあかしに一つうなずき、スタンドを持ち上げると、台座部分をアリシア・モーガンの首の後ろに振り下ろした。

54

救急隊は、女性二人が負った傷はいずれも命に関わるものではないと報告した。ただしアリシア・モーガンのほうがはるかに重傷だ。

アリシアはいま、マンハッタンのセントラル・ブッキングと裁判所の近隣に位置する拘置センターの医療棟に収容されている。

ジュリエット・アーチャーはライムの居間の籐椅子に座っていた。顔に大きな絆創膏を貼っている。ガーゼの下から青黒い痣がはみ出していた。タウンハウスに来たときのアリシアの痣にそっくりだ。救急隊員が芸術的手腕を発揮してアーチャーの顎の傷の手当てをしていたが、ちょうど終わったところだった。

「まだかね」ライムはトムに尋ねた。トムはアリシアが車椅子からむしりとったコントローラーを組み立て直していた。「もう十分もたったぞ」

もどかしくなることはありませんか……

「僕は言いましたよね。メンテナンスの人に来てもらいましょうって」トムはあきれたように答えた。「もう忘れちゃいましたか。でも、メンテナンスを頼んだら、来てくれるのは、そうだな、明日かもしれませんよ」

「私にはもう完成しているように見える。電源を入れてみろ。急いで電話しなくてはならないんだよ」

トムにじろりとにらまれて、ライムは口を閉じた。

三分後、ライムはふだんの機動性を取り戻した。

「かなりいい線を行っているな」居間のなかを試走しながらライムは言った。「いや、左右のコントロールがもう一歩か」

「僕はキッチンにいますから」

「ありがとう！」ライムはトムの背中に向けて言った。

救急隊員が一歩下がってアーチャーの顔を確かめた。「深い傷はありません。めまいは感じますか」

アーチャーは籐椅子から立ち上がり、居間を行ったり来たりした。「少しだけ。でも、ふだんからこんなものと言えば、そうかも」そう答えると、ストーム・アローの車椅子に戻って腰を下ろした。左腕を肘掛けに置き、自分でストラップを巻いて固定した。

救急隊員が言った。「ふむ。見たところ大丈夫そうだ。しっかり動けていますからね。そうとしか言えない」電動車椅子を不思議そうに見ている。混乱するのも無理はない。

アーチャーが実際には四肢麻痺ではないのに、四肢麻痺患者向けの電動車椅子を唯一の移動手段としているのはなぜか、ライムもアーチャーも救急隊員に話さなかった。アーチャーの体はまだ麻痺してはいない。ライムには第一回の講義のあと、トムにはここでの見習い初日に、アーチャーはこう説明した。現時点では体の一部に麻痺があるにすぎない。頸椎の周囲に腫瘍があることは事実だ。ただしその腫瘍が原因ですぐに手足が麻痺するということはない。とはいえ、手術を受けたあと四肢麻痺になる可能性が高いことを考え、いまから慣れておこうと考えた。

トムは言葉どおり介護士役を引き受けたが、それは一定の範囲内での話だった。アーチャーは自宅でもライム宅でも、バスルームを使うときは健常者の世界に戻った。着替えのときもそうだ。ルーン文字のブレスレットは、朝は片方の手首で揺れていたのに、昼過ぎには反対側の手首に移動していたりもした。金属がこすれて皮膚がむずがゆくなると、反対の腕に着け直していたからだ。ブレスレットは息子からのプレゼントだから、肌身離さず着けていたいのだとアーチャーは言った。

アーチャーがそれ以外に〝練習〟を放棄した瞬間が一度だけあった。ついさきほど、ライムと自分の命を救おうと立ち上がったときだ。

救急隊員が手当てを終えて立ち去ると、アーチャーは車椅子を操作してライムに近づいた。

「さっきはよく即座に了解したな」ライムはさきほどのアーチャーの手柄について言った。ライムがアリシア・モーガンにアーチャーの障害のほうが自分より重いのだと説明し、アーチャーに向けて別室で休んでくるよう勧めたとき、アーチャーは、アリシアが危険人物であることを瞬時に察した。なぜなら、言うまでもなく、いまのアーチャーには障害がない。少なくとも、ライムがほのめかしたような重度の障害はなかった。

アーチャーはうなずいた。「居間を出たらすぐ警察に通報するつもりでした」

ライムは溜め息をついた。「しかし、まさかきみにタックルするとはな。彼女は、私を殺しに来た、居合わせた者がいれば同じように殺すだろうということはわかっていた。しかし、あれで少しは時間を稼げると思った」

アーチャーが言った。「アメリアがいつもあの棚に銃を置いていることは知っていましたけど、撃ちかたを知らないんです。それに、腫瘍のせいで、どうしても手がぐらついてしまうから」

「それに、電気スタンドなら撃鉄を起こさずにすむし、弾が入っていることを確認する必要もない」ライムは付け加えた。

アーチャーが言った。「ところで、容疑者《パープ》はもう一人残っていますね」

「容疑者《パープ》という言葉が気に入っているようだな」

「なんとなく響きがいいでしょう。〝パープ〟」アーチャーは言った。「アリシアは、グリフィスのいどころを知らないと言っていましたね。向こうから連絡してくるはずだと話していました。アリシアの電話を盗聴するのはどうかしら」

ライムは首を振った。「やつはプリペイド携帯を使い捨てにするだろう。どのみち、数時間後にはアリシアが逮捕されたことを知って、身を隠すだろうね」

「じゃあ、いったいどこから探したら？」

「どこって、決まっているだろう？」ライムは聞き返し、証拠物件一覧表に顎をしゃくった。

答えはかならずそこにある……

55

ニック・カレッリは、結婚を申しこもうとは考えていなかった。

その誘惑には駆られた。そうしたい気持ち、強烈な衝動は確かにあった。思い切って言っちまえ。もしエイムに断られたら——もちろん断られるだろう——おとなしく引き下がるだけのことだ。

あきらめるつもりもなかった。長い時間がかかるなら、長い時間をかけるだけのことだ。何としてでもアメリアの心にふたたび入りこもうと決めていた。

　フレディの言葉が蘇る。

嫁さんを探せよ、ニック。男には女が必要だ。

それについては鋭意努力中だ……

　ニックは帰途をたどっていた。スポーツバッグを肩にかけて、ブルックリンの並木道を歩いている。どういうわけか、口笛を鳴らしたい気分だ。だが、やめておく。本当に口笛を吹く知り合いは数えるほどしかいなかった（刑務所でアメリアが捜査した事件の記事を読んだことがある。名人級の口笛を吹くプロの殺し屋が起こした事件だった）。

　バッグには、金色の包装紙にくるまれた小さな油絵が入っている。風景画だ。いや、都市景観画と呼ぶほうがいいだろう。朝日を浴びて輝くブルックリン・ブリッジと、その影が伸びた先に横たわるマンハッタンの高層ビル群を描いた絵なのだから。ヘンリー・ストリートの小さな画廊で見つけたその絵は、以前つきあっていたころ、アメリアが一目惚れした絵に似ていた。寒い日曜の朝、ブランチの帰りにマンハッタンの画廊にふらりと立ち寄ったときに見つけた絵だった。これ見よがしにおしゃれな空間（なんといってもソーホーの画廊だ）の純白の壁に飾られていたその絵は、目玉が飛び出るような値札をつけていた。逆立ちしてもそんな金は出てこない。閉店間際に出直していき、刑事のバッジを振り回しながら、この絵には盗品の疑いがある、証拠物件として預からせてもらうと嘘をつこうかと真剣に考えたりもした。証拠はその後、証拠物件保管室から〝行方不明〟になる。画廊の経営者には平身低頭謝罪する。しかし、もちろん、そんな計画がうまくいくわけがない。

いまスポーツバッグに入っているこの絵は、あのときのものに負けないいい作品だった。それどころか、こっちのほうが上かもしれない。サイズも大きいし、色彩はより鮮やかだ。

アメリアはきっと気に入るだろう。ニックの心は浮き立った。

口笛を吹き鳴らしたい……

ジョン・ペローンから留守電にメッセージが残っていた。いま金を準備したり、偽の融資契約書を作成したりしているところだという。契約書が届いたらすみずみまで慎重に点検しよう。合法的な融資を装わなくてはならない。近しい人物——いま念頭にあるのは、保護観察官とアメリア——が見ても、まっとうな手段で現金を調達したのだと納得させられるように。そう、きちんと説明する。エイムはその説明を受け入れるだろう。目を見ればわかる。彼女は受け入れたいと思っている。

レストランの経営者のヴィットーリオもこちらの申し出を受け入れるだろう。ペローンと用心棒のサスペンダー男ラルフ・セヴィルが手を回しているはずだ。あの店を改装して——壁を赤く塗り、ましな制服に変更する——酒類販売免許を手に入れ、カレッリズ・カフェと店名を変える。ニックはまっとうな市民として人生をやり直す。過去は葬り去られる。誰も気づかない。

無実を証明する話は、時とともに自然消滅するにまかせればいい。アメリアやローズや二人の知り合いには、手がかりが尽きた、当時の目撃者の一人は亡くなり、もう一人は認知症で記憶が怪しくなっていると話せばいい。悲しげな顔、打ちのめされた顔をして、調査は行き詰まってしまったのだと言う。どうしても証明したかったのに、やっぱりだめだった……

エイムは彼の手を取って言うだろう。心配しないで、私はあなたの無実を信じているから。ストリートにはすでに、ペローンが流した噂、ニックは罪をかぶっただけらしいぞという噂が流れ始めている。やがてはアメリアの耳にも入るだろう。アメリアに嘘をついたことには後ろめたい気持ちがある。デルガードは、たとえ自分の命が懸かっていたとしても連続強奪事件など起こせない小さな人間だった。しかし、多少の犠牲は必要だ。

半ブロックほど歩いたところで、フレディ・カラザーズのことをまた考えた。

あのあとペローンの用心棒のラルフ・セヴィルから電話がかかってきて、フレディの死体は金網《かなあみ》でぐるぐる巻きにし、重量十五キロのバーベルをじゃらじゃらと飾りつけて、ニュータウン川に沈めたと伝えられた。そういったことには慣れているのだろうから心配はしていないが、それにしても、フレディの墓にもう少しましな場所を選べなかったのかとは思う。ブルックリンとクイーンズの二区の境界をなすニュータウン川はアメリカー汚染された川であり、エクソンバルディーズ号原油流出事故を超える悪影響を周辺環境に及ぼしたとされるグリーンポイント石油流出事故が起きた川でもある。
よりによってあんな川に。フレディが哀れに思えた。罪悪感が首をもたげる。フレディには子供もいた。

双子はどっちも男だ。その下に四歳と五歳の娘……

胸にこたえる。
だが、しかたがない。犠牲は必要だ。ニックは大きな犠牲を払ってきたのだから。彼の人生に起きたことはあまりにも不公平だ。たかが強奪事件、たかがピストルで軽く殴っただけ(ニックが殴りつけたトレーラーのドライバーは、まったくいやな野郎だった)だというのに、司法制度は両足で彼を踏みつけてつぶした。誰もがやるようなことをやっただけなのに。罰するべき犯罪者はほかに大勢いるだろうに。なのに、なぜニックだけがこんな目に遭う? 自分は人生を何年も奪われた。

大きな犠牲を払ってきた……

ニックは信号が変わるのを待って交差点を渡った。都市景観画が入ったスポーツバッグの重みを背中に感じた。思いやり深い腕がそこに置かれているようだった。アメリアの顔が思い浮かぶ。ファッションモデルの顔、まっすぐな赤い髪、ふっくらとした唇。頭から振り払うことができない。彼女の寝姿を思い出す。手を軽く握って、浅く柔らかな寝息を立てていた。

角を曲がって自分の家がある通りに入った。また別の人物が頭に浮かんだ。リンカーン・ライムだ。

ライムに対して抱いているのは敬意だけだった。もしライムが強奪事件を捜査していたら、ニックや彼が品物を流していた連中は、何カ月も前に逮捕されていただろうし、罪状ももっと重くなっていただろう。あのような頭脳の持ち主には感心せずにはいられない。

それにライムはアメリアを大切にしてくれている。ありがたいことだ。

たしかに、アメリアをライムから奪うのは簡単なことではないだろう。しかし、アメリアがライムを本当に愛しているわけがない。そのことにニックは慰めを見いだしていた。だってそうだろう、あんな……あんな体の男を誰が真に愛せるというのだ？　彼女がライムといるのは、同情からだ。そうに決まっている。ライムもそれは理解しているだろう。最後にはきっと身を引くだろう。

ひょっとしたらいつか、ライムを友人と呼べる日が来るかもしれない。

アメリア・サックスはアリシア・モーガンのアパートのグリッド捜索を先ほど終えていた。収穫はゼロというわけではないにせよ、ヴァーノン・グリフィスの所在を知る手がかりになりそうな証拠はごくわずかだった。そしてサックスはいま、思索にふけっている——悪の本質について。

悪は、たくさんの顔を持つ。

アリシア・モーガンはその一つの表れだろう。リンカーン・ライムから電話があって、タウンハウスで起きた一件はすでに聞いている。スマート製品を悪用した連続殺人事件の黒幕はアリシアだった。動機は、悲劇としか言いようのない不当なできごとに対する復讐だ。そう考えると、彼女の悪は、たとえば連続強姦犯やテロリストとはまた別のカテゴリーに振り分けられるべきものと言えそうだ。

この事件の背景には、もう一つ別の悪が存在する。ビジネスを優先し、放置すれば人を傷つけたり命を奪ったりする瑕疵《かし》があることを知りながら、自動車の製品仕様を変更しようとしなかった人々だ。彼らの良心は、金銭欲によって、あるいは企業の構造によって覆い隠されたのかもしれない——ちょうど、外骨格がカブトムシの〝液体心臓〟を守っているように。自動車メーカーとフュールインジェクターのメーカーの経営陣は、もしかしたら本気で期待していたのかもしれない。あるいは、日曜日に郊外の清らかな教会で祈ったりもしたかもしれない。最悪の事態は発生せず、時限爆弾を隠した最新式の美しい車を運転する人々が健康に長寿を全《まっと》うしますようにと。

ヴァーノン・グリフィスもいる。弱点を突かれ、文字どおり誘惑されて、女の言うなりになった男。

最悪の悪とはいったい何だろう。アメリア・サックスは自問した。

サックスはソファに座り、くたびれたレザーに体重を預けていた。また考える。いまどこにいるの、ヴァーノン？　そこはここから数キロ離れた隠れ家なの？　それとも何万キロも遠く？

グリフィスの居所を突き止められるのは、サックスとライムとクーパーだけだろう。ああ、そうだった、ジュリエット・アーチャーもいる。見習い科学捜査官。新人にしてはおそろしく優秀だ。頭の回転が速く、リンカーン・ライムそっくりの客観性を持ち合わせている。科学捜査という奇妙な世界で不可欠な資質だ。事故前のライムは優秀な科学捜査官だった。その当時のライムを知っているわけではないが、サックスはそう確信している。だが、ライムが犯罪学者として真価を発揮したのは、事故後、四肢麻痺になってからだろう。数カ月後に控えているという手術を経て、やはり体が麻痺したら――ライムはその可能性が高いと話していた――ジュリエット・アーチャーもきっとこの世界で頭角を現すに違いない。

すごくいいコンビになりそう……

室内を見回した。何もかもが色褪せて見える。人工照明は灯っておらず、通りの明かりがうっすらと射しこんできているだけだった。都市生活の興味深い側面の一つがそれだ――太陽の光をじかに浴びることはほとんどない。日の光は、家やオフィスの隙間から細く射しこむ。または、窓ガラスや壁、看板やショーウィンドウなどに反射しておずおずと入ってくる。都会では、そびえ立つタワーの頂上にあるような富豪の住まいは別だろうが、どこかの空間に直射日光が当たるのは一日に二時間か三時間だけだろう。しばらく前にどこかで聞いたフレーズを連想した――〝反射光を見ながら生きる〟。それこそが都会の暮らしを言い当てているように思えた。

やれやれ、今日はずいぶん内省的じゃない？

どうしてかしらね……

そのとき、玄関のすぐ外から鍵がぶつかり合う音が聞こえた。かちり。続いてもう一つ、かちり。アメリカの郊外や田舎町なら、錠は一つで充分だろう。しかし都市では、少なくともニューヨークでは、ひねり錠と本締り錠の二段構えが必須だ。

きいとかすかな音が鳴って、ドアが内側に開いた。サックスはグロックを抜き、ターゲットの胸にぴたりと狙いを定めた。

「アメリア」驚いたようなささやき声。

「そのバッグを下ろして、ニック。床に伏せて。腹ばいでね。つねに両手を私から見える場所に置いておくこと。いい？」

56

グリニッチヴィレッジの第六分署にほど近いデリに、二人のプラスキーが座っていた。

第六分署はトニー・プラスキーが所属する分署で、双子の兄弟はこのデリによく足を運んでいる。

トニーとロナルドの前には厚手のカップに入ったコーヒーがある。カップが厚手なのは、このデリではありがちなことだが、マグがやかましい音を立ててテーブルに置かれても大きく欠けたりせずにすむからだ。

ロナルドのカップは、しかし、飲み口のところがハート形に欠けていた。だから、鋭い縁で唇を切らないよう、用心しながら口に運んでいる。

「つまり、こういうことか」トニーが言った。「話を整理すると——おまえは無許可の潜入捜査を進行中で、自分の小遣いで違法薬物を買っているが、本当に買うわけじゃないし、買ったとしてもそのあとすぐに下水に捨てている。重大犯罪捜査課やＥＳＵの応援はない。そういうことでいいか？」

「そんなところだ。あ、それと、現場はニューヨークで一番治安の悪い地域だよ。統計の上での話だけど」

「そいつはありがたい追加情報だな」トニーが言った。

他人からじろじろ見られることは少なくない。しかし、二人は慣れていた。見分けがつかないくらいよく似た一卵性の双子が、見分けがつかないくらいそっくりな制服を着ていれば、目立つに決まっている。違いは、トニーの制服に並んだ褒章《ほうしょう》のほうが多いことと、トニーのほうが年上だということくらいだ。

ただし、七分だけ。

ロナルドはアメリア・サックスから、バクスターや〝キャッチ〟という新型ドラッグとの関連を探るために麻薬密売王オーデンに会いに行くときは誰かに応援を頼むようにと厳命された。心当たりは一人しかいない。兄のトニーだ。

「すべてはリンカーンのためか」

ロナルドはうなずいた。トニーがすでに知っている話をまた初めから繰り返す必要はないが、頭に負傷したあと、市警を辞めようと思ったロナルドを、ライムが引き留めた――「そのケツを上げて、さっさと仕事に戻れ」と言って。ライムは、〝私を見ろ〟という切り札は使わなかった。こんな身障者でもまだ悪党を追い回しているのだぞとは言わなかった。ただこう言っただけだ。「きみは優秀な警察官だ、ルーキー。いまの努力を続けていけば、恐ろしく有能な科学捜査官になれるだろう。おまえを頼りにしている者が大勢いることを忘れるな」

「僕を頼りにしている？　誰が？」あのときロナルドは聞き返した。「家族？　それなら新しい仕事を探せばすむことです」

するとライムは表情を歪めた。言わんとしていることを相手が理解しなかったときのとっておきの表情、リンカーン・ライムだけが作れる表情だ。「誰だと思う？　私はな、きみが広報やら何やらつまらん仕事について、現場でグリッド捜索をするのをやめたがために命を奪われることになる、未来の被害者のことを言っているんだよ。一から十まで説明しなくてはわからんのか？　さあ、そのケツを上げて、さっさと仕事に戻れ。二度と同じことは言わないぞ」

だからロナルド・プラスキーは、仕事に戻った。

「で、どんな作戦でいくんだよ？　どうやってオーデンとかいうやつに会う？　待てよ、オーデンって神様がいなかったか？　ドイツかどこかに」

「たしか北欧の神だよ。でもスペルが違う」

「じゃあ、そいつはノルウェー人ってことか？　オーデンってのはノルウェー語か？」

「知らないよ」

「ふん。で、作戦は？」

「オーデンがいつもいる建物を知ってるって男の名前を聞いた」

「ノルウェーの麻薬王オーデン」

「おい、聞いてるか。まじめな話なんだぞ」

「聞いてるよ」トニーは真剣な表情をした。

「オーデンに会う。バクスターを知っていたと話す。バクスターからオーデンを紹介してもらえるはずだったのに、その前にバクスターが捕まったって言う」

「紹介？　何のために？」

「ドアを開けてもらうための口実なんだから、細かいことはいいんだよ。オーデンからキャッチとかいう新しいドラッグを買う。スーパードラッグだぞ。そこでオーデンを逮捕する。おまえが加勢に来る。じゃじゃーん。オーデンと交渉を始める――バクスターとどんな関係だったか正直に話せば、見逃してやろうと持ちかけるんだ。バクスターは資金を提供してたんだろうな。それが証明できれば、バクスターは本当に危険人物だったとリンカーンも納得するだろう。死んで当然とまでは言わないが、無害な子羊だったわけでもない。そうわかれば、リンカーンは引退宣言を撤回するはずだ」

トニーはしかめ面をして弟をにらんだ。「そんなもの、作戦とは言わないな」

ロナルドも兄をにらみ返した。「もっといい案があるなら言ってみろよ。前向きに検討するぞ」

「事実を指摘してるだけだよ。そんなもの、作戦とは言わない」

「で？」ロナルド・プラスキーは言った。「乗るか？」

「しかたないな」トニーはぶつぶつ言った。「ここ数日、首になりそうなことは何一つしてない。大事な年金や評判が危うくなるようなこともしてないな。ほかに何がある？ああ、そうだ、命も懸けてない。いいよ、乗るよ」

「どういうことだ？」

ニックはサックスにではなく、キッチンから現れたもう一人に向かって言った。第八四分署から派遣された痩せ形のアフリカ系アメリカ人の制服警官だ。制服警官は念入りにニックの身体検査をした。ジャケットのポケットからスミス&ウェッソンの三十八口径を見つけて取り出しながら、サックスに顔をしかめてみせた。

「それか。ちょっと待ってくれ。ちゃんとした理由があるんだ」

サックスは思わず苦い顔をした。銃を携帯していたというだけでも五年の実刑が確定する。もう少し利口に立ち回るかと思っていた。

「手錠、かけます？」

「かけて」サックスは答えた。

「おい、手錠なんか……」ニックの声は弱々しく消えた。

制服警官は銃をサックスに預け、ニックに背中で手錠をかけると、立ち上がらせた。サックスは弾をすべて抜いたあと、銃を証拠品袋に収めた。弾はまた別の袋に入れる。その二つをテーブルの上の、ニックから手が届かない位置に置いた。

「届け出ようと思っていた」ニックが叫ぶように言った。ふだんよりも声が甲高い。罪悪感で上ずっているように聞こえた。「その銃のことだ。提出しようと思っていた。持ち歩いていたわけじゃない」

この状況で、〝持ち歩いていた〟以外に何があるというのか。

「誤解だ」ニックは続けた。必死になっているのがわかる。「街を歩き回ってた。例の男を捜してたんだよ。証言してくれそうな男、僕の無実を証明できる男を捜してた。レッドフックに行ったら、知らない男がどこからともなく現れた。その銃を抜いて、財布を出せと脅してきた。俺はそいつから銃を奪い取った。捨てるわけにもいかないだろう。

子供が拾わないともかぎらない」

つまらない嘘をつくなと言う気にもなれなかった。「ジョン・ペローン」サックスはそれだけ言うと、あえて口をつぐんだ。

ニックはいっさいの反応を示さなかった。

「あなたがペローンに会いに行ったとき、彼の会社の前に市警のチームが待機してたの」

ニックが懸命に考えをめぐらせているのがわかった。「そう、そうなんだ。ドニーの情報を持ってるのはペローンなんだよ。少し調べてみると約束してくれた。強奪事件の現場に俺はいなかったってことを証明できる証言を集め――」

「ラルフ・セヴィルは市警側に寝返ったのよ、ニック。ペローンの用心棒のセヴィルのこと。あなたとペローンがフレディ・カラザーズを始末するために差し向けた男」

ニックの唇がわずかに開いた。目が室内を忙しく動き回っている。サックスはヴァーノン・グリフィスの部屋で見た水槽の金魚を連想した。

「市警の人間が二人、セヴィルをショッピングセンターまで尾行した。あなたはあそこでフレディを待たせてたのよね。駐車場でセヴィルがフレディに襲いかかろうとしたところで、逮捕したわ。あなたとペローンのことを洗いざらいしゃべってくれた」

「でも――」

「ペローンには、フレディを殺したと報告させた。台本どおりにね。セヴィルが捕まったことをペローンはいまも知らずにいる。フレディは保護拘置下にある」

ニックは意固地な表情を崩さなかった。「嘘だ。そいつは嘘をついてる。セヴィルは嘘をついてるんだ。あいつは卑怯な男だ」

「もうやめて」サックスはささやくように言った。「もうやめて」

その一言で、ニックは豹変した。瞬時に変わって、オオカミになった。「ペローンのことがどうしてわかった？　嘘をつくな。どうせはったりだろう」

ニックの語気の荒さに驚いて、サックスは目をしばたたいた。彼の言葉が刃物のように斬りつけてくる。「あなたはきっと抜け目なく立ち回るだろうと予想してた。どこかの駐車場で車を乗り換えるか、私たちの尾行をまくかするだろうと思ってたの。おととい の夜、私はこの部屋に泊まったわよね。あなたが眠ったあと、携帯電話に追跡アプリをインストールしたの。それを使って尾行して、ペローンの会社まで行った。逮捕状を取るのは無理だった——あなたとペローンの会話の内容は確認できなかったから。でもセヴィルが証言したわ。あなたがゴワーヌス運河の橋でアルゴンクインのトラックを襲ったのは事実だし、ドライバーを銃で殴ったのも事実だとね。ドニーは強奪事件にまったく関与してない。あなたが捜査資料をほしがったのは、強奪した医薬品を横取りした人物からお金を搾り取るためだったのよ」

ニックは降参したように肩を丸めた。そして今度は同情に訴える作戦に出た。「アメリア、なあ、刑務所に戻されたら俺は死ぬ。自殺するか、誰かに殺《や》られるかして、死ぬ」声を詰まらせながらそう言った。

サックスは床に膝をついたニックの全身を眺め回すようにしながら応じた。「あなたを刑務所に戻らせるつもりはない」

安堵。傷ついた子供が母親の腕に抱き寄せられたときのような。

「ありがとう。どうかわかってくれ。あのときのことだ。俺はやりたくなかった。強奪事件のことだよ。でも、おふくろは病気で、ドニーは問題ばかり起こしてた。輸送中の医薬品には保険がかかってた。大した損害じゃなかったはずだよ」

サックスの電話が着信音を鳴らした。ディスプレイを見て、返信した。まもなく玄関が開き、黒檀のような肌をした長身の痩せた男が入ってきた。茶色のスーツに黄色いシャツを合わせ、目が痛くなるような真っ赤なネクタイを締めている。ふつうならただの悪趣味で終わりそうな色合わせなのに、その男にはなぜか似合っていた。

「おやおや、驚いたな、見ろよ。おい、見てみろって。つーかまえた、だな、え?」男は長い指で短く刈りこんだごま塩頭をつるりとなでた。

ニックがいかにも不愉快そうな顔をした。「くそ」

フレッド・デルレイ、FBIのベテラン捜査官には、よく知られた特徴がいくつかある。一つは、哲学への愛。好きが高じて、学界でも一目置かれている。二つ目は、突飛なファッションセンス。そしてもう一つ、一風変わった言葉遣いだ。それはデルレイ語法《スピーク》と呼ばれている。

「で、ミスター・ニック。おまえさん、おいたをしちまったんだってな。刑務所から出てきたばかりのぴっかぴかの新品だってのに」

ニックは黙っている。

デルレイは椅子を引き寄せ、後ろ向きにしてまたぐように座ると、ニックをまじまじと見つめた。さっきのサックスよりずっと遠慮のない目つきだった。

「アメーリア？」

「何、フレッド？」

「俺が点火スイッチを押してもかまわないだろうね？」

「どうぞ」

デルレイは両手の指先を合わせてテントのような形を作った。「偉大なるニューヨーク州が与えたもうた権限に基づき、サックス刑事は、それはもういろんな容疑でおまえさんを逮捕することになる。おまえさんの罪状が数限りなく心に浮かんでくるな。きっとアメーリアも同じだろうよ。おっと、待て待て、そのお口の使い道を間違うなよ。いま何か言おうとしただろ？　いまはな、俺が話す番なんだよ。彼女はおまえさんを逮捕したあと、彼女のボスと俺のボスの同意のもと——ちなみにえらく上のほうのボスだぞ——彼らの同意のもと、おまえさんは俺のもとでこき使われることになる。連邦政府の偉大なるワシ印《じるし》のもとでな」

「いったい何の——」

「しーっ。いまの話、聞いてなかったか？　おまえさんは俺のＣＩになるんだよ。秘密《コンフィデ》情報提供者《ンシャル・インフォーマント》にな。さぞかし使いでのある情報屋になるだろう。元警察官で元服役囚。双方にとって実りあるプランだぞ。五年かそこら、やるべきことをちゃんとやれば――俺の指示どおりにせっせと働けば、おまえさんはハッピー、俺たちもハッピーだ。お役御免になったら、まずは自宅監禁に移行する。そのあと晴れてウォルマートの駐車場係になれるぞ。ディスカウントチェーンに元重罪犯を雇おうって気があればな。ふむ。その点はいまのうちに確認しといてやるかな」

　元潜入捜査官のデルレイは、現在はアメリカ北東部の情報提供者を一手に束ねる管理者だ。

「ペローンの尻尾をつかみたいわけだな」ニックがうなずきながら言った。

「もしもーし？　ペローンのことなら、サスペンダー好きの用心棒、セヴィルがもういいぞってくらいしゃべってくれてるんだよ。だが、あいつはスターター、アペタイザー、アペリティーヴォにすぎない。あいつを踏み台にしてだな、もっと先、もっと上を狙う。世界が俺たちを待ってるんだよ。さて、俺が聞きたいのは、俺が聞きたいたった一つの返事はな、〝イエス・サー、了解しました、サー〟だ。もし聞けなければ、おまえとしては人生のそんなところに爪痕をつけられちゃかなわんって部位をぎゅっと握り締めてやる。どうだ、わかったか？」

　ニックは溜め息をついた。そしてうなずいた。

「けっこう。しかし……」デルレイは黒い顔を思い切りしかめて言った。「お返事が聞こえねえな。俺だけじゃない。マイクロフォンも聞こえねえって文句を言ってる。言っとくが、リアリティ番組のセットを二つ、そうだな、『ザ・バチェラー』と『サバイバー』を合わせた分よりまだたくさんのマイクがおまえの声に聞き耳を立てている。で？」

「わかった。同意する」

サックスは携帯電話を取り出し、無印の車両で待機していた別の刑事に連絡した。「セントラル・ブッキングまで護送をお願い」それからニックに向き直ると、被疑者の権利を読み聞かせた。「弁護士は？」

「いらない」

「賢明な判断ね」

刑事が玄関に現れた。サックスと長いつきあいのある、体格のいいラテン系の女性刑事、リタ・サンチェスだ。サンチェスがサックスにうなずく。

「リタ。彼をダウンタウンまで。私もあとからすぐ行って、必要書類を作成する。連邦検事にも連絡をお願い」

リタ・サンチェスは冷ややかな目をニックに向けた。二人の過去を知っているのだ。「了解、アメリア。まかせて」その声は暗にニックにこう伝えていた——〝覚悟しなさいよ〟。

「アメリア！」ニックが戸口で立ち止まって振り返った。サンチェスと制服警官もそれに合わせて歩をゆるめた。「悪かった……本当に」

最悪の悪とはいったい何だろう？

サックスはニックを通り越してサンチェスを見つめ、うなずいた。ニックはアパートから連行されていった。

「そいつは何だ？」ニックが持って帰ってきたスポーツバッグに顎をしゃくって、フレッド・デルレイが尋ねた。

サックスはジッパーを開けた。絵画が出てきた。サックスは深呼吸をした。十何年も前、一目惚れした油絵にそっくりだった。心底ほしいと思ったが、手が届かなくてあきらめたもの。凍るように寒い日曜の朝、ニックと一緒にウェスト・ブロードウェイのブルームでブランチを食べたあと、ソーホーの画廊で見た絵だ。あの夜、アパートに戻ってから、ニックの傍らに横たわり、雪の粒が窓ガラスをさらさらと叩く音や暖房機のかちかちという音を聞きながら、あの絵のことを思い出した。買えないのは残念だが、それ以上に、刑事になってよかったという気持ちのほうが強かった。ビザカードを迷わずカウンターに置いて衝動買いできるような、実入りのいい華やかな仕事についているよりも、刑事でいるほうがずっと幸せだと思った。

「何かしらね」サックスは絵をバッグに戻して言った。「見当もつかないわ」

それから顔をそむけると、右の目尻からこぼれ落ちかけた小さな涙の粒を拭った。そして腰を下ろして報告書の続きを書いた。

57

「お帰りなさい、アメリア」サックスが居間に入っていくと、トムが出迎えた。「ワインはいかがですか?」

「まだ仕事が残ってるの」

「本当に?」

「ええ」そう言ったものの、ライムとアーチャーの車椅子のカップホルダーにスコッチのグラスがあることに気づいたらしい。「いいえ。えっと——ワイン、いただくわ」

トムはグラスを持ってすぐに戻ってきた。それからすぐそばのスコッチのボトルに目を留めた。「待ってくださいよ」

「〝待ってください〟か」ライムは機先を制して言った。「それはいったいどういう意味だ? みなその表現をよく使うが、どうも気に入らないな。〝待って〟。何を待つ? 動くのを待て、か? 息をするのを待て? 思考プロセスを停止せよとでも?」

「いいですか、この場合の〝待って〟は、誰かが許しがたい行為をしたという意味です。

僕がたったいま気づいて、苦情を申し入れようとしている行為ですよ。勝手に酒を注ぎましたね」

アーチャーが笑った。「リンカーンが私に命じたんです。立ち上がってボトルのところまで歩け、ボトルを取ってグラスに注げって。いいえ、リンカーン、あなたの罪をかぶるなんてごめんですから。だって、私は卑しい見習いの身にすぎません。お忘れですか」

ライムはうなるように言った。「そもそも、トム、きみが常識的な量を注いでいたら、何の問題もなかったはずだ」

トムはボトルをさらうと、居間を出て行った。

「待て！」ライムは大声で言った。「おい、私は本来の意味で〝待て〟と言っているんだぞ！」

サックスはそのやりとりに微笑みながら、証拠物件の分析に戻った。行ったり来たりしながら、ポリ袋を眺めては一覧表を見つめる。サックスはよくそうやって歩き回ることがあった。エネルギーを発散するためだ。まだ歩けたころ、リンカーン・ライムも、解決困難な問題に突き当たるとまったく同じように歩き回りながら考え事をしたものだ。

呼び鈴が鳴った。トムの足音が急いで玄関に向かう。挨拶を交わしている気配は伝わってくるのに、訪問者の声はほとんど聞こえない。来たのは誰か、それでわかった。

「仕事を再開する時間のようだな」ライムは言った。

メル・クーパーがジャケットを脱ぎながら居間に入ってきた。サックスが軽くうなずく。ライムはアリシア・モーガンの件をクーパーに説明した。するとクーパーは肩をすくめた。「もっとひどい犯人も過去にいたよな」グリフィスとモーガンのアパートで集めた証拠物件をざっとあらためる。「いいね、いいね。これなら何らかの答えが見つかりそうだ」

親指大の金塊が見つかる予感に胸をときめかせる採金者のように目を輝かせている様子を、ライムは上機嫌に見つめた。

サックスがポケットからラテックスの手袋を引き出そうとしたとき、電話が鳴った。ショートメールが届いたらしい。

メールに目を通す。すぐに返信し、パソコンに歩み寄った。まもなく電子メールを開封した。一番上に市警の紋章が入っている。ニューヨーク市警鑑識本部から送られてきた、証拠物件ファイルだ。

「私が思い出せそうで思い出せなかったものを突き止めてくれた——過去の犯行現場で見つかったものよ」サックスはそう言って、ヴァーノン・グリフィスが作ったミニチュアのケーソンを持ち上げた。その車輪は、鑑識本部からたったいま届いた写真にあるのとまったく同じものだった。

サックスが続ける。「アリシアは、ヴァーノンが誰かに悪態をつかれて、その相手を殺したのをきっかけに知り合ったと言ってたのよね」

「そのときの被害者は、おそらくエキ・リナルド。麻薬の密売人と運び屋をやっていた男――私が捜査を担当したけれど、まったく進展がなかった事件なの」

「そうだ」

アーチャーが言った。「たしかに、車輪が一致していますね。おもちゃサイズの車輪が」

「でしょ。それにリナルドは喉を切られて殺された。凶器はここにあるうちのどれかなのかも」

サックスはグリフィスの部屋で発見されたレーザーソーやナイフに顎をしゃくった。

「よし」ライムは言った。「グリフィスが別の事件にも関与したことが判明した。その新しい事件の証拠のなかに、やつの所在を知る手がかりはありそうか」

ライムもその事件の捜査にほんの短い期間だけ関わったが、さほど進まないうちに引退を決めたのだ。

サックスは判明している事実を頭のなかで点検しているような顔をしていたが、やがてこういった。「白タクに乗って、ヴィレッジのどこかに向かったことくらいね。それ以上具体的なことは何もわからない」

「なるほど」ライムは小さな声で言い、一覧表を見つめた。「そうなると、目を向けるべき方向が微妙に変わってくるな」

「でも、ヴィレッジはとても広いですよ」アーチャーが言った。「地域を絞りこむ手がかりがないと……」

「先入観を疑う癖をつけることだよ」

サックスが言った。「喜んで疑うわ。でも、どの先入観のこと？」

「ヴァーノンはグリニッチヴィレッジのことを言ったという思いこみだよ」

「ほかにヴィレッジがある？」

「ミドルヴィレッジ」ライムはアーチャーを見やった。「クイーンズ区の一地域だ」

アーチャーがうなずいた。「あなたが候補に挙げた地域――腐植などの微細証拠を根拠に。でも、私は違うのではないかと言った地域」

「そのとおりだ」

「クエスチョンマーク二つは、やはり要らなかったみたいですね」

サックスはオンライン地図を呼び出してミドルヴィレッジ周辺を調べている。決して狭い地域ではない。「このなかのどこに行ったか、見当はつく？」

「つかなくはないな」ライムは自分でも地図を眺めて言った。ジュリエット・アーチャーの言葉が耳の奥に聞こえていた。

なぞなぞの答えはいつだって単純です……

「絞りこめそうだよ」

「どのくらいの範囲まで？」クーパーが聞いた。

「二メートル四方くらいまで」

クイーンズのセント・ジョン墓地では、大勢の著名人が永遠の眠りについている。元ニューヨーク州知事マリオ・クオモ、米国初の女性副大統領候補ジェラルディン・フェラーロ、写真家ロバート・メイプルソープ、ボディビルダーのチャールズ・アトラス。しかしアメリア・サックスがその墓地を知っているのは、仕事柄と言っていいだろう。カトリック教会のあるその墓地には、史上もっとも有名なギャング数十人の遺体が埋葬されている。ジョー・コロンボ、カーマイン・ギャランテ、カルロ・ガンビーノ、ヴィト・ジェノヴェーゼ、ジョン・ゴッティ、そして『ゴッドファーザー』のモデルとも言われるラッキー・ルチアーノ。

サックスは、ニューヨーク市の基準から言えばのどかなミドルヴィレッジのメトロポリタン・アヴェニューに面した墓地のゲート前に、愛車フォード・トリノを駐めた。墓地管理事務所は、バイエルン地方出身者とエリザベス朝時代の田舎町の人々の両方が懐かしいと感じるような建物だった。尖塔、小塔、鉛枠にはまった窓、白枠のついた煉瓦《れんが》の壁。

車を降り、習慣に従って無意識にジャケットの前ボタンをはずし、グロックの握りを掌で軽く叩いて拳銃の位置を確かめた。一秒後にもし、拳銃の位置を確かめたかと尋ねたら、サックスは覚えていないと答えるだろう。

近くに無印の警察車両が二台駐まっている。地元分署のものだ。うれしいことに、二台とも、警察のものであることを示す飾り物をいっさいつけていなかった。大きなホイップアンテナはなく、運転席と助手席のあいだにパソコンがどんと置かれていたりもしない。ナンバープレートも、公用車向けのものではなく、一般の自家用車についているのと同じものだった。

　名札によればケラーという名の若いパトロール警官が、ゲート近くの見晴らしのよい場所からサックスにうなずいた。

「歩いて行ける？」サックスは尋ねた。

「はい。そのほうがいいでしょうし」

　さえぎるものがほとんどない墓地内を車で移動していると目立つといいたいのだろうとサックスは察した。

「でも、急いだほうがいい。もうじき日が暮れます。ゲートにはすべて人員を張りつけてありますが、それでも暗くなると……」

　二人は無言で歩き出した。ゲートを抜けて、アスファルトの細い道をたどる。春の夜はさわやかで過ごしやすいからだろう、大勢の墓参者が花を捧げに来ていた。一人きりでいるのはきっと、夫を亡くした妻、妻を亡くした夫だろう。高齢者が多かった。カップルも見える。親の墓、あるいは子供の墓に花を供えに来ているのだろう。

　五分後、墓地の人気のない一角に来た。引き締まった体を戦闘服に包んだＥＳＵ隊員が二名、二人に気づいて顔を上げた。霊廟《れいびょう》の陰で目立たないようにしている。

サックスはうなずいた。ＥＳＵ隊員の一人が言った。「やつは三十分ほど前に現れて、ずっと動かずにいます。私服の者がほかの墓参者に声をかけて移動してもらいました。このあと州葬が予定されていて、その警備のためにこの一帯は立入禁止になると説明して」

サックスは二人の肩越しに二十メートルほど向こうの墓に視線を向けた。墓石のそばに置かれたベンチに座っている男の背中が見えている。

「逃走を図った場合に備えて、ほかにも人員がいるのよね？」サックスは尋ねた。

「ええ、要所に。あそこ、あそこ、それにあそこ」ケラーが指をさす。「まず逃げられませんよ」

「車で来たわけではないのね？」

「ええ、違います、サックス刑事」

「武器は？」

「見えるところにはありません」ＥＳＵ隊員の一人が言った。もう一人がうなずいて言い添えた。「ただ、ベンチのすぐ横にバックパックを置いています。すぐ手の届く位置に」

「そこから何かを取り出して、墓石に置きました。あれです。見えます？　さっき双眼鏡で確かめました。おもちゃのように見えます。船かボート」

「ミニチュアよ」サックスは言った。確かめるまでもなかった。「おもちゃではなくて。

援護をお願い。いまから逮捕する」

ヴァーノン・グリフィスは抵抗しなかった。

もし抵抗していれば、取り押さえるのは一大事だっただろう。ひどく痩せているのは事実だが、タイトなデザインのシャツを透かしてたくましい筋肉がくっきりと浮かび上がっていたし、背が高くてリーチがおそろしく長い。それにバックパックにはおそらく、チェルシーのアパートで発見されたような丸頭ハンマーやナイフ、のこぎりなど、凶器に使える工具が入っているだろう。

スティール・キス……

グリフィスは、警察官の一団がふいに現れたことに明らかに驚いた様子で、いったんは立ち上がりかけた。しかしすぐにまたベンチに腰を下ろし、異様なほど細長い両手を高々と上げた。地面に膝をつけ、次に伏せろと命じたあと、ケラーが手錠をかけ、服の上から身体検査をした。バックパックのなかも調べた。銃はない。ハンマーもなかった。武器に使えそうなものはいっさい持っていない。

おそらく弟のピーターについて深い物思いにふけっていたのだろうとサックスは思った。すぐそこの墓に眠っているのはピーターだ。もしかしたら、グリフィスがその手のことを信じるたちならば、弟と会話をしているつもりになっていたのかもしれない。

反面、単にもっと現実的なことを考えていたという可能性も否定できない。これからどうしたらいいか。この数日に起きたことを思えば、考えなくてはならないことは山ほどあるだろう。

警察官の手で助け起こされ、ＥＳＵ隊員に左右をはさまれたグリフィスとともに、サックスは墓地管理事務所前まで歩いて戻った。グリフィスをベンチに座らせる。そのベンチにはハトの彫刻がついていた。そこで護送車を待った。覆面車両の後部座席に押しこめば、グリフィスはかなり窮屈な思いを強いられることになるだろう。それに、あれだけ利口に、そして不愉快な手段を使って何人も殺害した犯人だ。手錠をかけてあるとはいえ、誰だってそんな男をパトロールカーのすぐ後ろの座席に乗せて運転したくない。フォード・トリノならなおさらだ。

サックスはグリフィスの隣に座った。テープレコーダーを取り出し、録音ボタンを押して、被疑者の権利を読み聞かせ、理解できたかどうか確かめた。

「はい。大丈夫です」

グリフィスの指は長い。足も細長かった。靴のサイズはもちろん知っている。顔も細長いが、青白い肌をした髭のない顔は平凡そのものだった。目の色は薄茶だ。

サックスは続けた。「アリシア・モーガンがあなたに人を殺させたということは、私たちもすでに知ってるの。ＵＳオートの欠陥車、アリシアの夫の命を奪った自動車につながりのある人物を殺害したんでしょう。でも、もう少し詳しく知りたい。話を聞かせてもらえるかしら」

グリフィスはうなずいた。

「声に出して同意してもらえる？」

「ああ、すみません。はい、同意します」

「何があったのか、あなたの言葉で話して。アリシアは一部を私のパートナーに話した。でも、全部ではない。できればあなたの説明も聞きたいわ」

グリフィスはうなずくと、彼が路上で人を殺すのを見たアリシアから接触してきたことをためらいのない口調で説明した。「向こうが先に殴りかかってきたんだ」強い口調でそう付け加えた。

ライムから、グリフィスがリナルドのほうから攻撃するよう仕向けたらしいという話は聞いている。しかしサックスは先を促すようにうなずいた。

「いま刑事さんは、彼女が僕にショッパーを殺させたと言ったよね。夫を殺した車を作ったり売ったりしたショッパーを殺させたって」

ショッパー？　サックスは首をかしげた。

「でも、僕が殺したのは、彼女の力になってやりたかったからだ。火傷やひどい切り傷を負った。事故で人生が一変したんだ。だから引き受けた」

「事故の責任があると彼女が考える人たちを、消費者向け製品を使って殺したいと言われたのね」

「そう。夫を殺したのも、彼女の体に傷をつけたのも〝モノ〟だったから」

「トッド・ウィリアムズのことを話して」

グリフィスの話は捜査チームの推理を裏づけていた。〝デジタル活動家〟ウィリアムズは天才的なハッカーで、データワイズ500に不正侵入する方法をグリフィスに伝授した。そしてスマートコントローラー内蔵製品と、特定の製品を購入した消費者や企業のリストを広告会社の社員を装って購入した。

アリシアと二人でそのリストを調べ、USオートやフュールインジェクターのメーカー、車の広告を製作した会社に勤務していた人物や、訴訟で彼らの代理人を務めた弁護士を探した。「グレッグ・フロマー、エイブ・ヘンコフ、ジョー・ヘッディ。保険会社の弁護士をしているウェストチェスターの女」

「すべて終わったあと、アリシアとどこに行く予定だった？」

「さあ、わからない。州の北部かな。カナダならもっといい。いろんなことがいっぺんに起きたからね。先のことまできっちり計画していたわけじゃないんだ。それにしても、どうしてここがわかった？」グリフィスは聞いた。「弟のことはアリシアにも話していないのに」

サックスは説明した。「しばらく前に起きた事件。あなたがエキ・リナルドを殺した事件よ」

「ショッパーか」

またその言葉が出た。

「麻薬の密売人だった」サックスは言った。

「知ってる。あとで記事を読んだから。でも、どうしてここがわかった？」

「リナルド殺害事件の担当は私なの。その現場で見つけた証拠の一つが、おもちゃの車輪だった。チェルシーのあなたのアパートに、ケーソンがあったわね。車輪が同じだったわ」

グリフィスはうなずいた。「あれはピーターに作ったものだ。ケーソン」弟の墓がある方角に顎をしゃくる。「事件の日、夕飯を食べに行くとき持っていたんだ。レストランを出たあと、ここに来て弟の墓に供えるつもりだった」グリフィスは、嫌悪からか、それとも怒りからか、体を震わせた。「でも、あいつに壊された」

「エキ・リナルド？」

グリフィスがうなずく。「自分のトラックに戻ろうとして、前をろくに見ずに歩いていた。それで僕にぶつかってきて、ケーソンがつぶれた。僕が罵倒してやったら、あいつは追いかけてきた。だから殺した」グリフィスは首を振った。「でも、ここはどうしてわかった？」

サックスは説明した。グリフィスとリナルドが結びつき、ライムの思考がふいにミドルヴィレッジに飛んだあと、複数の現場で発見された証拠――腐植、大量の肥料や殺虫剤や除草剤、フェノール、エンバーミング用防腐液――は、グリフィスがこの有名な墓地を訪れたことを示しているのではないかという推論に達するまでに、そう時間はかからなかった。

二メートル四方くらいまで……

電話で問い合わせた結果、ピーター・グリフィスの墓は確かにこの墓地にあった。サックスは管理事務所の所長に電話をかけ、ヴァーノンが墓参りに来た記録はあるかと尋ねた。すると、墓参りに関してはわからないが、グリフィスの区画にときおり奇妙なものが置いてあるという答えが返ってきた。誰かがミニチュアの家具や玩具を置いていくという。そのミニチュアはすばらしく精巧にできている。墓参者が見つけて持ち帰ることもあるようだと所長は言った。事務所に届けられたものは、紛失物として保管してある。その組み合わせは、都市伝説になる条件を備えていた——ミニチュアと、墓地。

「生きていたころ、僕が何か作ってやると、ピーターはかならず喜んでくれた。もちろん、男の子向けのものだよ。中世の武器、城に置くテーブルや玉座。石弓や攻城塔。大砲やケーソン。あのボート、ウォーレン・スキップもきっと気に入ってくれると思う。墓石の上に置いてきた。あれはいまどこに？」

「証拠品を入れる袋に」サックスはこう言い添えずにいられなかった。「大切に扱うわ」

「警察は、墓を見張っていたってこと？」

「そうよ」

グリフィスの弟は、二十歳の若さで亡くなっていた。サックスはその話を出して尋ねた。「なぜ亡くなったの？」

「ショッパーのせいさ」

「さっきも〝ショッパー〟と言ってたわね。どういう意味？」

グリフィスは自分のバックパックを見つめた。「そこに日記が入っている。弟の日記だ。MP3プレイヤーに吹きこんでた。僕はそれを文字に起こしている。いつか本にしたいと思って。ピーターはいくつも深い言葉を残してるんだよ。人生について。人間関係について。人間について」

サックスは革装の本を見つけて取り出した。五百ページはありそうだ。

グリフィスが続けた。「マナセットの高校時代、人気があった生徒が何人か弟の友達になった。純粋に友達になってくれたものと弟は思った。でも違ったんだ。自分たちとのセックスを拒んだ女の子に仕返しするために利用しようとしただけだった。その女の子を薬で眠らせて、ピーターにはその子が別の女の子だと思わせて、二人がベッドにいるところを写真に撮った。それをどうしたかは想像がつくだろう？」

「ネットに投稿したの？」

「違うよ。携帯電話にカメラがつく前の話だからね。ポラロイド写真を撮って、学校で回覧した」グリフィスは傷だらけになった革装の本に顎をしゃくった。「最後のページ。最後の日記」

サックスはページをめくった。

絶対になかったことにできないものがある。絶対に消えない。いつか消えると思ってた。消えるはずだと信じてた。サムやフランクみたいな友達はいらないって自分に言い聞かせた。あいつらはナメクジだ。いてもいなくても同じだ。ごみだ。ダノやバトラーと変わらない。いや、やつらよりもっと悪いな。言うこととやることが違うんだから。考えても時間がもったいないだけだって自分に言い聞かせる。でも、やっぱり考えてしまう。

あれがシンディだなんて知らなかったって言っても、誰も信じなかった。学校のみんなも、警察も、全員が、僕が計画してあんなことをしたと思っている。

ヴァーノンは怒り狂った。皆殺しにしてやるとわめいた。兄貴はかっとなると手がつけられなくなる。自分や僕を怒らせるやつがいると、かならず仕返ししようとする。母さんや父さんは、昔から兄貴に目を光らせていなくちゃならなかった。ショッパー。兄貴はショッパーを殺したがる。

フランクとサムとシンディのこと――僕はヴァーノンみたいに怒ってはいない。ただ疲れただけだ。この外見にうんざりしてるし、ロッカーに悪口を書いたメモが放りこまれるのにもうんざりだ。シンディの友達は僕につばを吐いてくる。シンディはどこかに行っちまった。家族で引っ越しちまったんだ。

疲れたよ。

眠りたい。いまはそれだけだ。ただ眠りたい。

「表向きは自殺じゃない。自殺なら、ここには埋葬されていないよ。カトリックの墓地だからね。泥酔するまで飲んで、二十五号線にドライブに出かけて、事故を起こして死んだ。二十歳だった」

「自殺したの？」

「〝ショッパー〟というのは？　どういう意味なの？」

「ピーターと僕の体つきは人と違う。外見が違う。マルファン症候群っていうんだ」

初めて聞く疾患だった。異様な背の高さや、それに釣り合わない体重、細長い手や足の理由は、きっとそのマルファン症候群なのだろう。ただ、サックスの目にそれらは奇妙なものとは映らなかった。数ある体型の一種類にすぎない。しかし学校のいじめっ子の目には――？　そういう子供にとっては些細な相違がいじめの理由になる。

グリフィスが続けた。「よくからかわれた。二人とも。子供は残酷だから。あんたはきれいだ。あんたにはきっとわからないだろうな」

いいや、わかる。十代のころのサックスは、そのへんの男の子たちよりよほど男の子のようだったし、誰よりも負けず嫌いだった。おかげでそれなりのいじめにも遭った。ファッション業界でもいじめられた。女だからだ。市警でもいやがらせはある……理由はやはり、女だからだ。

グリフィスが言った。「男子は体育の時間にいじめられることが多いだろう？　でも僕の場合は工作の時間だった——工作室《ショップ》で。八年生のとき、僕がある女子を好きになったのがきっかけでいじめが始まった。その子の宝物はドールハウスだって話を聞いた。ほかの男子は書棚やブーツの泥落としなんかを作ったけど、僕一人だけ、その子のためにチッペンデール風のデスクを作った。高さ十五センチのね。完璧な出来映えだった」淡い色をした目がきらめいた。「完璧だった。それをほかの連中からけなされた。〝スキニー・ビーンはドールハウスを持ってる。スリム・ジムは女の子〟」首を振る。「それでも完成させて、サラにプレゼントした。サラはこう、困ったような顔をしたよ。ものすごくいいものをプレゼントされたけど、そこまでいいものをもらえると思っていなかったみたいな。あとは、そんなものは初めからほしくないとか。もらったほうは反応に困るよね。サラは〝ありがとう〟って言った。ウェイトレスにお礼を言うみたいな調子だった。それきりサラとは二度と口をきかなかった」

そういうことか。買い物をする人という意味のショッパーではない。工作室のいじめっ子という意味のショッパーだ。

「だからアリシアや家族が乗っていた欠陥車の製造や販売に関与した人たちを、あなたは〝ショッパー〟と考えた」

「だって、ショッパーだからね。弱い者いじめをする傲慢な連中だ。自分のことしか頭にない。欠陥のある車を売った。危険を承知で売ったんだ。それで儲けた。やつらがほしいのは金だけだ」

「弟さんをとても愛していたのね」

「弟のメッセージが入った留守電もまだ捨てていないよ。しじゅうそれで弟の声を聞いている。いくらか慰められる」グリフィスはサックスに顔を向けた。「生きていて慰められることがあるなんて貴重だ。そうだろう？」

次の質問の答えは、聞く前からわかっているような気がした。「弟さんとその女の子の写真を撮った少年たち。彼らはどうなったの？」

「僕がチェルシーのアパートに引っ越した理由はそれだ。やろうと決めたことを実行に移すのに好都合だったからだよ。やつらを探して殺したんだ。全員、ニューヨーク市内で働いていたから。一人は喉を切り裂いて殺した。サムだ。もう一人、フランクは殴り殺した。死体はどっちもニューアーク郊外の池に沈んでいる。聞きたければ、そのこともっと詳しく話すよ。彼女は僕を殺すつもりでいたんだろう？　アリシアは僕を殺す気でいた」

サックスは答えをためらった。

しかし、その話は遅かれ早かれ報じられることになるだろう。「そうよ、ヴァーノン。残念だけど」

グリフィスはあきらめに似た表情を浮かべていた。「やっぱり。そうだと思った。心の奥底でわかっていたよ。利用されただけだって。いきなり現れて、初めて寝たと思ったら、いきなり人を殺せと頼まれたんだから」肩をすくめた。「僕はいったい何を期待したんだろう？　でも、人間って、わかっていてもあえて利用されたりするものだ……理由なんかいらない。人恋しいとか、そんなことで。人間は誰も、愛と引き換えに何かの代償を支払うものなんだ」また探るような目でサックスを見つめた。「あんたは僕をきちんと扱ってくれるんだね。お母さんを殺そうとしたのに。いまになってみると、あんたはショッパーじゃなかったらしいな。そうだと思っていたけど。あんたは違うみたいだ」一瞬、考えてから、グリフィスは言った。「一つ渡したいものがある」

「何？」

「バックパックのなか。もう一つ本が入っている」

サックスはバックパックをのぞいた。薄手の本があった。「これ？」

「そうだ」

『未解決殺人事件のミニチュア演習』

サックスはぱらぱらとめくりながら、ミニチュアで再現された犯行現場の写真を眺めた。こんなものは初めて見た。フランシス・グレスナー・リーが製作したジオラマだ。死体を模した小さな人形がキッチンに転がっているのを見て、サックスは笑い声を漏らした。

「あげるよ。持っててくれ」

「受け取れないの。ごめんなさいね」

「だめ？　どうして？」

サックスは微笑んだ。「どうしてかしら。警察の規則。ものを受け取ることは禁じられてる」

「そうか。でも、こういう本があることはわかったわけだから、買えばいいことだよな」

「そうね、探してみるわ、ヴァーノン」

制服警官が二人近づいてきた。「サックス刑事」

「トム」サックスは背の高い一人の名を呼んで応じた。

「護送車が到着しました」

サックスはグリフィスに言った。「これから拘置所に護送する。面倒は起こさずにいてくれるわよね」

「はい」

サックスは彼を信じた。

58

「あそこだよ」

ロナルド・プラスキーは、せいぜい十五歳くらいにしか見えない少年を見つめ、次に少年が指さしている建物へと視線を移した。イーストニューヨークでもとりわけ治安が悪そうな地域だった。少し前に子供たちと見た『ホビット』に、ドワーフたちとビルボが洞窟に入るシーンがあった。あの場面を思い出す。少年が指さしたのは、乾いた血みたいな茶色をした石造りの建物の一つだった。黒くくぼんだ窓が死体の眼窩《がんか》のようだ。破れた窓、銃弾の穴が開いた窓。

薄暗く、近づく者を拒んでいるようなその建物は、いかにもオーデンの密売拠点にふさわしかった。悪名高き〝キャッチ〟、ドラッグのなかのドラッグが生み出される場所にふさわしい。

いや、もしかしたら密売や製造の拠点は別にあって、あそこは商売敵《がたき》や密告者を拷問にかけるためだけの場所かもしれない。

「いま一人でいるのかな」ロナルドは聞いた。

「知るかよ」少年の大きな茶色の瞳は通りのあちこちを落ち着きなく飛び回っていた。ロナルドは今回もカジュアルな格好をしている。リンカーン・ライム救出作戦に従事するときはいつもそうだ。それでも素性は隠しきれていない。どこをどう見ても、黒人居住地域にやってきた白人警官、〝潜入捜査官っぽく変装してみた〟警察官だ。プラスキーは背後を確かめたい衝動を懸命に押さえつけた。すぐ後ろの路地をのぞいて、トニーがグロックを抜いてちゃんと待機していることを確かめたい。

プラスキーは少年に聞いた。「オーデンが銃を持っているかどうか知らないか」

「いいからさっさと金をよこしな」

「千ドル用意してある。オーデンはふだん銃を持っているのかな」

「俺はこのへんの人間じゃねえんだ。オーデンってやつも知らねえな。そいつの仲間も知らねえ。俺が知ってるのは、リッチーのとこのアルフォがあんたの身元を保証してるってことだけだ。オーデンとかいうやつを見つけたら金をくれるんだろ。そいつなら、あそこにいるって聞いた。あの建物だ。俺はそれしか知らねえ。あんた、ほんとにおまわりじゃないだろうな」

「おまわりじゃないよ」

「ならいい。情報は渡した。とっとと金をよこしな」

プラスキーはポケットに手を入れ、一週間分の手取りに相当する額の札束を握り締めた。分厚く見えるよう、五ドル札でそろえてある。

「待て」少年が早口に言った。

「何だよ、待てって？」

「いま現金をよこすんじゃねえって」ミサの最中にげっぷをした不届き者を叱るような声。

プラスキーは溜め息をついた。「たったいま早くって自分が――」

「待て。待て……」

周囲を見回している。

プラスキーも見回した。いったいどういうことだ？

そのとき、若い男の三人組に気づいた。ラテン系二人、アフリカ系一人。煙草を吸い、大声で笑いながら、通りの反対側を歩いてくる。別の地域だったら大学生になったばかりの年ごろだろう。しかしここでは、まだ高校生ということもありそうだ——ドロップアウトしていないなら、だが。

「待て。待て……おい、あいつらを見るな。こっちを見てろって」

プラスキーはまた溜め息をついた。「いったい何のつも——」

「よし。いまだ。よこせ。金をよこしな」

プラスキーは金を渡した。少年はポケットからくしゃくしゃになった煙草のパックを出してプラスキーに渡した。

プラスキーは眉をひそめた。「何か入っているのか？　ブツを買ったつもりはないぞ。オーデンと話をしたいだけだ」

「入ってるのは煙草だけだよ。いいから受け取れって。コカインが三グラム入ってるみたいな顔でしまうんだよ。大事そうに隠せ。早く！」

ああ、そういうことか。プラスキーは納得した。この少年は、取引をしたように見せかけたいのだ。ストリートで評判を確立するために。プラスキーは通りの反対側をちらりとうかがった。三人組は気づいているようだが、何ら反応を示さないまま歩き続けていた。

プラスキーは建物を見た。「よし。オーデンはどの部屋にいる？」

「知らねえよ。あのどっかにいる。俺があんただったら、１Ａから始めて上っていくな」

プラスキーは通りを渡ろうとした。

「よう」

「何だよ？」

「俺の煙草」

「僕が買ったんだから、もう僕のだ」プラスキーはパックを握りつぶして路上に捨てた。「禁煙しろよ。体に悪いぞ」

「知るか」

少年が消えると、トニーが追いかけてきた。トニーもおとり捜査官風の変装をしている。黒いジーンズ、Ｔシャツ、グレーのレザージャケット、つばを後ろに回してかぶったニューヨーク・ヤンキースの野球帽。二人は〝オークの洞窟〟ビルのすぐ横の路地の入口に向かった。

「なかはどうなってるって？」

「まったくわからない。さっきの子供は、オーデンはいまこの建物にいると誓った。いや、誓ってはいないか。いると思っているだな。情報はそれしかない。当たってるといい」

「メスの闇工場って感じの場所だな」

それが当たっていないことを祈った。メスやクラックの常用者は、スーパーヒーローばりの活躍を始めることがある。違法薬物は肉体に馬鹿力を与え、思考を常識から解き放つ。ロナルドとトニーに天が味方すれば、オーデンは小分けの取引はせず、大口の客しか相手にしていないかもしれない。ライムがライカーズ刑務所に放りこんだ犯罪者チャールズ・バクスターと直接取引していたかもしれない。株のブローカーやウォール街の弁護士であろうと、ヘロインやコカインをやりたいならどこかで買わなくてはならないのだから。

トニーが言った。「ここが密売の拠点なら、一人でいるってことはありえないし、一緒にいる人間は全員、銃を持ってるだろうな。さっきのガキには聞いてみたか」

「聞いたよ。何も知らないと言われた」

知るかよ……

「僕らが来てからもう四十分もたったよな。そのあいだ、誰も出入りしていない。きっと大丈夫だろう」

「そうか？」トニーが聞き返す。「オーデンと用心棒三人と、人数分のAK47は、四十五分前に入ったかもしれないとは考えないわけだ」

「トニー」

「言ってみただけだって。いいよ。行こうぜ」

いまはホルスターに収めてあるグロックをすぐにまた抜けるようジャケットのジッパーを下ろすと、トニーは弟を見つめた。「銃は？」

「足首」

「ウェストバンドにはさんどけよ」

プラスキーは迷ったが、ジーンズの裾を持ち上げた。ボディガードをホルスターから抜き、作戦用の資金の残りを入れてあるポケットに押しこんだ。トニーがうなずく。その顔は、まあそうだな、そのちびっこい三十八口径じゃ、ウェストバンドから落ちるか、おまえの股ぐらに潜りこんじまうかもしれないものな、と言っていた。

トニーが弟の腕に手を置いた。「待て。もう一度だけいいか。おまえ、本当に命を懸ける価値があると思うんだな？」

ロナルド・プラスキーはにっこりと笑った。

二人はオーデンがいる建物のエントランスに近づいた。鍵はかかっていなかった。正確には、錠前がそもそもついていなかった。木締り錠があったところにぽっかりと穴が開いていた。

「どの部屋だって？」

知るかよ……

プラスキーは首を振った。

しかし、何部屋も確認して回る手間は省けた。二階の奥の部屋〈2F〉の真っ赤に塗られた傷だらけのドアの真ん中、ブザーボタンの下に、手書きの表札があった。

〈O'Denne〉。

こんな状況でなかったら、プラスキーは大笑いしていただろう。Odenという綴りだと思いこんでいたが、アイルランド風の名前、綴りだったようだ。ノルウェー人ではない。

トニーはドアの片側に寄って立った。

プラスキーは真正面に立った。のぞき穴から外を確かめたとき訪問客の姿が見えなかったら、訪ねてきたのは警察官だということだ。タフな表情を顔に張りつけ、ブザーを鳴らした。汗が噴き出した。だが、汗の粒を拭おうとはしなかった。もう遅い。

一瞬の静寂のあと、ドアの奥から足音が聞こえた。

「誰だ？」ぶっきらぼうな声が聞いた。

「ロナルド。バクスターの友人だった。チャールズ・バクスター」

ドアの下の隙間で影が揺れた。オーデンはポケットに入れていた銃を抜き、ドア越しにぶっ放して客を射殺しようかと考えているのだろうか。自分の住まいでそんなことをするとしたら、愚かだ。しかしオーデンは精神的に安定した人物ではないのかもしれない。そして侵入者の死体を住居のすぐそばに捨てることにも無頓着になっているのかもしれない。ほかの部屋に誰かいるとしても、この界隈では銃声など日常の一部だろうから、おそらく誰も騒ぎ立てないだろう。

「何の用だ？」

「チャールズが死んだのは知っているだろう」

「何の用だ？」

「あんたの話をチャールズから聞いた。チャールズのあとを引き継ぎたい」

ドアの奥からかちりという音が聞こえた。

銃の撃鉄が起こされる音か？　それとも解除される音か？

まもなく、いくつか並んだ錠の一つがはずされた音だとわかった。

プラスキーは身構え、拳銃に手をやった。トニーがグロックの銃口を持ち上げる。

ドアが開いた。プラスキーはその奥を見た。目の前に現れた男の全身に目を走らせる。

シェードが壊れた安物のランプの光が背後から男を照らしていた。

プラスキーはがっくりと肩を落とした。やれやれ……いったいどうしたらいい？――

頭に浮かんだ考えはそれ一つだった。

59

リンカーン・ライムのタウンハウスの玄関が開き、閉じる気配がした。足音が近づいてくる。

「アメリアですね」ジュリエット・アーチャーが言った。ライムとアーチャーは居間にいる。

「足音を聞き分けたか。いいね。これからきみの聴覚、視覚、嗅覚は研ぎ澄まされていく。そのようなことはありえないという医者もいるが、私はいくつか実験をしてみたから断言できる。味覚も鋭くなる。スコッチを飲み過ぎて味覚レセプターを破壊しないかぎり」

「え、何？　味覚レセプター？」

「味蕾《みらい》だ」

「人生はバランス。そういうことですね」

アメリア・サックスが入ってきて、挨拶代わりにうなずく。

「グリフィスは自白したか」ライムは聞いた。

「おおよそのところは」サックスは椅子に腰を下ろすと、いじめに遭った兄弟の物語をライムに聞かせた。弟はいじめを苦に自ら命を絶ち、精神の安定を欠いた兄は復讐心を募らせた。グリフィスの供述は、アリシア・モーガンの供述と完全に一致していた。

「〝ショッパー〟」話を聞き終えたアーチャーはつぶやくように言った。「そういう意味だったとは」

ライムは犯罪者の精神構造にほぼまったく関心がないが、それでもヴァーノン・グリフィスは、過去に対決した犯罪者のなかでもっとも複雑な心を持った一人であることは認めなくてはならないだろう。

「同情の余地があるわよね」サックスが言った。

それはライムがいままさに言おうとしていたことだった。

おそらく司法取引があるだろうとサックスは続けた。「言い逃れのできない証拠がそろってることは本人も認めてる。否認はしないと言ってた」笑み。「そういえば、刑務所では家具を作らせてもらえると思うかって聞かれたわ」

どうだろう、許されるだろうか。殺人の罪で収容されている重罪犯に鋸や丸頭ハンマーを使わせることはないだろう。ナンバープレート作りで我慢するしかなさそうだ。

それからライムは証拠物件一覧表をみつめた。二つの事件は、表面的には何ら共通点がないように見える。ところが実際には、まるで双子のように、生まれたときから分かちがたく結びついていた。フロマー対ミッドウェスト・コンヴェイアンス。ニューヨーク州対グリフィス。そしてもう一つ、ニューヨーク州対アリシア・モーガン。

サックスは自身を〝武装解除〟した（その表現は、銃器の安全な取り扱いに関してニューヨーク市警が発行した文書にあったもので、サックスがおもしろがってライムに話し、二人は腹がよじれるほど笑った）。トムが居間の片隅に用意していたコーヒーをカップに注いで、また腰を下ろした。コーヒーを一口飲もうとしたところで、携帯電話が鳴った。サックスはショートメールを確認して笑った。「クイーンズの鑑識本部から。

行方不明だった紙ナプキンを見つけたそうよ。ホワイト・キャッスルのナプキン」

「すっかり忘れてました」アーチャーが言った。

ライムは言った。「私は忘れていないぞ。ただし、完全にあきらめていた。で？」

サックスが読み上げる。「〝指紋、検出されず。DNA、検出されず。牛乳ベースの甘味飲料の痕跡を検出、成分の割合からホワイト・キャッスル・ハンバーガーチェーンのものと推定される〟」

「でも、紙ナプキンには——」アーチャーが言いかけた。

「——ホワイト・キャッスルのロゴが印刷されてた？　ええ、印刷されてたわ」

ライムは言った。「それが私たちの職業の本質だ——これからはきみの職業にもなるな、アーチャー。行方不明の証拠、最後まできちんと同定できずに終わる証拠、汚染された証拠。日々、そういったものに対処しなくてはならない。推論は完全に的はずれとわかることもあるだろう。不要な推論をすることもあるだろう。手がかりを見逃すこともある。似たようなことは疫学でもあるのではないか」

「ええ、あります。近視の児童の研究、覚えていますか？」アーチャーは、明かりをつけたたまま眠ることと近視との因果関係を誤った研究についてアメリア・サックスに説明した。

サックスはうなずきながら言った。「ラジオで以前聞いた話だけど、昔はウジは腐った肉にひとりでに発生するとされてたんですって。細かいことは忘れてしまったけど」

アーチャーが言った。「そうそう。十七世紀の科学者、フランチェスコ・レーディがその誤りを証明しました。レーディは実験生物学の父と呼ばれています」

サックスは証拠物件一覧表に顔を向けた。民事訴訟のホワイトボードを見ているようだ。「あなたが担当した事件。そもそもの事件ね。ミセス・フロマーの訴訟。少しでも賠償金は取れそうなの？」

「かなり怪しいな」ライムは、アリシアとグリフィスに対して主張できる訴因は、グレッグ・フロマーの不法死亡だけであることを説明した。ホイットモアがいま、二人の資産状況を調査しているが、二人とも決して裕福ではなさそうだ。

アーチャーの電話が鳴った。アーチャーは音声コマンドを使った。「応答する」

「やあ、ジュリエット。俺だ」

「ランディ。スピーカーモードになってる。リンカーンとアメリアが一緒よ」

アーチャーの兄からだ。

短い挨拶がやりとりされた。

「あと十分で着くよ」

アーチャーが言った。「事件が解決したのよ」

「本当に？　そりゃすごいな。ビリーに聞かせたら喜ぶぞ。ここだけの話、母親が警官ってのはかっこいいと思ってるみたいだからな。ママを主人公にしたグラフィックノベルを描いてるそうだ。おっと、この話は聞かなかったことにしてくれよな。サプライズのつもりらしいから。そろそろ切るよ。運転中なのに、ハンズフリーモードにしてないんだ。警察には内緒にしてくれよ！　ははは」

　通話を終えた。

　アーチャーはライムではなくサックスを見て言った。「リンカーンの講座の受講を決めたとき、あなたのことはもちろん知っていました。ニューヨークの犯罪に関心を持っていて、あなたを知らない人なんていないもの。息子に言わせたら、あなたは〝マジ最高〟。私なら〝有名〟って言うけれど、息子の〝マジ最高〟のほうが似合っている気がするわ。リンカーンと仕事の上でのパートナーだということは知っていたけれど、私生活でもパートナーだとは知りませんでした。ここ数日、接していて初めて知ったの」

「もうかなり長いのよ。仕事でも、私生活でも」サックスはにこやかに言った。

「最初は、それってどうなんだろうと思いました。でも、ふつうのカップルと変わらないとわかった。幸せなこともあれば、悲しいことも、怒ることもある」

　ライムは低く笑った。「そうだな、意見が合わないことはある。現にここ何週間か、争ってばかりいるよ」

　サックスの顔から笑みが消えた。「引退するなんて、腹が立つもの」

「私は、私が引退を決めたことに腹を立てている彼女に腹を立てている」

　サックスがすかさず付け加える。「それに、私の鑑識技術者を盗んだことも気に入らない」

「最終的には取り返したではないか」ライムはぶつぶつと言った。

アーチャーが言った。「診断後、ずっと一人で生きていこうと決めました。もちろん、まだしばらくはビリーが一緒ですけれど。養育権の合意がありますから。介護士もですね。トムのような人がいい。でも、あんなに優秀な人はそうそう見つからないでしょうね。貴重な人材だわ」

ライムは戸口を確かめてから言った。「彼は最高の介護士だ。私がそう言ったことは内密に頼むよ」

アーチャーはからかうような笑みを作った。「トムはちゃんと知っていると思いますよ」それから話を続けた。「恋愛はしない、したいなんて考えたりもしないと決めたんです。新しい仕事、やりがいと挑戦しがいのある仕事を探す。子育てに全力を尽くす。四肢麻痺でも変わらずつきあってくれる友人を持つ。そんな人生を送る予定はなかったし、望んでもいなかったけれど、それなりに充実した人生を送ればいい。でも、運命って本当にいたずらですよね。ある人と出会いました。三カ月くらい前、神経科医から、やはり重度の障害が残ることになりそうだと宣告された直後に。ブラッドです。それが彼の名前。息子の誕生祝いのパーティで知り合いました。シングルファーザーなの。職業は医師。すぐに意気投合したわ。知り合ってすぐ、腫瘍のことや手術のことを話しました。ブラッドの専門は心臓だけれど、この病気についておおよそのことは知っていました。でも、関係ないと思ってくれたみたい。しばらく交際しました」

サックスが言った。「でも、あなたから別れた」

「そうです。一年後には、私はおそらく何もできない〝身障者〟になっている。彼はランニングをしたり、ヨットに乗ったりを続けている。ネットのお見合いサイトで、そんな二人の組み合わせが候補に挙がることなんて、まず考えられないでしょう。私から別れを切り出すと、ブラッドはひどく動揺しました。でも、そうするのが一番だと私は確信していたの。それがお互いのためだと」悲しげな笑い声を上げた。「この話のオチ、予想できますか？」

わからない。ライムにはまったく推測できなかった。しかしサックスを見ると、淡い笑みを浮かべていた。

アーチャーが続けた。「お二人の様子を見ていたら、もしかしたら私は間違っていたのかもしれないと思い始めたの。ゆうべ、ブラッドに電話して、今週末、会う約束をしました。わかりませんよ。半年後には婚約しているかも。お二人みたいに。日取りはもう？」

サックスは首を振った。「まだ。近々ということしか」

アーチャーが微笑みながら聞いた。「ロマンチックなプロポーズでしたか？」

「片膝をつくことさえできないのにか？」ライムはぼそりと言った。

サックスは言った。「それはもうロマンチックだったわよ。〝このまま結婚せずにいることに客観的あるいは合理的な理由は見つからないように思う。きみの意見はどうかな〞」

アーチャーは笑った。

ライムは苦い顔をした。「笑うようなことではない。現状を的確に評価し、結論を出す前に考慮に入れるべきデータがあれば提出してほしいと述べたまでのことだ。完璧に筋が通った話ではないか」

アーチャーはサックスの左手を見ている。「ずっと気になってて。とてもきれい」

サックスは薬指にはめた指輪の二カラットの青い石をアーチャーに向けた。「リンカーンが選んでくれたの。オーストラリア産の石」

「サファイア？」

「ダイヤモンド」

「とくに価値が高いわけではない」ライムは淡々と説明した。「しかし、希少だ。IIb型のダイヤモンドでね。この色に惹かれた。青いのは、不純元素としてボロンを含むからだ。ちなみに半導体だよ。その性質を持つダイヤモンドは、IIb型だけだ」

「ハネムーンの予定は？」

ライムは答えた。「ナッソーに行こうかと考えている。前回バハマ諸島に出かけたときは、撃たれかけたり、溺れかけたりした。たった五分のあいだにね。もう一度行って、今度は平和に楽しみたい。ぜひ再会したい友人もいる。奥さんの作るコンクフリッターが実にうまいんだ」

「式にはぜひ招待してください」

サックスは首をかしげた。「披露宴にもまだ空席がありそうよ」

「かならず出席します」

呼び鈴が鳴った。ライムはモニターを確かめた。アーチャーの兄が迎えに来たようだ。トムがランディを居間に案内してきた。ランディはライムとサックスにうなずいたあと、あわてたように妹に駆け寄った。「おい、大丈夫か、ジュリエット？　その顔はどうした？」

「いいの、大丈夫だから。ちょっと痣を作っただけ」

アーチャーが車椅子を操作してライムのほうを向いた。「また柄にもないことをしますよ」

ライムはどういうことかと眉を上げた。

アーチャーは車椅子から立ち上がると、ライムに歩み寄って彼を両腕で抱き締めた。しっかりと。少なくとも、ライムはそう推測した。彼女の腕の圧力を感じることはできない。アーチャーはサックスも同じように抱き締めたあと、ストーム・アローの車椅子に座り直し、兄に付き添われて出て行った。

「明日もまた早めに来てくれ」ライムはそう声をかけた。

アーチャーが左腕を上げて親指を立ててみせた。ライムは笑った。

二人が行ってしまうと、ライムはサックスに言った。「お母さんと話したよ。元気そうだった。手術はいつだ？」

「明日の午後」

窓の外にじっと目を向けているサックスの青白い顔を、ライムは見つめた。「もう一つの件はどうした？」ニックのことだ。前日の夜、サックスからすべて聞いていた。ニックがふたたび彼女の前に現れたこと。彼の主張に疑念を抱いていること。ニックの家で一晩過ごして、携帯電話に追跡アプリをインストールしたこと。

頼むよ、サックス。もったいぶらずに早く話してくれないか……

サックスはすぐには答えなかった。窓の向こうのセントラルパークに目を注いだまま動かずにいる。

「恐れていたとおりの結果になった。いいえ、恐れていた以上の結果、ね。ある人を殺そうとした」

ライムは眉をひそめて首を振った。「残念だ」

「しばらくはフレッドのところで情報屋として働くことになる。犯罪組織の幹部を五、六人は捕まえられるんじゃないかしらね。そのあとは自由の身になる」

「一つだけ話してくれなかったことがあるね、サックス」

サックスがライムのほうに顔を向けた。籐椅子がカラスの鳴き声のような独特の音を立てた。サックスは首をかしげ、髪を後ろに払いのけた。ライムはサックスが髪を団子に結っているより、下ろしているほうが好きだった。

「なにがきっかけでニックに疑いを抱いた？　話の内容、彼のふるまい……きみの話を聞くかぎりでは、彼に怪しいところはなかった。少なくとも私は怪しいと思わなかった」

「話してないこと？」

短い沈黙のあと、サックスは答えた。「直感。あなたがこの言葉を嫌ってることは知ってる。でもそうとしか言いようがないの。言葉で説明することはできない。とにかく違和感があったの。何がおかしいか、指摘したのは母だった。ニックは弟のことを思って罪をかぶったと話したわ。でも母は、もし私を本気で愛していたなら、そんなことはしなかったはずだと言った。ニックは表彰もされてる優秀な刑事だった。市内で名が知れてた。弟が逮捕されたら、地方検事をうまく説得して、罪を軽くしてもらうこともできただろうし、刑務所で弟をリハビリプログラムに参加させることもできた。デルガード逮捕作戦を開始することもできた。ついでに言うと、デルガードの話はみんな嘘だったわ。いろんな手は打てただろうけれど、自分が罪をかぶるという選択だけはなかったはず」サックスは笑みを作った。口紅を塗っていない素のままの豊かな唇がゆるやかな弧を描く。「証拠なんてひとかけらもなかった。あったのは、直感だけ」

「それは違うな」ライムは言った。「直感ではない。きみの心の声だよ。それは物理的な証拠以上に的確に真実を言い当てることがある」

サックスは驚いたように目をしばたたいた。

「しかし、私がそう言ったことは内密に頼むよ、サックス。私はそんなことは言っていない」

「そろそろ母のところに帰るわ」サックスはライムの唇にキスをした。「早くよくなってもらわないと困るもの。またこのタウンハウスで眠りたいから」

「そうだな、同感だよ、サックス。同感だ」

60

ライムはディスプレイから目を上げた。利口だが想像力に欠けたソフトウェアを相手にチェスのゲームをしているところだった。

居間の戸口でぐずぐずしている訪問者に声をかけた。「入れよ」それから今度はパソコンに向かって言った。「白のクイーンをe7へ。チェック」

その動きについて熟考に入ったソフトウェアをそのままにして、ライムはパソコンの前を離れ、車椅子をロナルド・プラスキーに向けた。「どこに行っていた、プラスキー？　クライマックス、最大の見せ場、グリフィス事件の大団円を見逃したぞ。幕が下りるところを見に来たのか？　退屈だろうに」

「もう一つの事件で出かけていて。マルチタスキングしてました」

「私がどれほどその言葉を嫌っているか知っているかね、プラスキー。タスクという名詞を強引に動詞にするのは、尋《アスク》ねるという動詞を強引に名詞にするようなものだよ。受け入れがたい。それに、マルチという接頭辞は不要だ。〝タスキング〟を述語として使う場合、一つであろうと一ダースであろうと、区別がない」

「リンカーン、いまは――」

「〝サウンドバイト〟の時代だと言うなら、私は怒るぞ」

「――いえ、えっと、簡略化したフレーズまたは一つの単語を繰り返し使うことで、複雑な概念を広く伝えようとする時代です、と言おうとしていました」

ライムは笑いを嚙み殺した。この若者を甘く見てはいけないのだったとあらためて思う。ライムにはときおりしっぺ返しを食らわせる人間が必要だ。

しかしそんな軽口をやりとりしながらも、プラスキーの様子を見て、何か大事な話をしたくて来たらしいとライムは察した。「アメリアからグリフィスの件は聞いたか」ライムは尋ねた。

プラスキーはうなずき、籐椅子に腰を下ろした。「悲しい人ですね。悲しい話だ」

「そうだな。しかし法の観点から言えば、復讐は、性欲やテロリズムなどと同じく許しがたい動機だ。さて、もったいぶるのはこれくらいにしようではないか。事件捜査が一段落したいま、きみがここに来る理由は本来ならない。いったい何が起きた？」

プラスキーの目はまだグリフィスが作ったミニチュアのドレッサーに注がれていた。次にキッチンテーブルに視線を移した。しばらくそうやってぼんやり見つめていたあと、覚悟ができたか、ようやく口を開いた。

「もう一つの捜査」

「グティエレス事件」

プラスキーはライムを見た。「その言いかたからすると、リンカーン、グティエレス事件の捜査じゃないとお見通しだったんですね」

「ああ、推測はしていた。簡単なことだよ」

「ジェニーにはよく、致命的に嘘が下手だと言われます」

「そうかもしれないな、ルーキー。だが、悪いことではない」

そう言われても、プラスキーに慰められた様子はなかった。「で、もう一つの捜査のことですが」

「話してくれ」

「実はバクスター事件なんです」居間の片隅に追いやられ、裏側をこちらに向けているホワイトボードを用もないのにちらりと見た。

バクスター事件とは意外だった。言いたいことは次々浮かんできたが、この話の主役はプラスキーだ。ライムではない。

「捜査資料を読みこみました。もう終わった事件だということは知っていますが、全部目を通しました。そして、説明がつかないままになっている事柄がいくつか残っていることに気づきました」

ライムはアーチャーがこんな疑問を口にしていたことを思い出した。〝自宅外に倉庫があることをバクスターはなぜ、警察に話さなかったのか〟。

ライムは言った。「たとえば？」

「一つ、ひじょうに興味深いものを見つけました。担当刑事のメモを見直すと、バクスターが過去一年くらいに接触した人物を挙げたリストがありました。そのなかに、一つ謎めいた名前がありました。オーデンです」

「聞いたことがないな」

「証人の供述を文字に起こしたなかにあったので、O-D-E-Nと綴られていました。調べてみたら、実際にはO-アポストロフィ-D-E-N-N-Eでした」

「アイルランド系の姓だな。北欧の神の綴り間違いではなく」ライムは言った。

「人に聞いて回ったり、ほかの資料を確認したりしました。手がかりはほとんど出てきませんでしたが、このオーデンという人物はブルックリンの麻薬ビジネスに関与していることがわかりました。新型のドラッグを売り出そうとしていて、ストリートはその話で持ちきりだった。合成のドラッグで、名前はキャッチ。でも、バクスター事件の捜査班は、その手がかりをそれきり追っていません。バクスターが……その……」

「はっきり言ってかまわないぞ、ルーキー。〝死んだ〟とな」

「はい。でも、僕は調べました。追いかけました」

「非公式に？」

「まあ、どちらかと言えば、はい」

「〝どちらかと言えば〟か。やれやれ」

「ようやく一つだけ情報が手に入った。オーデンの拠点はイーストニューヨークだという情報です。でも、金融街の大物のバクスターがなぜ、イーストニューヨークのギャングなんかとつながっているのか。そこでオーデンに会いに行って――」

「――バクスターがけちな詐欺以上の犯罪に手を染めていなかったかどうかを確かめようとした」

「そうです。バクスターがその新薬の開発に資金を提供している証拠をつかもうと思いました。あなたが発見した銃を彼が実際に使った――彼が人を殺したことがあると証明できればと思ったんです。だって、使ったのか、使っていないのか、どちらとも解釈できそうな証拠ばかりだったでしょう、リンカーン。疑問は解決されないままだった。もしかしたら、バクスターは危険人物だったのかもしれない」

ライムは静かに言った。「危険人物だったのなら、暴力的重罪犯棟に収容されたのは間違いではなかったということになる」

プラスキーはうなずいた。「危険人物だったなら、あなたは無実の男を死なせたわけではないことになる。その証拠をあなたに示せたら、引退するとかいうたわごとを撤回してくれるんじゃないかと思ったんです。ついでに言わせてもらうと、ほんと、たわごとですよ、リンカーン」

ライムは小さな笑いを漏らした。「なるほど、それは重大な疑問だな、ルーキー。で、答えはどうだった？」

「兄と二人でオーデンの居場所を突き止めました。イーストブルックリンです」

ライムは〝で？〟というように眉を上げた。

「オーデンは聖職者だったんです、リンカーン」

「え……？」

「フランシス・ゼイヴィア・オーデン神父。ブフウンズヴィルで〝店先クリニック〟を運営しています。売り出そうとしていたドラッグというのは」プラスキーは首を振って苦笑した。「依存症の治療に使う新しいタイプのメタドンでした。名前もキャッチじゃなかった。それはオーデン神父のクリニックの名前だったんです。コミュニティ・アクション・トリートメント・センター・フォー・ホープのイニシャルを取って、CATCH」プラスキーは溜め息をついた。「バクスターは……クリニックの最大の後援者の一人でした」

つまり、問題の銃は、事実、バクスターの父親のもの、父親の人生に起きた大きなできごとを記念するものだったというわけだ。射撃残渣は、流通している二十ドル札から来たもの、ドラッグの痕跡も同じ二十ドル札あるいはまた別の二十ドル札から来たものだったのだろう。オイルは、バクスターが最後に息子に贈ったプレゼントを買ったスポーツ用品店のものだ。

「まだあります。ここまで来たら全部話しますよ、リンカーン。別の後援者が現れなければ、オーデン神父のクリニックは閉鎖になるかもしれない」

「きみの話をまとめると、私は無実の男を一人死なせたばかりでなく、大勢の人間が路上生活から抜け出してより生産的な人生を歩む邪魔をしたわけだな」

「はい。役に立ちたいと思ったんです、リンカーン。仕事に復帰してもらいたかった。でも……そうです。僕が見つけちまった事実は、そういうことです」

それが科学だ。事実を無視することはできない。

ライムは車椅子の向きを変え、ヴァーノン・グリフィスが丹精込めて完璧に作り上げた小さな家具を見た。

「ともかく」プラスキーが言った。「いまならわかります」

「何がわかる？」

「あなたの気持ち。引退したくなった理由。僕がしくじったら、やっぱり同じことをすると思います。身を引く。市警を辞める。別の仕事を探す」

ライムはグリフィスのミニチュアを見つめたまま、低い声で言った。「誤った選択だな」

「え……何が？」

「しくじったことを理由に辞めることだよ――徹頭徹尾間違っている」

プラスキーは眉間に皺を寄せた。「えっと、リンカーン。わからないな。どういうことですか？」

「つい一時間ほど前、私は誰と話したと思う？」

「さあ、わかりません」

「ロン・セリットーだ。助言が必要な事件はあるかと問い合わせた」

「事件？　刑事事件ですか？」

「私の記憶が間違っていなければ、ロンはソーシャルワーカーではないはずだぞ、ルーキー。当然、刑事事件だ」ライムは車椅子の向きを変えてプラスキーを見つめた。

「でも、すみません、まだ話がよくわかりません」

「愚かな頑固さは小さき心の表れ」

「僕もエマソンは好きです、リンカーン。でも、たしか〝小さき〟じゃなくて〝狭量なる〟です」

そうだったか？　そうかもしれないな。ライムは譲歩してうなずいた。

「でも、まだ話が見えません」

おそらく答えはこういうことだろうとリンカーン・ライムは思った。追求すべきであると心では知っている事柄を追求しない理由を考えつくかぎり挙げていったら、それに縛られて――ライムは次の表現ににやりとした――身動きさえできなくなってしまうだろう。それはすなわち、やめておけ、辞めろ、考え直せ、立ち止まれ、疑えという内なる声には耳をふさがなくてはいけないということだ。その声に負けてしまいたくなった理由が、解釈に困る手がかりであろうと、休めとささやく疲労であろうと、同じことだ。あるいは、自分が後先考えずに掘った墓穴に男が一人横たわっていることに気づいたときの狼狽であろうと、やはり同じだ。

ライムは言った。「さあな、私にもわからんよ、ルーキー。まったくわからない。しかし、そういうことなんだ。だから予定を空けてくれ。明日朝一番に来てもらいたい。きみ、そしてアメリア。未詳40号事件の最後の仕上げをして、ロンが――あまり趣味のよい表現ではないな――最優先事項《フロントバーナー》として挙げてくる事件を待とう」

「わかりました、リンカーン。了解です」

出口に向かうプラスキーの顔は紅潮していた。そして、〝晴れ晴れとした〟としか表現しようのない表情で笑っていた《ビーミング》。

それも笑み《ビーム》という名詞を強引に動詞にした、受け入れがたい表現の一つだった。

月曜日

Ⅶ　プランA

61

呼び鈴が鳴って、ライムはモニターを一瞥した。訪問者はロン・セリットーとステッキだった。

トムが玄関を開けてセリットーを招き入れた。トムが朝のうちに焼いたクッキーのトレーから溶けたバターとシナモンの香りが広がって居間を満たしているのに、セリットーは寄り道をせず、ライムに向かってまっすぐ歩き出した。ただ、クッキーを一瞬だけ盗み見た目には、無念そうな色があった。もしかしたらここ数日で一キロか二キロ太って、以前の〝毎日ダイエット宣言〟セリットーが復活したのかもしれない。

「やあ」トムにうなずいたあと、ぎこちなく椅子に近づいた。靴は軽い音を立てたが、先端がくたびれたラバーで覆われたステッキは静かだ。「リンカーン。アメリア」

サックスがうなずく。サックスは未詳40号事件の初期の証拠物件――クイーンズの鑑識本部の保管庫に預けてあったものを届けに来ていた。ホワイト・キャッスルの紙ナプキンのように、また行方不明になってしまうのではないかとずっと気をもんでいた。ついに今朝早く自分で証拠物件を引き取りに出向き、そのままライムのタウンハウスまで持ってきたのだ。

サックスはすぐにまた出かける予定だった。ローズを病院に送っていくためだ。手術はあと数時間後には始まる。

「何も召し上がりませんか」トムがセリットーに聞いた。「コーヒーは？」

「いや、今日はいらない」顔は上げたが、誰とも目を合わせようとしなかった。

どうしたことか。ライムはセリットーの表情を探るように見た。何かあったらしいぞ。

「そこのエスカレーター。ずっと置いておくといいんじゃないか、リンカーン。来客と会話がはずむぞ」

よけいな会話に時間を取られるだけだとライムは思った。焦れったい。整理しておかなくてはならない証拠がまだ山のようにある。グリフィスとモーガンの起訴に備えて検事と会う約束もしている。メル・クーパーもまもなく来るだろう。

「何があった、ロン？」

「それが、だ。実はあまりいい話じゃない」

ライムはセリットーを見た。しかしセリットーはサックスを見ていた。

サックスは証拠物件を並べる作業を終えてラテックスの手袋をはずし、指に息を吹きかけた。何時間も手袋をはめて過ごしたあとのあのちょっとした行為がもたらす感覚を、ライムはもう何年も経験したことがない。しかしその解放感は鮮明に覚えている。

「聞かせて、ロン」アメリア・サックスは、率直さと簡潔さを歓迎する――少なくとも悪い知らせの場合には。思えば、よいニュースを受けてサックスが喜んでいるところを見たことがない。

「おまえさんは停職になった」

「え？」

「いったい何の話だ？」ライムは吐き捨てるように言った。

「本部で問題が持ち上がってね」

サックスは目を閉じた。「記者にリークしたせいね。スマートコントローラーの件。上層部におうかがいを立てなかった。でも、しかたがなかったのよ、ロン」

ライムは言った。「どうかしているな。サックスはおそらく大勢の命を救ったんだぞ。記事を受けて各メーカーがサーバーを停止し、グリフィスの不正侵入を阻んだんだ」

セリットーのたるみの目立つ顔に困惑がよぎった。「そりゃいったい何の話だ？」

サックスが説明した。ひそかに記者と接触し、クラウドサーバーをいったん停止してCIRマイクロシステムズから配布された最新のセキュリティアップデートをかけなければ危険なのに、一部のメーカーが経済的理由からそれを先延ばしにしていることを話した。記者はそれを記事にした。

セリットーは難しい顔をした。「よくわからんが、しかし、その件じゃない。残念だよ、アメリア。マディーノの判断だ」

ライムは記憶をたどった。グレッグ・フロマーの命を奪ったエスカレーターにサックスが弾丸を撃ちこんだ一件で発砲調査委員会を招集した、第八四分署の警部だ。

「その件に食いついてきた記者がいるらしい」

「でも、マディーノはうまく追い払ったと言ってたわ」

「まあな、しかしすぐにまた戻ってきて嗅ぎ回り始めたらしい。最近は問題視されやすいだろう、警察官の発砲事案は」

「丸腰の少年を撃ったなら、それは大問題だろうな」ライムは言った。「だが、今回は産業機械だ」

セリットーは掌を前に向けて両手を持ち上げた。「頼むよ、リンカーン。俺はメッセンジャーにすぎない」

ライムは数日前のサックスとのやりとりを思い出した。

売名を目的に、いまどきの警察官はショッピングセンターだろうと平気で発砲するって告発記事を書くような記者さえ出てこなければ、安心していいと思う。

マスコミもそこまで物好きではないだろう……

あのときはただの冗談のつもりだった。

サックスが言った。「それで？」

「記者連中は、詳しい説明をしろとマディーノをしつこくつついた。発砲した警察官の名前を公表しろとな。マディーノの頭越しにもっと上に話を持っていくぞと脅したりもした」

サックスは苦笑した。「私をオオカミにくれてやらないと、本部にもらったばかりのぴかぴかのオフィスを取り上げられてしまうと心配になったわけね」

「まあ、そんなところだ」

「で、結論は？」

「三カ月間の停職、無給。悪いな、アメリア。銃とバッジを預からなくちゃならない。映画みたいにな」セリットーはことのなりゆきに本心からうんざりしている様子だった。

サックスは一つ溜め息をついたあと、銃とバッジを差し出した。「私は戦うわ。警察組合の弁護士に相談する」

「そうだな。それもいいかもな」セリットーの口調は何か警告しているかのようだった。

サックスはセリットーの顔をじっとうかがいながら言った。「でも――？」

「俺ならこうアドバイスする。処分を受け入れて、この件は忘れたほうがいい。マディーノを敵に回さないほうが得策だ」

「それより、私を敵に回すとどうなるか、思い知らせてやりたいの」

短い沈黙があった。ニューヨーク市警に――あらゆる政府機関に――存在する政治的駆け引きという現実があらためて意識に染み通ったのだろう、サックスの顔にあきらめが浮かぶ。

セリットーが続けた。「数カ月もすりゃ、みんな忘れるさ。おまえさんは何事もなかったみたいに捜査に戻れる。しかし抵抗すれば、長引くぞ。マスコミはいっそう騒ぎ立てる。上層部はそれを嫌う。おまえさんはいつまでたっても現場に復帰できなくなる。世の中ってのはそんなもんだよ、アメリア」

ライムは軽蔑を込めて言った。「でたらめもいいところだな、ロン」

「わかってる。わかってるよ。お偉方だってわかってるんだ。ただ、やつらはでたらめでけっこうと思ってる。そこが決定的な違いだ」

サックスが言った。「でも、グリフィス・モーガン事件の仕事がまだ残ってる」

「処分は即時有効だ」

サックスは白衣を脱ぎ、ダークグレーのスポーツコートを着た。サックスの体の線を隠しすぎず、しかしグロック17の存在を隠すデザインになっている。仕立屋にとってはやっかいな注文だろう――ライムはそのコートを見るたびに思った。

自嘲するような声でサックスは言った。「タイミングとしては悪くないのかもね。手術後の二週間、母の世話に集中できるわけだもの。かえってよかったのかも」

いいわけがない。サックスも本気でそう思ってはいないだろう。今日から、空っぽで退屈な三カ月が続くのだ。はらわたが煮えくりかえっているに違いない。自分がその立場に置かれたら、きっと激怒するだろう。だからわかる。人は働く動物だ。犬も、馬も、人間も、働く生き物なのだ。仕事を取り上げるのは、尊厳を傷つけることに等しい。その傷は、下手をすれば一生消えずに残る。

「母を病院に送っていかなくちゃ」サックスは急ぎ足でタウンハウスを出て行った。

玄関のドアが静かに閉まった。まもなく、フォード・トリノの大馬力のエンジンの野太い音が聞こえた。意外なことに、急加速する音は続かなかった。アメリア・サックスにとって、愛車の馬たちに鞭をくれる行為は、楽しみのためのものであって、怒りの発散のためではない。

62

居間に入ってきた男が誰なのか、とっさにわからなかった。

ライムは怒りの視線をトムに向けた。見知らぬ人物の来訪をなぜあらかじめ伝えない？

しかしまもなく気づいた。エヴァーズ・ホイットモア弁護士ではないか。地味で堅苦しい弁護士。行儀のよい文字と行儀のよい言動の持ち主である弁護士。

とっさにわからなかったのは、変装のせいだ。灰色のウールのスラックス、青い格子縞のシャツ、ノーネクタイ、緑色のセーター（セーターを一目見た瞬間に気づくべきだった。カーディガンなのだから。ボタンを三つともきっちり留めている。一九五〇年代のホームドラマに出てくる、子供たちの悪気のないいたずらを辛抱強く見守る父親そのままだった)。

「ミスター・ライム」

「ミスター・ホイットモア」ライムは、ファーストネーム《ギヴン・ネーム》で呼び合おうという努力は完全に放棄《ギヴ・アップ》していた。

　ライムが服をじろじろ見ていることに気づいたのだろう、ホイットモアは言った。

「このあと息子たちのサッカーの試合のコーチを務めることになっていましてね」

「ああ、お子さんがいるのか。知らなかったな」

「ふだんは結婚指輪をしないことにしているんですよ。法廷で戦う相手に、個人的な情報をわざわざ教えるようなものですからね。私自身は相手方の弁護士の個人情報を利用しようなどとは考えもしませんが、そういう弁護士ばかりではない。あなたはよくご存じのことでしょうが」

「息子たちと言《い》ったね」

「娘もいますよ。男女三人ずつです」

　それはそれは。

「息子は三つ子でしてね、同じサッカーチームに所属しています。相手チームの選手は混乱するようですよ」そう言って微笑んだ。笑ったのは初めてだろうか。いずれにせよ、小さな笑みは一瞬で消えた。

　ホイットモアは居間を見回した。「今日はサックス刑事は？」

「病院に。母親の手術の付き添いで。心臓のバイパス手術」

「それは心配だな。結果はまだ？」

　ライムは首を振った。「なかなか骨のある女性でね。それで予後がよくなるというものでもないかもしれないが」

　想像力の乏しい弁護士は、ライムの言わんとしていることが理解できなかったらしい。

「サックス刑事によろしくお伝えください。お母さんにも」

「伝えるよ」

「容疑者と対決したそうですね。直接対決を」

「私は無傷ですんだ。ジュリエット・アーチャーは負傷したが、深刻なものではない」

　カーディガンのボタンは一つもはずさないまま、ホイットモアは行儀よく椅子に座り、ブリーフケースを膝に置いた。かちり、かちりと小気味よい音を立てて留め具をはずし、蓋を持ち上げる。

「あいにく、今日は残念なニュースを伝えに来ました。うちの調査員にアリシア・モーガンとヴァーノン・グリフィスの資産状況を徹底的に調べさせました。アリシアは預金口座におよそ四万ドルの現金を持っています。ヴァーノンにはおよそ十万五千七百ドルの資産があります。退職金積立もありますが――債権の取り立てから保護されています」

「合計でざっと二十万ドルか」

「そこから賠償金を取るつもりではいますが、ほかの被害者も訴えを起こすようであれば——十中八九、起こすでしょう——その二十万ドルを全遺族で分け合うことになります。エイブ・ベンコフの妻。トッド・ウィリアムズの遺族。ブロードウェイの劇場で負傷した大道具係も」

「エスカレーターを使えなくなって、人生が永遠に変わってしまった無数の人々も、か」ライムは付け加えた。大勢が訴訟に便乗するだろうとジュリエット・アーチャーが指摘し、ホイットモアもそのとおりのことが起きるだろうと請け合った記憶が蘇っていた。

ホイットモアが言った。「私の成功報酬を差し引くと、ミセス・フロマーの手もとに残るのは、多く見積もってもおそらく二万ドル程度ではないかと」

そしてその小切手は、スケネクタディのガレージに届けられる。

ホイットモアはそばの籐のコーヒーテーブルに書類を整然と並べていた。犯人二人の資産調査の報告書だろう。なぜそんなものをライムに届けるのか。ホイットモアの調査員なら、きっちりと仕事をこなしただろう。報告書の数字はすべて正しいに違いない。それを裏づける証拠は要らないはずだ。

「そんなわけで」ホイットモアは書類をいっそう几帳面に整え直しながら言った。「プランAで行くしかなさそうです」

「プランA?」

ライムの知るかぎり、彼ら原告チームは、アルファベットを振った戦略など一つも立案していない。加えて、ミッドウェスト・コンヴェイアンスが破産し、CIRマイクロシステムズには過失がないと判明したあと、残る希望は犯人の個人資産だけとなっていたはずだ。ところがその希望もいまや潰《つい》えたわけだ。

ライムはそのことを指摘した。するとホイットモアは、どこか困惑した表情でライムを見つめた。「いいえ、ミスター・ライム。それはプランBです。最初の戦略――メーカーの製造物責任を問うという方針は、まだ生きていますよ。こちらを」ホイットモアは、ブリーフケースから積み下ろした大量の書類のなかから一組をライムのほうに押しやった。ライムは車椅子をテーブルに近づけた。それは、予想に反して、資産調査の報告書ではなかった。

ニューヨーク州高位裁判所
キングス郡

原告：サンドラ・マーガレット・フロマー
対
被告：CIRマイクロシステムズ

訴状

管理番号：

ニューヨーク州高位裁判所御中

原告サンドラ・マーガレット・フロマーの訴因は以下のとおり：

ライムは右手を使い、長い訴状をぎこちなくめくっていった。似たような訴状がもう一組出てきた。原告の氏名がフロマー夫妻の息子になっている。訴因は不法死亡だ。さらにもう一組。これは死亡したグレッグ・フロマー本人が原告で、生涯最後の十五分に味わった苦痛に対する損害賠償を請求する内容だった。大量の付属文書も用意されていた。損害賠償請求条項には、五千万ドルと記されている。

ライムは書類から顔を上げた。「しかし……CIRマイクロシステムズを訴えるのは無理だと思っていた」

「それはなぜです？」

ライムは肩をすくめた。「ヴァーノン・グリフィスという――」

「介在原因があるから?」

「そうだ」

「しかし、それは予見可能な介在原因です。防ぐ手立てを講じておくべきものでした。過失の有無は、損害発生の蓋然性に損害の重大性を掛け合わせ、損害回避のためのコストと比較して判断される。判例、ラーニッド・ハンド判事。連邦控訴裁判所第二巡回区。合衆国対キャロール・トーイング・カンパニー。

その定式を適用すると、私の見解は次のようになります。一つ、スマート製品への不正侵入の蓋然性については、今日のハッカーの人数、巧妙さ、誘因を考慮すると、きわめて高い。二つ、損害の重大性はきわめて高くなるおそれがあります。ミスター・フロマーとエイブ・ベンコフは死亡しました。事実推定則です。そして三つ、適切な対策をとるコストは、最低限ですみます。CIRマイクロシステムズは、自動セキュリティアップデート機能を容易にソフトウェアに組みこむことができたはずです。現に、CIR自体が認めているように、いまその作業を開始しています。ハッカーの不正侵入によって重大な損害が発生することを予見できたはずですし、その対策も簡単なものでした。よって、被害者の死について、CIRマイクロシステムズには過失があったことになります。

ほかに、製造物厳格責任法に照らし合わせると、スマートコントローラーには欠陥があると主張できるでしょう。あなたの同僚が指摘していたように、スマート製品のソフトウェアは時代遅れです。これについては専門家を雇って調査を始めています」

たしかに、ロドニー・サーネックは、まったく新しいソフトウェアを作るより、機能の一部を取り払っただけの古くてハッキングされやすいソフトウェアを使うほうが、メーカーにとっては安上がりで簡単にすみ、コストの節約になると同時に製品を早く市場に送り出す役にも立つと話していた。

スパムメールを送信する冷蔵庫……

「そんなわけで、過失と製造物厳格責任の二本立てになりました。おそらくそこに、保証違反に対する賠償請求も加えることになるでしょう。裕福な被告を訴える場合、思いつくものを端から放りこんでおいて悪い結果につながることはまずありませんから」

「和解を狙うんだろうね？」

「もちろんです。私がエスカレーターの事件だけでなく、ほかのすべての事件の証拠物件を提出することは被告側にも予想がつくでしょう。ミスター・ベンコフのガスコンロ、劇場の電子レンジ、制御不能になった自動車。ＣＩＲマイクロシステムズにとっては、裁判になれば広報面で大打撃です。それに、こちらが陪審をうまく説得できれば、失血死とまではいきませんが、被告に貧血を起こさせるくらいの懲罰的損害賠償金を搾《しぼ》り取ることも可能になりますからね。吸血鬼みたいに」

この陰気な弁護士にも、やはりユーモアのセンスはあるらしい。

「五千万ドル満額はむりとしても、それなりの金額を交渉で引き出します。今日、こうしてうかがったのはそのためです。ＣＩＲマイクロシステムズの弁護士ミスター・フロストに訴状を送付する前に、いくつか証拠の問題を整理しておかなくてはなりません。和解交渉を有利に進めるために」

沈黙。

「あいにくだが、私は役に立てない」

「なぜです？　わけを教えていただけるとありがたいな」

「刑事事件で、検事側につくことになる。きみの訴訟を手伝うことになると、利害の衝突が生じる」

「なるほど。それならしかたがない。残念です。民事訴訟の行方が危うくなっては本末転倒だ」

「そのとおり」

「しかし、鉄壁の守りを整えておかなくてはなりません。主張に一分の隙もあってはならないんです。それには物的証拠が不可欠です。専門家の協力がどうしても必要です。どなたか心当たりはありませんか、ミスター・ライム。ぜひどなたか紹介してください」

「こんにちは、ローズ」

年老いた女性が目を開く。「リンカーン。お見舞いに来てくれたのね。うれしいわ」

ローズは点滴の針が刺さっていないほうの腕を持ち上げて髪を整えた。といっても、もともと乱れてはいなかった。少し前にライムと二人で回復室に来たとき、アメリア・サックスが眠っている母親の髪をきれいに整えていたからだ。

「アメリアは？」

「退院の時期について、担当医の話を聞きに行っています。療養中の禁止事項なども」

「明日からはもう、歩かなくてはいけないんですって。驚いたわ。胸を開いて、心臓をいじって……その次の瞬間にはマラソンに送り出すなんてね。なんだか損した気分よ。一、二週間は、みんなの同情を一身に浴びながら楽をするつもりで来たのに」

ローズの顔は、ライムが予想していたほど青ざめてはいない。それどころか、手術前より血色がよくなっているように見えた。血行が改善したのだろう。ほんの一瞬、アリシア・モーガンを思い出した。誰もその存在を意識しないようなちっぽけな物体、家族の車のエンジンルームに隠れていた製品が、彼女の人生を永遠に悪いほうへと変えてしまった。一方で、この病院では、やはり存在を意識させることのない小さな物体が、いつ何時ふいに終わってしまうかわからなかった命に数年の猶予《ゆうよ》を与えた。ライムにしても、多種多様な〝モノ〟のおかげでこうして生き、機能している。

ずいぶんと大げさなことを考えているなと気づいて、ライムは苦笑した。ここには未来の義母の見舞いに来ただけだ。

ローズの病室は贅沢で、通りの向こう側の公園を見下ろすことができた。少なくとも、公園の景色の一部は見える。ライムはいい景色だと言った。

するとローズは窓の向こうをちらりと見て言った。「そうね、きれいね。でも、私は窓からの眺めなんてどうだっていいと思ってしまうタイプなの。だって、部屋のなかで起きることのほうがはるかに興味深いでしょう?」

まったく同感だ。

気分はどうか、病院の食事はどうか。ライムは、見舞客が自動的に尋ねるそういった無意味な質問はいっさいしなかった。ナイトスタンドにスティーヴン・ホーキングの本が置いてある。何年か前にライムも読んだことのある本だった。二人はビッグバン宇宙論について活発な議論を始めた。

看護師が来た。りりしい顔立ちとたくましい体つきをした男性看護師は、カリブ諸島のアクセントで話した。

「ミセス・サックス。ああ、有名な方がお見舞いに来てくださったようだ」

ライムはよしてくれと顔をしかめたくなったが、ローズの手前、黙ってうなずき、微笑んでおいた。

看護師は患者の状態を確かめた。手術跡、点滴。

「いいですね。何も心配ありませんよ」

ローズが言った。「ミスター・ヘランドがそう言ってくれるなら安心ね。でも、ごめんなさい、リンカーン、そろそろ疲れてしまったわ」

「わかりました。また明日来ますよ」

ライムは病室を出て、ナースステーションに向かった。サックスがちょうど電話を終えたところだった。

「お母さんは元気だ。ただ、少し休みたいそうだよ」

「ちょっと顔を見てくる」

サックスはローズの病室に入っていったが、すぐに戻ってきた。

「赤ん坊みたいにぐっすり眠ってた」

サックスとライムは、歩き、車輪を転がして、廊下を進んだ。ふだんもとくに気にしているわけではないが、街に出たときと違い、ライムをちらちら見る者は一人もいない。ここでは、高級そうな車椅子に乗った男など、いて当たり前なのだ。珍しいもの、わざわざ観察するほどのものではない。それどころか、ライムはこうして動くことができる。しかも傍らには話し相手がいる。いま前を通り過ぎてきた暗く静かな病室にいる多くの人々より、ずっと恵まれている。

　イン・レギオーネ・カエコルム・レックス・エスト・ルスクス。

盲人の国では片目の者が王だ。

二人は寄り添いながら、込み合ったロビーを抜け、春の曇り空の下に出ると、バンを駐めた身体障害者用のスペースに向かった。

「で」ライムはサックスに尋ねた。「三カ月の隠居期間に何をするか決まったか？」

「恨み節を並べる以外に？」

「そう、恨み節を並べる以外に」

「お母さんの世話。トリノの改造。射撃練習場で紙の的がぼろぼろになるまで撃ちまくる。料理教室に通う」

「きみが料理だと？」

「そうね、それは撤回する」

バンに近づいたところで、サックスが言った。「ねえ、何かをミッション化しようと企んでない？」

ライムは低い声で笑った。ロン・セリットーか……あいつがいなくては世の中は殺風景になる。

「弁護士のエヴァーズ・ホイットモアが会いに来てね。フロマー訴訟に私はもう協力できない。刑事事件の顧問を務めているから、利害が衝突する」

「いったい何の話なの、ライム？」

「一つ頼みたいことがあるんだ、サックス。聞いたらおそらくノーと言うだろうが、頼むから最後まで聞いてくれ」

「どこかで聞いたせりふね」

ライムは眉を吊り上げた。「最後まで聞いてくれるか」

サックスはライムの手に自分の手を重ねた。「聞くわ」


（了）

謝辞

変わらぬ感謝を込めて。ウィル・アンダーソンとティナ・アンダーソン、サイスリー・アスピノール、ソフィー・ベイカー、ジョヴァンナ・カントン、フランチェスカ・シネッリ、ジェーン・デイヴィス、ジュリー・ディーヴァー、ジェナ・ドーラン、キンバリー・エスコバル、ジェイミー・ホダー＝ウィリアムズ、ミッチ・ホフマン、ケリー・フード、キャシー・グリーソン、エマ・ナイト、アレグラ・ルフヌー、キャロリン・メイズ、クレア・ノジエール、ヘイゼル・オルメ、アビー・パーソンズ、シーバ・ペッツァーニ、マイケル・ピーシュ、ジェイミー・ラブ、ベッツィ・ロビンズ、リンジー・ローズ、ケイティ・ルース、ロベルト・サンタキアラ、デボラ・シュナイダー、ヴィヴィアン・シュースター、ルース・トロス、マデリン・ワーチョリック。ありがとう！

訳者あとがき

買い物客でにぎわうショッピングセンターでエスカレーター事故が発生し、機械室に転落した男性が歯車に巻きこまれた。現場に偶然に居合わせたアメリア・サックスは、危険を顧みず男性を救おうと試みる。しかしその努力もむなしく、男性は痛ましい死を遂げた。

当初は偶発的な事故と思われたものの、原因解明のための調査を進めるうち、リンカーン・ライムは、これが単なる事故ではなく、おぞましい連続殺人事件の幕開けであることに気づく。

しかし、犯人はいったいどんな方法でエスカレーターを凶器に変えたのだろう。これは無差別殺人なのか、それとも特定の被害者が狙われているのか。

ある事件をきっかけに科学捜査コンサルタントからの引退を宣言していたライムは、期せずして連続殺人者との頭脳戦、そして時間との競争にふたたび挑むことになる。

リンカーン・ライム・シリーズ第十二作目となるこの『スティール・キス』では、エスカーレーターをはじめ、日常の至るところに存在する〝モノ〟が突如として殺人マシンに変身し、作中の登場人物に——そして読者に襲いかかってくる。

新旧テクノロジーやカルチャーを巧みにストーリーに取りこみ、身近な存在を恐ろしい凶器に変えて読者を震え上がらせる流儀は、終盤のたたみかけるようなどんでん返しと並んで、いまやすっかりジェフリー・ディーヴァーのトレードマークとなった感がある。

たとえばライム・シリーズで言えば、『ソウル・コレクター』のビッグデータ、『バーニング・ワイヤー』の電気、『ゴースト・スナイパー』のテクノロジー、『スキン・コレクター』のタトゥー。そして著者のもう一つの看板キャラクター、キャサリン・ダンスが活躍する『煽動者』の群衆。

おかげで毎年、新作を読んでしばらくのあいだ、こちらは日常の至るところにひそむ危険にびくびくしながら過ごす羽目になるが、ディーヴァーは〝読者を怖がらせること〟に作家として無上の喜びを感じるというから、執筆の労力は充分以上に報われていると言えるのかもしれない。

また今作では、ライム・チームに見習い捜査官が加わっている。さらに、私生活ではライムとサックスの関係にも大きな変化が訪れる。

この変化がシリーズにどのような影響を与えていくのか、今後の展開も楽しみだ。

さて、一九九七年刊行の第一作『ボーン・コレクター』から始まったライム・シリーズは、今年、シリーズ開始二十年の節目を迎えた（第一作の邦訳刊行は一九九九年）。本国アメリカでは、最新作*The Burial Hour*が二〇一七年春にすでに出版され、ライムが大西洋の両側で活躍するこれまでになくグローバルなストーリー展開で、一般の読者からも書評家からも高い評価を集めている。続くシリーズ第十四作目の*The Cutting Edge*も、二〇一八年春の刊行予定で待機中という。大いに期待して邦訳をお待ちいただきたい。

二〇一七年秋

解説　魔術師から法王へ

中山七里

どんでん返し業界（あるのか？）においてジェフリー・ディーヴァーは〈法王〉として君臨している。かつては魔術師と呼ばれていたが今やこちらの呼称の方が相応しい。この業界には名手やら奇才やら女王やら帝王やらがひしめき合っているが、法王の前では皆がひれ伏さざるを得ない。つまりそれほどの絶対的存在という意味だ。

ディーヴァーが法王たる所以はいくつもあるが、その一つにどんでん返しのバリエーションの豊富さが挙げられる。ミステリが提示する謎というのは大きく分けてフーダニット（誰が殺したか）、ハウダニット（どうやって殺したか）、ホワイダニット（何故殺したか）、最近ではホワットダニット（いったい何が起きているのか）などというものが加わり、現在は四つが数えられる。ひと昔前はこのうちの一つでも入っていればよかったのだが、昨今の読者は貪欲なのでそれだけでは満足してくれない。よって東西のミステリ作家は毎夜呻吟《しんぎん》する羽目になる。

ディーヴァーはそうした読者の要求に早くから応えてきた。よくある〈意外な犯人〉だけではなく、〈意外な方法〉、〈意外な理由〉、〈意外な真実〉を複数仕込み、その相乗効果で読者を狂喜させる。一つ一つのどんでん返しが単独で存在するのではなく、それぞれ有機的に結びついているからこその相乗効果なのだ。実際、結末の意外性を重視し過ぎるとストーリーは破綻してしまいがちになる。最も安定したストーリーとは予定調和に他ならないからだ。だがディーヴァー作品の場合は緊迫感と衝撃が保証された上で破綻もせず、さすがとしか言いようがない。本作でもどんでん返しのクロスオーバーが読者を翻弄しまくり、最終的には「そうだったのか」と一読三嘆させるはずだ。解説でありながらネタバレになるので具体的に説明できないのが歯痒くてならない。

シリーズ十二作目の本作でリンカーン・ライムたちの敵となるのは未詳40号、データワイズ5000スマートコントローラーを駆使する犯罪者である。解説から読み始めた読者には何じゃそれはという話だが、つまりは電子制御付きの家電や工業製品を遠隔操作で武器に変貌させてしまう知能犯だ。電気・ガス・調理器具・警報システム・重建機。そうしたモノがある日突然、所有者の意思とは無関係に襲い掛かってくるのだからこれは怖い。血に飢えた殺人鬼やテロリストなどと違い、平素は自分の身の回りで執事代わりに働いてくれる従順な機械たちがいきなり牙を剝くのだ。こう書くと、あなたの身の回りにある電化製品の、どれとどれに電子制御がついているか俄《にわか》に確かめたくなりはしないか。

もうずいぶん前からだが、家電を新調して取扱説明書を読む度、『当該製品はアプリによって外出先からでも操作できます』の文言を目にして不安に駆られていた。僕は生来が疑り深い性格なので、信号による遠隔操作というテクノロジーが不気味でならなかったのだ（従って今に至るまで僕がスマホを持っていないのは貴方との秘密だ）。その意味で本作は、個人的にも皮膚感覚で納得できる恐怖に彩られている。

今日び電子制御のない家電製品を探す方が難しい。完璧に安全性を担保しようとすれば利便性を放棄しなければならない。だが人間は一度味わった便利さ快適さを失うことがなかなかできない。たとえば、あなたは自分のスマートフォンを紛失した状態で一週間耐えられるだろうか。まず無理に違いない。未詳40号は、そうした現代人の無自覚な脆弱《ぜいじゃく》さにつけ込んで消費社会全体にテロを仕掛ける。モノと利便性に囲まれた現代における、これは最も身近で現実味のある恐怖だ。ディーヴァーがミステリのみならずホラーの領域でも卓越している証左だろう。

ところが未詳40号に立ちはだかるはずのライムたちが今回は物語冒頭から機能不全に陥っている。何とライムはある事件をきっかけに犯罪捜査から引退し、民事訴訟絡みの調査専門になってしまったのだ。未詳40号を追跡するアメリア・サックスとは当然別行動になる。アメリアたちはライムの知識と装備が使えず、またライムはアメリアたちの機動力に頼れない。いや、そればかりではない。我々読者がベストカップルと信じて疑わなかったライムとアメリアの間にも不協和音が生じ、ライムには同様の身体的境遇であるジュリエットという弟子が、そしてアメリアには元恋人のニックが急接近してくるのだ。ライムとアメリアはどうなってしまうのか、二人が新しいパートナーとコンビを組んでチームは空中分解してしまうのか。

　アメリアの追う未詳40号事件とライムが引き受けた民事訴訟事件がそのまま別個に進行するはずもなく、二つの事件はやがてある一点で重なり合う。僕などはそれが全チャプターの実に三分の一を経過した地点であることに驚いてしまう。チームを分断させた上でここまでストーリーを牽引できるのは、登場人物の魅力は言うに及ばずプロットが相当に練られているからだ。稀代のストーリーテラーたるディーヴァーの面目躍如《めんもくやくじょ》といったところか。もちろんこの時点でもライムとアメリアのコンビが消滅する不安は解消せず、ニックの冤罪晴らしのストーリーと相俟ってページを繰る手を止めさせない。そして分断されていたチームが再び一つとなることで俄然ストーリーは加速し、最終のチャプター62まで更に息をもつかせない。

　ディーヴァーは前作『スキン・コレクター』の刊行時、インタビューにこう答えている。

「読者の頭を殴りつけるような衝撃ではなく、さりげなく疑問の種を蒔いていく。読者がどこでイライラしはじめるか、という絶妙なかけひきを、書き手は知っておく必要があります」（2015／11／28・12／5合併号　週刊現代）

　ディーヴァーはストーリーを構築する際、ライムがしているように部屋全面にホワイトボードを置いて詳細なプロットを書き出しているという。その記述を眺めれば、捜査の進行とともにキャラクターたちが何を考えてどう動いているか、また作者が読者にどんな心理的影響を与えようとしているかが如実に分かるに違いない。もし、そのホワイトボードの公開ツアーなるものが企画されたら、世界中から数多の作家や作家志望者たちが殺到するのではないか。そう思えるほどにディーヴァーのプロットは巧緻《こうち》で魅力的なのだ。

シリーズ物の醍醐味の一つはキャラクターの成長や変化を愉しめることで、リンカーン・ライムシリーズも例外ではない。ライムとアメリアの関係性およびチームがどう発展するのか、読者はまるで二十年来の知己のような気持ちで見守っている。ディーヴァーはその点でも抜かりがない。今回、未詳40号事件を経て二人の間にもチームにも変化が訪れる。シリーズ物のファンには変化を歓迎する向きもあれば忌避する向きもある。だが本作での変化は必ずや両者を満足させるに違いない。

この稿を書いている2020年7月現在、ディーヴァーの新作は賞金稼ぎコルター・ショウを主人公とする新シリーズの第一作・第二作とアナウンスがあり、ライムのそれではない。新シリーズも楽しみだが、熱心なファンは既に『カッティング・エッジ』を読了し十五作目を渇望していることだろう。

ご同好の士よ、しばし待とうではないか。

（作家）

本書は、二〇一七年十月に文藝春秋より刊行された単行本を
文庫化にあたり二分冊としたものです。

文春文庫

スティール・キス　下

定価はカバーに
表示してあります

2020年11月10日　第1刷

著　者　ジェフリー・ディーヴァー
訳　者　池《いけ》田《だ》真《ま》紀《き》子《こ》
発行者　花田朋子
発行所　株式会社 文藝春秋

東京都千代田区紀尾井町 3-23　〒102-8008
TEL 03・3265・1211(代)
文藝春秋ホームページ　http://www.bunshun.co.jp

落丁、乱丁本は、お手数ですが小社製作部宛お送り下さい。送料小社負担でお取替致します。

印刷製本・凸版印刷

Printed in Japan
ISBN978-4-16-791602-2